I

C'EST AINSI QUE TOUT COMMENÇA...

Selon les registres de l'immigration, Michaël Laurie et sa femme Maggie arrivèrent aux alentours des années 1870 dans la province du Manitoba vendue la même année au Canada par la Compagnie de la Baie d'Hudson.

Les raisons qui les incitèrent à quitter précipitamment Édimbourg, en Écosse, furent les occupations de coupe-jarret de Michaël et l'excessive avidité de Maggie, hôtesse de bar.

Réunissant leurs maigres économies, ils réussirent à s'embarquer sur un méchant rafiot qui les secoua pendant trois longues et pénibles semaines, avant de les lâcher dans un village de la baie d'Hudson, appelé Puvirnituq, qui en langue inuite signifie « putréfié », en raison de la disparition, lors d'un long hiver, de la population qui y vivait et qui succomba à la famine jusqu'au dernier.

On ne retrouva leurs cadavres dégageant une forte odeur que lorsque les iglous fondirent au printemps suivant.

II

ET QUE CELA CONTINUA…

De l'avis des anciens, on n'avait jamais connu un pareil froid si tôt dans la saison.

Dès le début d'octobre de cette année-là, l'air s'était pris en glace. La neige, très tôt tombée, transformait toute balade en noyade dans une substance glaciale, aidée du vent qui coupait chaque surface de peau découverte, s'engouffrait sous les vêtements, figeait les bouches et les narines, transformait les liquides en solides, suspendait aux arbres des franges de couteaux de glace, tandis que les piétons sur les trottoirs jouaient les équilibristes, et que les couillons d'oiseaux glissaient et se dandinaient comme des ivrognes sur les branches déplumées des chicots du Canada et les dures branches des robiniers faux-acacias qui arboraient le village.

Woodfoll, où se situe notre histoire, s'étale sur les rives de la rivière Rouge, qui arrive des États-Unis à la hauteur du Dakota du Nord, pour remonter plein pot dans notre belle province du Manitoba et se finir dans le lac Winnipeg.

En 1830, Woodfoll n'était sur les cartes qu'un minuscule point rouge indiquant un vague relais de deux ou trois baraques. C'est seulement vers les années 1910 que des trappeurs attirés par le foisonnement des renards, des loutres, des castors s'y installèrent en s'inspirant pour édifier leurs abris des maisons des Cris et Mohawks dont les murs faits d'écorces étaient posés sur une charpente de troncs d'arbres.

Mais à l'inverse des maisons des Indiens qui étaient le plus souvent communautaires et pouvaient mesurer jusqu'à cinquante mètres et plus de longueur, les Blancs construisirent des cabanes individuelles, se méfiant sans doute de leurs difficultés à vivre ensemble.

Inutile de vous préciser qu'il n'en reste aujourd'hui que quelques photos sépia.

Ces hommes brutaux qui cherchaient le réconfort dans l'alcool et les rixes chassèrent les Indiens qui au début les avaient accueillis avec bienveillance, échangeant leurs fourrures contre des babioles, des fusils ou de l'alcool de feu qui modifia malheureusement leur tempérament.

Les Indiens étaient batailleurs et les Blancs cupides, et ces derniers finirent par s'approprier leurs territoires de chasse et à les repousser vers les froides terres du Nord-Est.

Après les trappeurs débarqua une deuxième vague de migrants venus d'Angleterre, d'Écosse et même des États-Unis. Attirés par le commerce du bois et les immenses exploitations agricoles, ils furent bientôt suivis par les Irlandais affamés, prêts à occuper des emplois durs et saisonniers. Ils furent en partie à l'origine de la construction du réseau ferroviaire et apportèrent leur religion catholique dans un pays protestant qui la digéra mal.

Ce qui fit dire néanmoins à Clifford Sifton, nouveau ministre de l'Intérieur, homme énergique décidé à accélérer l'immigration de son immense pays à moitié désert : « Un paysan vigoureux vêtu d'un manteau en peau de mouton, né dans une ferme, et dont les ancêtres ont été fermiers depuis dix générations, époux d'une femme vaillante qui lui a donné de nombreux enfants, est un bon colon. »

Ces propos ne rencontrèrent pas grand écho chez les fonctionnaires anglais de l'Immigration et leurs représentants politiques qui ne se montrèrent guère empressés d'accueillir des « paysans vêtus de peau de mouton », et qui ne priaient pas exactement comme eux. Cependant, composées d'hommes de meilleure expérience désireux de faire fructifier leurs vies dans ces territoires vierges, ces diverses populations finirent par se fondre au cours des années. Les meilleurs ou les plus chanceux faisant fortune en quelques décennies. Woodfoll prit de l'importance et ils s'y installèrent en familles.

Constatant que la rive gauche de l'imposante et dangereuse rivière Rouge, célèbre par ses crues dévastatrices, était mieux exposée et moins abrupte que la rive droite, les plus ambitieux la choisirent pour y bâtir leurs demeures, qu'ils agrémentèrent au fil des ans de fenêtres à meneaux et de bow-windows, cernèrent de larges vérandas chantournées sur lesquelles, comme dans le film *Autant en emporte le lent*, se balançaient des escarpolettes.

Ce qui permettait les soirs d'été aux élégantes habillées de fines dentelles blanches, leur abondante chevelure piquée de grosses fleurs rouges, entourées de leurs enfants déguisés en abat-jour selon la mode du petit lord Fauntleroy, et flattant des petits chiens courant et sautant, de servir à leurs invités des spécialités françaises qu'elles relevaient dans les journaux féminins et que leurs cuisinières s'efforçaient de ne pas rater, pendant que leurs hommes se saoulaient de boissons fortes en tirant sur leurs cigares.

On édifia plus tard sur cette rive l'hôtel de ville, un théâtre, une salle de concert, une librairie d'art. À l'aube du vingtième siècle, des cinémas, des restaurants, des cafés firent leur apparition pendant que l'on traçait de larges avenues plantées d'arbres.

Le premier journal en anglais et français, le *New Telegraph*, comptait cinq pages et vit le jour en octobre 1887. Il établit ses bureaux dans la *main street*, baptisée avenue de l'Espérance.

Pendant ce temps, la rive droite, plus venteuse et plus froide parce qu'entourée de hautes collines couvertes d'épaisses forêts qui bloquaient lumière et chaleur, devint le refuge des industries et des commerces de transformation, ainsi que l'habitat des ouvriers, des mineurs et de tous ceux qui n'avaient pas su transformer le plomb en or.

Lorsque le vent soufflait de l'est, il envoyait sur l'autre rive une pollution d'odeurs et de bruits incommodants dont les habitants ne prirent d'abord pas garde, satisfaits de ne pas être obligés de se déplacer, pour la moindre chose, jusqu'à la ville la plus proche distante d'une soixantaine de kilomètres au travers de territoires hostiles où plus de la moitié de l'année le thermomètre ne dépassait pas les -15 °C et transformait les routes en pistes glacées, et qui firent d'une région sauvage et magnifique, où depuis des siècles pâturaient cerfs, caribous et orignaux, et où rencontrer une horde de loups ou une famille d'ours polaires n'était pas rare, une ville industrielle et commerciale envahie de fumée et de bruits.

III

ET C'EST AINSI...

Moi, évidemment, je n'ai pas connu cette époque. Depuis, Woodfoll est devenu une communauté prospère de plus de vingt-cinq mille habitants où de l'avis de la plupart il fait bon vivre. Or, récemment, alléchés par de très importantes subventions, le lieutenant-gouverneur général et le Parlement provincial du Manitoba ont accepté du gouvernement fédéral l'implantation d'un asile pénitentiaire proposé à notre province en raison de son isolement, de son faible taux d'occupation, égal à un virgule neuf habitant au mètre carré, des cent dix mille lacs qui recouvrent quarante-cinq pour cent de son territoire, des immenses forêts de conifères boréaux, de mélèzes, de pins rouges et d'épicéas qui se partagent les quarante-huit pour cent restants de sa surface, de la rigueur de son climat l'hiver, rendant quasi impossible l'évasion d'une population carcérale dont les autorités apprirent trop tard qu'elle était jugée dangereuse.

On donna à ce centre particulier le nom de 3AP, qui signifie, en jargon administratif, « troisième asile pénitentiaire du pays », sans que personne se soit soucié de sa signification.

À Woodfoll, je dirige les forces de l'ordre qui comptent une douzaine d'officiers de police (huit hommes, quatre femmes) et six policiers auxiliaires. Nous dépendons de la Gendarmerie royale du Canada. Elle couvre d'est en ouest un vaste territoire s'étendant de Chesterfield Inlet et Rankin Inlet près de la baie d'Hudson, qui ne sont que d'anciens relais de trappeurs, jusqu'aux bourgs de Baker Lake, Dubawn Lake et Greenknife, côté océan. En outre, deux postes de policiers volontaires stationnent pour l'un à Dubawn, et pour l'autre à Greenknife. Notre capitale provinciale, Winnipeg, est bien trop loin pour que l'on s'en soucie.

La région est relativement paisible, et l'on s'occupe d'accidents de motoneiges, de *squads*, de chasse, volontaires ou non, de bagarres qui peuvent parfois tourner au carnage quand l'alcool brouille les esprits, de violences conjugales et de querelles de voisinage qui s'enveniment. Les crimes de sang sont rares.

Dans les lieux habités par plus de deux cents personnes, on appelle la police, dans les autres, campements ou relais de passage, l'on règle généralement soi-même ses affaires.

Nous, les flics, on a profité avec bonheur lors de l'installation de la 3AP des généreuses subventions allouées par l'administration judiciaire pour nous équiper en matériel dernier cri. Troquant nos Winchester

Garand M1, datant de la Seconde Guerre mondiale et tirant des balles 30-06, contre des fusils d'assaut israélien Tavor, de conception Bullpup, à canon court, envoyant des cartouches de 5,56 Otan dans un chargeur courbe. Nos pick-up Ford tapant les trois cent mille kilomètres au compteur qui grinçaient comme des os de vieillards et nous faisaient craindre la panne quand on roulait seul dans la toundra, furent remplacés par des Range Rover Tigre à six places, noires comme des corbillards, qui nous firent monter au plafond.

Mais quand arrivèrent les bus emmenant les soixante convicts, nous comprîmes que la générosité du gouvernement fédéral n'était pas gratuite.

Je m'appelle Louise, j'ai quarante et un ans et tout le monde m'appelle Lou sans que j'aie jamais su si c'était parce que mon prénom ne plaisait pas ou pour toute autre raison.

Très jeune, j'ai représenté ma province dans des compétitions de ski nordique et de sauts en hauteur, ce qui a fait de moi une grande fille solide. Ajoutez-y un nez busqué, le teint hâlé et des cheveux couleur aile de corbeau attachés par une courte queue sur la nuque, et vous comprendrez pourquoi l'on s'interroge, moi y compris, si c'est la prégnance de l'environnement ou le mélange des gènes, inévitable pour un peuple qui comme le mien a dû traîner partout ses guêtres, qui me fait ressembler à une descendante de Canado-Amérindiens plutôt qu'à la petite-fille d'immigrés autrichiens débarqués ici en 1940, fuyant l'aimable Autriche antisémite qui profita de l'Anschluss pour se jeter dans les bras des nazis.

Ma grand-mère violoniste soliste et mon grand-père bassiste, tous deux nés à Vienne, participèrent pour la dernière fois le 31 décembre 1939 au concert du Nouvel An dans la salle dorée du Musikverein sous la baguette de Clemens Krauss.

Avec leur fille Léa, ma future mère âgée de deux ans, et deux valises, ils traversèrent la Hongrie, la Slovénie, l'Italie, des pays pas franchement amicaux pour les fuyards juifs de l'époque, pour arriver enfin en France qui n'était plus « le pays où Dieu est né », selon le leitmotiv ému des émigrés juifs de partout, gagnèrent brièvement Paris dont ils eurent juste le temps de penser que sans les oriflammes nazies qui flottaient sur chaque bâtiment, ils auraient adoré, et renseignés par des amis prirent l'un des derniers avions qui quittèrent Orly pour Montréal, où, le temps d'un hiver particulièrement froid, ils sombrèrent dans la misère la plus noire avant de repartir pour les Territoires du Nord-Ouest dont on leur avait caché qu'ils étaient parmi plus les plus isolés et les plus rudes du pays, mais acceptaient avec reconnaissance les immigrants qui parlaient le français, l'anglais et l'allemand.

Ils débarquèrent à Providence, une petite ville dont le nom leur plut, et où une petite communauté juive arrivée un siècle plus tôt les aida à s'installer. Ils ne jouèrent jamais plus pour un grand philharmonique, se contentant d'animer les soirées musicales des habitants de Providence, et ouvrirent un drugstore où venaient se ravitailler les gens du coin et qu'ils firent prospérer.

Leur fille Léa grandit, devint une belle jeune fille qu'ils envoyèrent étudier à l'Université de Winnipeg, où, pendant qu'elle suivait des études de droit, elle rencontra mon futur père qui apprenait le métier de psychiatre.

Je naquis en deuxième position, après mon frère William que ma mère âgée de trente-deux ans n'espérait plus, et, quand elle me mit au monde à l'âge de quarante-deux ans, l'on pensa à un exploit ou un miracle, selon les croyances. Mais je fus élevée la plupart du temps en fille unique, mon frère William préférant à dix-huit ans les terres chaudes d'Israël, à tous points de vue, aux terres froides du Manitoba.

Je poursuivis la saga familiale en étudiant le droit criminel à l'Université de Winnipeg, pour entrer ensuite à l'École des cadets de l'École de police de Regina, dépendant de la Gendarmerie royale canadienne, avant de rejoindre l'ENPQ, l'École nationale de police du Québec, où j'obtins brillamment, je me permets de le souligner, le certificat d'études des comportements criminels, appelé de l'autre côté de la frontière : brevet de profileuse.

Mes diplômes en poche, j'incorporai la Winnipeg Police Service, dépendant de la GRC, que je quittai pour la brigade des stups, et où je fus confrontée à ce que je croyais ne pas exister au pays de l'érable rouge et du sirop du même nom : des gangs effrayants venus des États-Unis, du Mexique et même de Colombie, qui mettaient mon pays en coupe réglée en vendant leur saloperie de came à une clientèle affamée.

Bénéficiant d'une promotion à la suite de l'arrestation mouvementée d'un gang venu de Duluth, dans le Minnesota, qui permit d'éradiquer un temps le gangstérisme nord-américain, je fus transférée à Montréal et à ses nouveaux quartiers d'immigration laissés grands ouverts par notre ineffable Premier ministre Justin Trudeau et son ministre de l'Immigration, Ahmed Hussen, et où à peine arrivée je fus confrontée à un problème particulier : le débarquement sur notre territoire d'une forte immigration islamique encouragée par notre gouvernement multiculturaliste qui avait décidé, pour l'année en cours, d'accueillir trois cent trente mille nouveaux immigrants, trois cent quarante mille l'année suivante et autant les autres années.

Deux ans plus tard, nous avions rajouté, aux trafiquants sud et nord-américains, les trafiquants musulmans, et la nécessité pour les plus lucides et combatifs d'entre nous de nous défendre pied à pied contre ces arrivants décidés à imposer leur mode de vie rétrograde, au détriment également de leurs compatriotes venus plus tôt et qui s'indignaient comme nous devant leur volonté d'instaurer la charia, soutenue par soixante-huit pour cent de ces nouveaux immigrés, ainsi que de leur refus d'être jugés par les tribunaux canadiens, leur préférant les tribunaux islamiques.

Mais par un beau sursaut de résistance, Ottawa refusa, nous permettant de conserver nos valeurs.

Ce fut cette année-là que, comme lorsque l'on tire un rideau qui vous cache le jour, les miens s'éclaircirent.

Au cours d'une audience au palais de justice de Montréal où j'étais venue témoigner contre un couple accusé d'avoir noyé leur fillette dans sa baignoire après l'avoir martyrisée, je rencontrai la juge Noémie Mitchell qui présidait la séance.

Ce fut le coup de foudre entre cette femme mariée à un riche industriel et moi. Nous vécûmes une liaison torride qui dura deux ans, jusqu'à ce qu'elle fût pressentie pour occuper le fauteuil d'honorable juge de la Cour du Banc de la Reine, pour lequel une sévère enquête de moralité était exigée.

Et un soir que je rentrais chez moi après une journée harassante, je trouvai une lettre de Noémie Mitchell me signifiant la fin de notre liaison.

Je ne fis rien, ni n'implorai ni demandai d'explications, mais sombrai dans un creux de vie où j'eus l'impression que l'or que je touchais se transformait en plomb. D'autant qu'un an plus tard, mes parents profitant de leur toute nouvelle retraite décidèrent de faire ce qu'ils n'avaient jamais eu le loisir de faire : descendre la rivière Rouge en rafting où la vitesse en kayak atteignait les cent mètres en trois secondes et où ma mère se noya dans un tourbillon appelé le « rapide des Italiens ».

Ce fut la fin de mon poste de profileuse à Montréal. Profitant d'un concours interne de la GRC qui proposait aux policiers les mieux notés le poste de shérif à contrat avec elle dans la province du Manitoba, je postulai, obtins le poste et déménageai à Woodfoll dont j'ignorais jusque-là l'existence.

Ces évènements se passèrent au cours de l'année 2015, et maintenant, j'essaye de faire ce que ma pauvre mère n'a pas réussi : sortir la tête de l'eau.

IV

LA VIE TOUJOURS RECOMMENCÉE

Il est huit heures du soir, la nuit ressemble au fond d'une mine de charbon, et je suis planquée, seule, dans une improbable zone industrielle pour laquelle j'ai capté sur ma radio de bord l'annonce d'un casse en cours.

— J'y suis, envoyez des renforts, ai-je communiqué à Meredith Gallup qui au poste reçoit les appels d'urgence.

Mais alors que j'attends, énervée comme un boisseau de puces et les pieds glacés (j'ai toujours les pieds glacés quand j'ai peur), un énorme SUV fracasse la double porte métallique de l'entrepôt, me fonce dessus en me forçant à m'écarter en péril, continue sa route à la diable, moi, à peine remise de ma frayeur, accrochée à ses basques sirène hurlante et phares de toit plein pot, et nous nous jetons dans une circulation rachitique qui me permet de me rapprocher, ce qui leur donne la possibilité de me tirer dessus par la vitre côté passager, m'obligeant à zigzaguer sur un macadam glacé. Alors que je suis sur le point de les stopper en les envoyant avec ma Range Rover Tigre dinguer dans le décor, enfin, c'était mon projet, un chien descend du trottoir devant mes roues, m'obligeant à freiner comme une malade, ce qui me propulse par un tête-à-queue contre un énorme container qui explose sous le choc, me faisant valser à trois temps, et qu'enfin m'arrêtant la tête dans le sac et l'estomac dans la gorge, je vois en me retournant le chien remonter tranquillement sur l'autre trottoir.

Ivre de rage, je sors en trombe de la voiture, tire mon nouveau Glock 19 semi-automatique, Gen 5 à pointillage Grip, vise le chien qui se retourne, me jette un regard indifférent, et s'éloigne comme la voiture des malfrats.

Je reviens chez moi tremblant tout le long de mon corps et me jette sur mon remède habituel qui me permet d'oublier le passé et de vivre le présent : un double scotch Jameson.

Je viens de réaliser que j'ai failli me faire descendre et tuer un pauvre cabot innocent. Pour faire bonne mesure, j'avale un deuxième verre plein à ras bord et vais me coucher en ôtant juste mes bottes.

J'arrive à mon commissariat à dix heures le lendemain au lieu de huit, l'estomac résolument de travers et en fixant férocement mes hommes pour leur éviter de me poser des questions. Mais j'ai des remords. Le surlendemain, je retourne sur les lieux de l'accident et cherche le cabot dans les fourrés qui bordent le carrefour et s'étalent, touffus, sur des kilomètres.

Je fouille, j'appelle, je siffle, jusqu'à ce qu'apparaisse un clébard d'une bonne cinquantaine de centimètres au garrot, le poil roux, court, dru et abondant, le jabot blanc d'un maître d'hôtel, des oreilles dressées ridiculement petites, et qui me regarde comme quelqu'un surpris de me trouver devant sa porte.

Je reviens le voir plusieurs jours de suite. Il s'en fout, supporte vaguement ma présence, accepte les bouts de viande fraîche et mes cajoleries, et enfin, au bout de quatre jours de corruption décide de me suivre. Car je veux ce chien avec moi. Il refuse de monter dans ma voiture, et bien sûr le harnais que j'ai apporté, et l'on rentre tous les deux faisant à pied les cinq kilomètres qui me séparent du poste.

Quand on débarque, je ne peux éviter les questions.

— Ben, qui c'est ? me demande le sergent Pirelli. Ton nouvel auxiliaire ?

Je hausse les épaules, et je ne jurerais pas ne pas avoir vu le cabot en faire autant. Puis il se glisse sous mon bureau, la tête posée sur ses pattes, son regard coulant vers Pirelli qui s'est accroupi devant lui.

— Putain, c'est quoi ce bâtard ! s'exclame le descendant de Siciliens, vexé de son indifférence. T'as tiré ce clochard de la rue et il nous la joue prince consort ! J'm'en vais te l'dresser, moi !

Et avant que j'aie pu intervenir, il passe le bras sous le bureau, la main en avant, que le clébard saisit entre ses dents comme on tient une cigarette, et qu'il garde le temps qui lui paraît nécessaire, totalement indifférent aux braillements de sa prise. J'annonce, déterminée :

— Bon, c'est désormais notre chien. C'est pas un jouet. Je l'emmène chez le veto.

Qui m'apprend qu'il est de race akita inu, qu'il a aux alentours d'un an et demi, qu'il est en parfaite santé, bien qu'ayant besoin d'un sérieux bain, que ses ancêtres chassaient l'ours et le sanglier, et que pour un premier chien, ce n'est pas un cadeau, car ces chiens sont des putains de bagarreurs. Texto.

Je crois, et j'en suis sûre, que son arrivée dans ma vie a mis fin à mon chagrin amoureux et fut le début d'une autre histoire d'amour avec celui que je baptisai Hachiko, en hommage à l'akita inu qui attendit toute sa vie devant la gare de Tokyo le retour de son maître mort, et à qui les commerçants du coin, émus de l'avoir vu tous les soirs, érigèrent une statue.

V

IL S'EST PASSÉ UN PEU DE TEMPS DEPUIS...

Ils débarquèrent un matin particulièrement froid de la fin mars, où pendant la nuit le thermomètre était descendu à -25 °C aux porches des maisons, dans deux bus de trente hommes chacun, menottés pieds et mains à leurs sièges, surveillés dans chaque véhicule par six gardes lourdement armés et en relation permanente avec un troisième véhicule, blindé celui-là, où avaient pris place une quarantaine d'hommes de troupe, et qui fermait le cortège.

Je les accueillis avec mon équipe au complet, curieux comme des pipelettes en manque de ragots, et quand ils les virent descendre ils ne furent pas déçus, comprenant immédiatement que cette « clientèle-là » n'avait rien à voir avec nos « habitués ».

Ils étaient enchaînés en file, et leurs gardiens les firent s'aligner devant les bus.

— Bon sang, Lou, tu te rends compte ce que ça a coûté à l'État de construire ce machin pour y enfermer ces voyous ! s'ébahit mon premier adjoint, l'officier Vicente Pirelli, l'amateur de chiens, descendant d'immigrés de Palerme qui lui avaient donné son physique de mafieux remarquable dans ce voisinage de blonds pâlots, et mon meilleur ami.

— Oui, mais ce sont des « cas », comme on dit. On ne peut pas les mettre dans les prisons fédérales qu'ils risqueraient de pourrir, lui expliqué-je.

— Pourrir ?

— C'est le mot employé par le gouverneur général Holstein quand je suis allée le voir pour discuter des formalités de l'installation. Sur le coup, je n'ai pas compris.

— Et maintenant, tu comprends ? s'inquiète Pirelli.

Je hoche la tête.

— Shérif Grynspan ? Sergent-major Robert Burns, se présente le chef du détachement en venant vers moi.

Bien que de bonne taille, je dois relever la tête, car le sergent-major en question doit frôler le mètre quatre-vingt-dix et être bâti dans les mêmes proportions.

— Bonjour, sergent-major, bienvenue à Woodfoll.

— Merci, shérif, répond le chef maton d'une voix rocailleuse qui me fait penser aux chenilles d'un char roulant sur le gravier. Je vois, continue-t-il en jetant un coup d'œil au désert glacé qui l'entoure, qu'on a su séparer le bon grain de l'ivraie. On est à combien de votre ville ?

— Vingt-cinq kilomètres, c'est l'Administration, en accord avec nos édiles, qui en a décidé ainsi.

— Hum… eh bien, j'en suis ravi. Il fait toujours aussi froid chez vous ?

— Oui… non, c'est un peu exceptionnel pour la saison.

Il me sourit. Il a un sourire gentil qui ne va pas avec sa tête deux fois plus grosse que la mienne, creusée de profondes rigoles, soutenue par un menton carré et posée sur un cou épais comme une cuisse.

— Tant pis, on fera avec. Je ne sais pas ce que l'on vous a dit de nos… pensionnaires, mais ils sont… difficiles.

Il me fixe comme pour faire passer un message.

— Nous essaierons autant que faire se peut de vivre en une sorte d'autarcie. Notre ravitaillement ainsi que ce dont peut avoir besoin une colonie de plus de quatre-vingts hommes nous seront livrés par avion deux fois par mois. Comme ça, nous resterons chez nous et vous resterez chez vous.

— Sauf si vous et certains de vos collaborateurs désirez vous rapprocher de la civilisation et participer à quelques-unes de nos soirées pour améliorer votre ordinaire, lui envoyé-je avec un sourire de café du commerce.

— Ce sera avec plaisir, shérif Grynspan. Il faudra juste prévenir vos ouailles de ne pas chercher à rencontrer ou même s'approcher de nos prisonniers qui doivent rester à l'isolement.

— Ce sont quoi exactement, ces hommes, sergent-major ?

Il soupire et jette un coup d'œil autour de lui.

— On ne vous a rien dit ?

— Pas que c'étaient des pestiférés. Des criminels, des violeurs, des voyous, mais pas des contagieux.

— Un moment, s'il vous plaît.

Il retourne vers ses hommes, qui depuis leur arrivée sont face aux prisonniers, armes au creux du bras, et qui comme eux grelottent de froid.

— Caporal Holland, prévenez vos hommes d'amener les prisonniers à l'intérieur et de les répartir dans leurs cellules selon le plan d'occupation qui vous a été distribué. Les administratifs y sont déjà et vont vous aider. Dès que ce sera fait, faites distribuer une soupe chaude et un solide déjeuner. Compris ?

— Oui, sergent-major.

Burns revient vers moi.

— Le directeur de la 3AP arrive cet après-midi. Voudriez-vous le rencontrer ?

— Bien sûr. Mais vous avez parlé de ravitaillement pour quatre-vingts hommes et je vois qu'il y a déjà une soixantaine de convicts avec une douzaine de gardiens, plus une quarantaine de soldats. Ça doit faire à mon avis davantage que quatre-vingts bouches à nourrir.

— Les soldats repartent dès l'installation et l'inspection des lieux.

— Ils repartent où ?

— D'abord à Winnipeg, où ils resteront jusqu'à la fin de la semaine, avant de regagner leur cantonnement à Toronto.

— Pardon ? Combien d'hommes resteront avec les prisonniers ?

Burns esquisse la grimace de celui qui vient d'avaler un noyau cassé.

— Essentiellement, une grosse vingtaine de gardiens affectés à la surveillance directe des prisonniers, plus l'équipe médicale, les trois informaticiens, les hommes de la maintenance, c'est-à-dire le personnel qui gère le quotidien, fait tourner la boutique, mais ne dépend pas de la pénitentiaire.

Je n'ai pas avalé de noyau, mais je le fixe d'un air éberlué. Vingt matons pour garder soixante criminels suffisamment tordus pour ne pas trouver place dans les prisons ordinaires du pays ? Ça caille.

— Je ne comprends pas.

— Ne vous tracassez pas, shérif, vous allez comprendre dès que vous rencontrerez les responsables qui vous donneront toutes les explications dont vous aurez besoin et que vous visiterez la prison.

Je le fixe. Est-ce que ces gens des villes nous prennent pour plus cons que nous ne le sommes ? Ce n'est pas impossible. Entre l'administration pénitentiaire et la police, il y a parfois un hiatus de la taille de la baie d'Hudson.

— J'enverrai une voiture vous chercher dès qu'ils seront installés et que vous pourrez parler aux responsables.

— Merci, sergent-major, mais nous sommes mécanisés. Contentez-vous de me prévenir quand vos fameux responsables seront dispos. Bientôt, j'espère.

Il hoche la tête avec le sourire crispé du médecin qui veut rassurer un malade en phase terminale.

— Les hommes qui sont ici ont été sélectionnés pour leurs compétences, ajoute-t-il. Ils ont été formés pour faire face à toutes les situations. Savez-vous que nous avons deux psys à temps complet ?

Je grimace.

— Des psys ? Pour quoi faire ?

— Je vous propose que nous en discutions ensemble quand le directeur, monsieur Harold Gardner, sera arrivé. Il a demandé à vous rencontrer avec votre maire, l'honorable James Lookwood, je crois.

— Entendu. Je vous laisse vous installer. Ce sera vite fait, vous êtes peu nombreux.

Il ne relève pas.

— Entendu, shérif, merci.

Il s'éloigne et rejoint ses chefs de groupes qui font évoluer les rangs. Je reste avec mes hommes pour observer la manœuvre quasi militaire.

Tous tournent la tête en passant devant nous, et je ne peux m'empêcher de tiquer en croisant leurs regards aussi vides et froids que ce qui les entoure, dépourvus de curiosité pour leur nouvel environnement comme s'ils espéraient ne pas y rester, ou être déjà plus loin.

Peu de jeunes, plutôt des hommes burinés par la vie. Ils marchent l'un derrière l'autre à équidistance, sans trébucher dans la neige malgré les chaînes qui les entravent, familiers d'une longue pratique.

Ils ont le crâne rasé, sont habillés non de combinaisons orange comme dans les autres prisons, mais noires, et d'un épais blouson en doudoune de même couleur avec inscrit dans le dos en grosses lettres blanches pochées, les mots : COUNTY JAIL WOODFOLL. Ils sont chaussés de bottes chaudes qui leur montent à mi-mollet, et laissent imprimé dans la neige le mot *inmate* (« internés »), gravé sur leurs semelles. Ils sont blancs, noirs, indiens. Mais je remarque que certains d'entre eux portent la barbe islamique, le chef coiffé de la calotte, et ceux-là évitent carrément de me regarder.

Les gardiens les accompagnent le long des rangs, fusils tenus à deux mains, prêts à servir. Devant les portes, des ordres sont criés et les rangs s'immobilisent sans que cesse le martèlement des pieds.

D'autres ordres fusent, suivis de coups de sifflet, pendant que les lourdes portes d'acier glissent sur leurs rails et que les rangs s'ébranlent.

Les soixante prisonniers et leurs gardiens disparaissent à l'intérieur.

Je reste avec mes hommes malgré le froid jusqu'à ce que le dernier prisonnier ait disparu, que le bus de l'armée qui me rassurait, à tort, les ait suivis, et que les portes se referment derrière eux accompagnées de la lugubre sirène de fermeture.

— Mince alors, murmure l'officier Felix Morgan, arrivé l'année précédente, et qui ne s'était visiblement pas attendu à pareil spectacle dans ce genre de bourgade. Sacrés drôles de types !

Un analyste informatique, qui, s'ennuyant devant son ordinateur à la police centrale de Vancouver, a demandé un poste de terrain. On lui a servi celui-là. Il est plus jeune et plus raffiné que la moyenne de mes hommes.

— Ch'ais pas c'que c'est qu'ces mecs ! grimace Pirelli en réponse.

— On se croirait dans un film de Clint Eastwood, ajoute l'un des officiers féminins, Linda O'Kelly, pas grande, boulotte, drôle et acharnée au travail.

Vaguement mal à l'aise, je m'ébroue, gagnée par le froid glacial et la petite pluie très fine mais très froide qui s'est mise à tomber.

— Allez, on rentre, les gars. Après le déjeuner, on fait le point, j'ai des choses à vous dire. Pour nous, ça ne devrait rien changer, mais il vaut mieux être au courant.

VI

LE DISCOURS DE LA MÉTHODE

Le sergent-major Burns m'appelle au milieu de l'après-midi. Depuis le matin, le temps s'est encore obscurci. À cette saison, le jour est si court que l'on en change sans presque s'en apercevoir.

— Amène-toi, Pirelli, ordonné-je en reposant le téléphone. On va au zoo.

J'enfile ma parka qui m'engloutit, me coiffe jusqu'aux oreilles d'une chapka, et ainsi déguisée en ours gagne ma Range.

Il ne fait pas encore assez froid pour que les voitures soient spécialement protégées. Des anciens m'ont dit que certains hivers on laisse la nuit les moteurs tourner à bas régime pour pouvoir démarrer le lendemain. C'est à Churchill qu'ils ont expérimenté cette méthode. Faut dire que dans ce patelin de rêve où les ours blancs aiment prendre place à votre table, la température peut chuter l'hiver à -60 °C.

Le jour où le bateau est arrivé avec les cinq Range Rover Tigre, mon équipe au grand complet était massée devant le poste, excitée comme un nid de frelons. Et la répartition fut… périlleuse. Les Range, aussitôt baptisées les « reines des glaces », furent attribuées aux officiers titulaires par équipes de deux, et j'eus droit à la soupe à la grimace de mes gardiens auxiliaires. Faut dire qu'ils peuvent prendre les mêmes risques que leurs camarades officiers sans en avoir les avantages.

— Je conduis ? demande timidement Pirelli.

Je lui balance les clés.

— D'accord, mais ne nous jette pas dans le fossé.

— Je ne l'avais pas encore en mains ! proteste mon rital, qui dès qu'il en avait « touché » une s'était embourbé.

Je dissimule un sourire. Ce n'est plus la peine d'user d'autorité pour les envoyer patrouiller. Ils sont tous volontaires, même les filles.

— Tu sens l'odeur ? dit Pirelli en reniflant avec volupté.

— Oui, ça sent le cuir neuf…

Il secoue la tête et embraye.

— OK, Lou, c'est pas du patchouli, mais c'est bon !

La route glacée file en se tortillant à travers la plaine. Par-dessus les montagnes à l'est, des nuages noirs se sont installés en rangs serrés, ce qui indique qu'on va se faire un blanc gelé de première[1] ! Le couvercle du ciel bloque la lumière et nous oblige à rouler pleins

1 Un sacré coup de froid.

phares. Pirelli se cramponne au volant, car la voiture, bien qu'équipée antidérapage, a tendance à se balader.

— Il doit y avoir une sacrée couche de glace en dessous, maugrée-t-il. Putain, ça commence fort l'hiver, c't'année !

Ce temps aussi m'inquiète. Si nos nouveaux voisins ne peuvent pas mettre le nez dehors pendant des jours comme ça se passe parfois à cause du blizzard, je plains leurs matons.

Je m'interroge aussi sur ces criminels pour qui l'Administration m'a dit prendre des précautions spéciales. Spéciales, tu parles : vingt surveillants pour soixante détenus. Même dans les centrales ordinaires, ils sont trois fois plus.

On m'a appris, lors des réunions préparatoires à leur arrivée, qu'ils avaient été jugés après une période préventive assez courte et commençaient leur peine ici. Et d'après ce que m'avait confié avec réticence le chef de la police du canton et les deux juges procureurs venus au moment du référendum avec la population, c'étaient des récidivistes. Raison pour laquelle on ne voulait pas les mélanger aux autres.

— Récidivistes de quoi ? avais-je demandé.

— Violeurs, pédophiles, meurtres aggravés, avait répondu l'un des juges en haussant les épaules avec un sourire. Pas les gendres de l'année ! avait-il ajouté en riant.

Je m'en étais émue et étais allée trouver le maire.

— Monsieur le maire, est-ce bien raisonnable de construire une prison où vont être enfermés principalement des criminels dangereux ? Si les habitants apprennent qu'il y a des pédophiles, ça ne va pas le faire.

L'honorable James Lookwood en était à son second mandat et comptait bien continuer une ou deux fois sur sa lancée. Pas qu'il eût besoin des émoluments de la fonction : il possédait une mine d'argent et une des scieries les plus importantes du Manitoba.

— Ne vous alarmez pas, chère amie. Nous avons dîné, ma femme et moi, chez la lieutenante-gouverneure Janice Felton, et bien sûr j'ai évoqué le centre de détention et les problèmes que pourraient poser les détenus compte tenu de la gravité de leurs crimes. Elle m'a répondu qu'en ce qui la concernait elle considérait comme une preuve de confiance pour notre région d'avoir été choisie parmi tant d'autres. Et n'oublions pas les avantages pécuniaires et les retombées d'emplois, ainsi que les conditions optimum d'incarcération qui permettront l'évolution des soins. Plus modernes, ils donneront à ces hommes l'espoir de sortir un jour.

— Je n'oublie pas, monsieur le maire, mais on ne peut pas penser qu'abriter une prison où vont être regroupés des éléments dangereux soit un « plus » pour la région. Cela m'étonnerait que le tourisme soit stimulé, par exemple.

— Ah, ah, détrompez-vous, shérif. La maison de Charles Manson aux États-Unis est une des plus visitées ! Davantage, m'a-t-on dit, que celle de George Washington ! Et puis, ce n'est pas vous qui vous en occuperez ou en aurez la moindre charge ! Ces messieurs se déplacent avec leur personnel ! avait-il poursuivi en éclatant de rire.

— Tu penses à quoi, Lou ? me demande Pirelli en approchant du pénitencier.

— À ça, dis-je en le désignant du menton.

Il s'est imposé d'un coup derrière une levée de route. Trapu, hermétique, sombre. Les lourdes pierres grises qui le composent avalent la lumière déjà chiche. Des petites ouvertures barreaudées garnissent sa façade sur deux niveaux. Le dernier étage, coiffé d'un toit de zinc noir à pans pentus, est aveugle.

Le bâtiment est clôturé d'une barrière métallique de trois mètres de hauteur à forts maillons de torsion surmontés de rouleaux de barbelés. Elle est fermée d'une double porte en acier. Une autre barrière de même hauteur distante de cinq mètres de la première avec les mêmes maillons de torsion permet d'accéder à la cour intérieure par une grille composée d'épais barreaux qui basculent vers le haut.

Aucun bouton d'appel, aucune borne. Un numéro de téléphone pour se signaler. À ce moment, de forts projecteurs s'allument jour et nuit, inondant l'intrus d'une lumière de studio hollywoodien.

— Shérif Grynspan, je suis accompagnée du lieutenant Pirelli.

Un temps de latence. Puis les premières portes glissent sur leurs rails et on attend qu'elles se referment derrière nous pour franchir la herse qui bascule sur la cour.

Pirelli me lance un coup d'œil impressionné et se gare devant un quai de déchargement.

Le gardien qui nous fait pénétrer à l'intérieur ressemble aux détenus débarqués le matin. À part qu'il est solidement armé d'un A4, d'un Colt 45 suspendu à la ceinture et vêtu d'un treillis militaire. Sinon, c'est la même tronche sympa.

Je lui tends ma plaque qu'il scanne au moyen de sa montre poignet. Puis avec un mouvement de tête, il nous invite à le suivre. « Invite » est excessif. J'ai l'impression que si on n'obéissait pas il nous abattrait sur place.

On enfile un long couloir étroit en béton, éclairé de plafonniers en fer.

— On se croirait dans un putain de tuyau fermé, souffle Pirelli qui souffre de claustrophobie.

On marche en silence sur une bonne cinquantaine de mètres pour se retrouver devant une porte encastrée dans le mur qui s'ouvre après l'application de la paume de notre gracieux guide, pour se refermer aussitôt derrière nous.

— Prenez cet escalier, nous intime-t-il. Sur le palier, vous trouverez six marches qui vous descendront dans le bureau.

— Le bureau ?

— Là où sont les responsables.

Puis sans ajouter un mot, il fait demi-tour.

— Cool, le gars, bougonne Pirelli.

On suit les instructions et on arrive devant une porte contre laquelle je frappe.

— Ah ! entrez, nous dit Burns en nous ouvrant.

On avance dans une pièce genre salon où est assis dans un confortable fauteuil près d'une cheminée où crépite un feu d'enfer le maire James Lookwood en compagnie de deux hommes.

— Bonjour, shérif ! s'exclame Lookwood en levant vers moi le verre qu'il tient.

Il est replet, ce qui lui confère un faux style jovial et honnête, marque de fabrique de la plupart des édiles du coin.

Je lui renvoie son sourire avec un mouvement de tête.

Un des hommes, grand, sec, coiffé avec une raie sur le côté, vêtu en gentleman-farmer, vient vers moi la main tendue.

— Harold Gardner, ravi de vous rencontrer, shérif, et vous aussi, officier. Je suis le directeur de ce pénitencier.

— Bonjour, monsieur le directeur.

— Et voici le docteur Baumgartner, enchaîne-t-il, notre psychiatre en chef.

Il nous désigne le troisième homme appuyé contre la cheminée, moyennement corpulent, dégarni, le regard inquisiteur derrière des lunettes à monture de corne.

— Asseyez-vous, s'il vous plaît, nous invite le maire en désignant un canapé. Vous prendrez bien un verre avec ce froid ?

— Merci, du café chaud seulement, nous sommes en service.

Je ne suis pas à l'aise. Autour de nous des dizaines de types sont enfermés dans un cube de béton qui préfigure leur tombe. Ce n'est pas de la compassion ; ces hommes, si j'ai bien compris, font partie des pires criminels. Ce qui me gêne, c'est ce salon confortable où nous devisons paisiblement.

— Alors, comment trouvez-vous l'endroit ? me demande plaisamment le maire comme s'il me faisait visiter son *home sweet home*.

— Impressionnant.

— Et vous n'avez encore rien vu ! Le sergent major Burns vous le fera visiter tout à l'heure et vous comprendrez que vos appréhensions étaient vaines, shérif. Comme je vous l'ai dit la dernière fois où nous nous sommes vus, la population va comprendre très vite son intérêt. Mais aussi celui de nos... pensionnaires, achève-t-il avec un rire forcé.

— Comment cela ?

— Nous avons été invités avec d'autres responsables qui ont choisi d'installer ce genre d'établissement chez eux, c'est-à-dire, ceux des Laurentides, au Québec, et de l'Alberta, à un congrès qui s'est tenu à Boston le mois dernier, où les différents courants psychiatriques du moment ont établi une charte... Avez-vous déjà entendu parler des nouvelles avancées de la psychiatrie concernant les criminels atteints de troubles mentaux ou du comportement et qu'on veut responsabiliser ?

Je secoue négativement la tête en avalant une gorgée d'eau tiède marronnasse présentée comme du café.

— Eh bien, de récentes classifications internationales ont été établies afin de réduire la distance ontologique séparant l'individu, atteint de ces troubles, des autres membres de la société. Le malade mental n'est plus considéré comme un être déterminé par sa pathologie comme dans les années 1970.

Il s'arrête pour réfléchir ou pour se souvenir du reste de son discours.

— Il devient quelqu'un dont l'état mental est étudié, reprend-il, et qui, bien entouré, peut être réintroduit dans la société. Des spécialistes sont ici pour soigner ces personnes, voire les guérir pour quelques-unes d'entre elles.

Je le fixe d'un air dubitatif ou ironique, ou même les deux à la fois.

— À quel genre de criminels souffrant de troubles mentaux faites-vous allusion, monsieur le maire ?

— Eh bien, à tous ceux qu'un traitement médicamenteux personnalisé ou que l'on peut insérer dans des séances de thérapie collective peuvent sortir de leur pathologie.

— Même ceux présentant un comportement antisocial grave ?

Lookwood se tourne vers le docteur Baumgartner, toujours appuyé à la cheminée et qui regarde notre groupe comme s'il choisissait déjà pour chacun d'entre nous le traitement approprié.

— Expliquez-lui, docteur, s'il vous plaît.

Je suis sûr d'entendre le bon docteur soupirer d'ennui.

— Un peu long à expliquer, commence-t-il en se redressant et en se plantant au milieu de la paroisse, les mains enfoncées dans les poches de son pantalon, prenant possession du terrain.

En gros, nous responsabilisons le patient en lui rendant ce que des années de prison, d'asile ou de mauvais traitements ont enlevé à sa dignité d'homme.

Il se tait un moment pour observer l'effet de son laïus.

— Je ne comprends pas, rétorqué-je. On m'a dit que les hommes qui sont ici ont été jugés comme présentant de graves troubles psychotiques, schizophréniques, voire sociopathes, et…

Nouveau soupir plus appuyé du spécialiste.

— Nous savons depuis l'Ancien Testament, m'interrompt-il en balafrant son visage d'un sourire en va-et-vient aussi sincère qu'un alcoolique prêchant l'abstinence, que les prophètes ne le sont jamais en leur pays. Mais quand vous saurez, madame, que de nombreux praticiens ont déjà tenté l'expérience avec succès, rendant à la société des hommes qui en avaient été exclus, vous comprendrez peut-être mieux.

Je déteste ce genre d'expert pontifiant. Les tribunaux en sont pleins et leur donnent trop souvent raison, bien que les statistiques montrent que dans la plupart des cas les récidives sont nombreuses chez les détenus sortis trop tôt qui ont su tromper leurs thérapeutes.

— On reproche à l'enfermement en prison de ne pas être thérapeutique, mais la prison n'est pas là pour soigner. Elle existe pour protéger la société des individus dangereux et les punir de leurs crimes, je rétorque, agacée. On ne sait pas grand-chose sur les motivations des criminels. Sur ce qui pousse un homme à tuer quand on a éliminé le crime passionnel ou sexuel, la cupidité et l'idéologie.

Je fixe dans les yeux le bon docteur.

— Les bourreaux nazis ou hutus, comme les sadiques de Pol Pot, Staline ou Mao, étaient-ils des malades mentaux ? On ne le pense pas. Et les juges du tribunal de Nuremberg ou de Kigali ne l'ont pas envisagé, pas plus que la Cour internationale de La Haye. Nous pouvons certes espérer une rédemption de l'auteur d'un acte criminel d'opportunité, mais pas pour un meurtrier en série. Ce qui les différencie, c'est que le premier ne ressent pas le plaisir de tuer, je conclus un peu hargneusement.

— Ah, je vois, madame, que nous ne parviendrons pas à un accord, ricane le psy.

— Shérif Grynspan.

— Ah ? Vous devriez savoir, shérif Grynspan, rectifie-t-il avec la légèreté d'un taureau primé, que ce ne sont pas les premières ni les dernières tentatives d'amélioration des pathologies mentales ou physiques de notre société par des visionnaires qui seront rejetées. L'institution est figée dans le temps et dans ses principes. Pensez à Darwin, à Pasteur. Quelque chose vous gêne là-dedans, shérif ? ajoute-t-il avec un sourire de furet. (Je n'ai jamais vu sourire un furet)

— C'est vrai que nous semblons avoir ici un échantillonnage intéressant ; entre les criminels irrécupérables, les pédophiles et les violeurs sadiques, les expériences risquent d'être fructueuses.

Le maire se lève avec effort du fauteuil où il s'était enfoncé.

— Shérif, je peux comprendre vos réticences, mais je peux vous assurer qu'en accord avec les autorités fédérales, et la qualité professionnelle des spécialistes qui vont exercer dans notre pénitencier, toutes les précautions ont été prises. Il est probable que certains de nos « pensionnaires », dit-il avec un guillemet des doigts, ne seront pas concernés par ces thérapeutiques, mais si nous pouvons réussir quelques cas…

Il vient vers moi et me prend par le bras.

— Allez, chère amie, buvez avec nous à la réalisation de tous ces projets.

En même temps, il me désigne sur la table les bouteilles d'alcool.

— Je resterai au café, merci, décliné-je sèchement, évitant de regarder Pirelli et son expression frustrée.

— Comme vous voudrez…

La conversation se poursuit avec effort. Je sens que je suis passée du statut de professionnelle consciencieuse à celui de grave emmerdeuse, dépourvue de sens politique, comme me l'avait déjà fait remarquer l'honorable maire, lorsque revenue de visiter les tribus amérindiennes je lui avais fait part avec une certaine véhémence, pour ne pas dire indignation, des conditions misérables dans lesquelles vivaient les autochtones du Nord-Est.

Une tribu présente au Manitoba depuis des siècles connaissait à certains endroits une grande pauvreté, vivant à quinze dans quelques mètres carrés, sans eau ni électricité, femmes et filles se prostituant auprès des chasseurs pour seulement se nourrir.

Suite à cette visite, j'avais tenu à rencontrer le représentant des Premières Nations, le médiatique Derek Nepinak, chef des Assiniboines, qui s'occupait des intérêts de ses compatriotes auprès des instances gouvernementales. J'avais attiré son attention sur la pauvreté de ces tribus et il avait paru m'écouter avec intérêt. Mais je m'étais vite aperçue que rien n'avait changé.

Têtue, j'avais poursuivi ma croisade après qu'une épidémie de tentatives de suicide chez les jeunes avait touché le village d'Attawapiskat. Les autorités alertées étaient intervenues pour constater l'étendue de la détresse psychologique de cette population soumise au chômage pour quatre-vingts pour cent d'entre eux, qui, comme me le spécifia leur chef Bruce Shisheesh, les conduisait à se droguer et s'alcooliser.

Par la suite, je demandai une audience à Winnipeg au ministre des Affaires autochtones, qui me sembla sensible à la situation des quelque un million quatre cent cinquante mille Amérindiens qui peuplaient le pays, et qui délivra en accord avec Ottawa d'assez importants crédits.

Mon initiative avait intéressé les médias qui, jamais à court d'imagination oiseuse, m'avaient surnommée la « guerrière blanche ». Lorsque j'étais rentrée à Woodfoll, les chefs des tribus locales étaient venus me remercier en m'apportant des cadeaux manufacturés par leurs femmes et des gris-gris de bonne chance.

— Bien, dis-je en posant ma tasse, nous allons partir si vous le permettez parce que notre activité ne se réduit pas à celle de cette prison.

— Attendez, attendez, shérif ! s'exclama Lookwood. Je ne voudrais pas que vous partiez sur une mauvaise impression. Sergent-major, dit-il en s'adressant à Burns, auriez-vous le temps de jouer les guides ?

— Je vais le prendre, monsieur.

— Parfait, voilà qui va vous rassurer, shérif Grynspan. Et je suis joignable jour et nuit comme vous le confirmera mon bureau. Ravi d'avoir fait votre connaissance, officier Parelli.

— Pirelli, monsieur le maire. Vincente Pirelli.

Nous serrons les mains qui se tendent et emboîtons le pas à Burns

— Allons-y, shérif, propose l'imposant sergent.

On refait à sa suite le chemin inverse par les mêmes couloirs aveugles et j'entends râler mon rital.

— On va commencer par le commencement, décide avec bon sens notre guide. Là, dit-il en ouvrant une porte à l'aide d'un code, les cellules du bloc A, où sont retenus les détenus les moins dangereux. Meurtres au premier degré, braquages avec agression, spécifie-t-il avec un sourire sarcastique. Notez le grillage anti-suicide sous lequel peuvent circuler les gardes.

— Combien avez-vous de blocs ? je demande.

— Trois.

— Heu… écoutez, sergent, je suis sûre que cette visite nous intéresserait beaucoup, dis-je en grimaçant au boucan infernal qui s'est manifesté dès la porte ouverte donnant sur les cellules, mais une explication simplifiée me conviendrait aussi. J'ai beaucoup de travail en retard au poste.

Il me regarde, hoche la tête.

— Je comprends, shérif. Alors… voilà comment on va procéder pour ne pas vous retarder et faire plaisir à votre maire. Suivez-moi, s'il vous plaît.

Et on réenfile d'autres couloirs qui débouchent sur d'autres plateformes, grimpons et descendons des étages, et j'ai l'impression de me trouver dans un porte-avions où il est quasi impossible à un profane, et peut-être à un non-profane, de retrouver son chemin dans un tel dédale et où tout se ressemble. On arrive enfin devant une porte invisible dans le mur, que signale seulement une fine rainure dans l'acier, qu'il ouvre à l'aide d'un scan rétinien.

— Par ici, nous invite-t-il.

Nous pénétrons à sa suite dans une pièce éclairée basse tension, longue d'une bonne vingtaine de mètres, large de la moitié, où collés au mur de droite s'étagent des classeurs supportant des casiers métalliques fermés par des serrures de sûreté, et contre celui de gauche une bonne vingtaine d'écrans d'ordinateurs.

Au milieu, deux parois de métal forment un couloir où crépitent comme dans un film de science-fiction d'innombrables lumières et de non moins innombrables câbles dont je suis incapable de dire où ils vont, d'où ils viennent et à quoi ils servent.

— Venez, dit Burns en se plantant devant le mur d'ordinateurs. On va visiter en virtuel.

Il exécute quelques manœuvres et les écrans s'allument simultanément. Un mur d'écrans de soixante sur cinquante au moins qui tout à coup nous plongent dans le film.

Il se tourne vers nous.

— Chaque ordinateur a en charge une portion de l'établissement. Seules les cellules de contention, les mitards – il y en trois –, sont reliées à un autre réseau.

— Tous les angles, tous les coins ? je demande. Personne ne peut se soustraire, où qu'il soit, à la surveillance des caméras ?

Il a un sourire.

— Personne.

Il actionne une manette et quelques écrans changent de direction. Leur vue s'élargit et se rapproche.

— Ces écrans de contrôle spéciaux sont régis et surveillés par des robots, explique-t-il. Pour que justement aucun être vivant ne puisse profiter d'un angle mort ou même d'un instant de distraction d'un surveillant.

Il bouge d'autres manettes et successivement apparaissent des couloirs, des pièces, une immense cuisine salle à manger, une salle de repos avec bibliothèque et écran de cinéma, deux salles de sport, un coin informatique, des ateliers, une blanchisserie, et ces grandes salles vides donnent une curieuse impression de jour d'après.

— Personne ne les occupe en ce moment ?

— Tous les détenus sont pour l'instant dans leurs cellules, que je ne vous montrerai pas, ainsi que le râtelier des armes. Ces écrans ne sont pas dessus. Les cellules et le local des armes dépendent d'un autre réseau, surveillé également par des robots. Seuls les espaces publics, les coursives, les accès, sont sous le contrôle de gardes humains.

Il manœuvre encore, et apparaît une salle ronde cernée de vitres, placée au centre d'un croisement de couloirs en étoile, et où sont positionnés d'autres écrans.

— Le cœur du système technique qui surveille l'ensemble. Là est immédiatement signalé et pris en charge le moindre incident. Où nous sommes en ce moment, c'est le cerveau. Qui analyse un peu plus vite que la lumière la nature de ces incidents et prend les mesures en conséquence.

Il nous regarde, Pirelli et moi, pour voir l'effet de ses paroles. C'est vrai que c'est impressionnant. Plus sécuritaire apparemment que n'importe lequel des pénitenciers fédéraux ou pas que j'ai pu visiter. Mais là où il n'y a que de la technique… ben, justement, conclus-je in petto, ce qui est le plus courant, c'est l'erreur humaine. Que ce soit en avion, en voiture ou à cheval.

— Nous bénéficions, enchaîne Burns, des quelques erreurs ou manquements des précédents établissements. Normalement, ajoute-t-il en souriant et en appuyant sur le mot, il ne peut y avoir ni émeutes, ni incendies, ni évasion, ni homicides entre les détenus ou contre les gardiens.

Pirelli me jette un regard.

— Et le personnel, il loge où ?

— Au second étage pour les surveillants et le personnel de maintenance, au premier pour les responsables des services principaux. Des appartements privés pour le directeur Harold Garner qui n'a pas eu en revanche pour des questions de sécurité l'autorisation de faire venir sa famille. Le personnel de santé est aussi au premier dans des chambres individuelles. Le psy en chef, le docteur Baumgartner, a sa chambre près de la salle de thérapeutique et son cabinet particulier, de façon à ce que ces lieux où il reçoit seul ses patients soient surveillés en permanence. Plus loin, l'infirmerie et la salle de physiothérapie. En cas d'affection ou blessure grave, les patients sont envoyés selon la gravité et la clémence du climat à l'hôpital de Shaskeeton ou de Winnipeg.

— Eh bien, tout ça me semble parfait, sergent.

Je n'ai pas dû avoir la bonne intonation, car il me lance un coup d'œil de côté.

En réalité, ce pénitencier me semble singulièrement déshumanisé. En nous montrant la disposition des lieux, Burns a souligné que la plupart du temps, gardiens et prisonniers ne se côtoient pas. Des haut-parleurs indiquent aux détenus leurs différentes tâches, les moments de détente et de promenade. Les heures des repas, du cinéma, d'ouverture de la bibliothèque et des salles de sport.

Le Meilleur des mondes en live.

— Merci, sergent, tout ça a été très intéressant.

— Vous voilà rassurée, shérif ?

— C'est plutôt le personnel qui devra l'être. Au fait, on ne craint pas qu'ils souffrent de l'isolement des leurs ?

— Ils sont en général célibataires et reviennent chez eux une semaine tous les mois et demi pour les surveillants. Le reste du personnel y retourne tous les mois pour quatre jours.

— Pas lourd, je grimace.

— Ils ont signé pour trois ans. C'est comme les marins de haute mer.

— Très bien, merci, sergent-major, ç'a été très instructif.

VII

PENDANT CE TEMPS...

Au sud-est de la ville de Woodfoll, à distance d'une soixantaine de kilomètres, le village de Sainte-Agathe.

Cent soixante-cinq habitants.

49,34 de latitude.

97,10 de longitude, à mi-chemin de l'océan Pacifique et de l'océan Atlantique.

30 mars.

-50 °C.

Il était toujours aussi content d'habiter cette maison qui ne lui avait rien coûté, et où pour la première fois de sa chienne de vie il se sentait bien.

Assis dans la véranda, chauffée s'il vous plaît comme chez les richards, il sirotait un whisky rehaussé d'un voile d'eau comme on le faisait chez lui en Écosse.

Car Michaël Laurie, dont les lointains ancêtres avaient débarqué une saloperie de jour de l'an 1870, par -24 °C sur une pointe de la baie d'Hudson, fuyant la gendarmerie d'Édimbourg, se pensait plus écossais que canadien. Enfin, c'est ce qu'il aimait croire ; en réalité, il s'en foutait. Au premier étage de la maison, juste au-dessus de sa tête, il entendait marcher Margareth, sa femme, à qui il venait de présenter ses hommages. Si on peut appeler « hommages », ne put-il s'empêcher de s'esclaffer.

Il alluma un bout de cigare noirâtre qui, d'après ses rares connaissances ayant eu la malchance de le renifler, avait le goût de la boue d'une tinette en plein air, avala une large gorgée de whisky et se renversa dans son fauteuil de cuir.

Il aimait caresser l'idée qu'il menait une vie de nabab quand il avait, comme maintenant, les « couilles vides » et le verre plein. C'était pendant ces moments de félicité qu'il se complaisait à revivre son passé. Un film dont il était le metteur en scène et l'unique acteur, qu'il considérait comme un chef-d'œuvre et dont il ne se lassait pas.

Il soupira d'aise, s'étira voluptueusement, rembobina sa mémoire et laissa les images-souvenirs défiler.

Comment j'ai fait, je me le demande encore, pour m'appuyer six ans de tôle dont la moitié en compagnie d'un putain d'Indien plus répugnant qu'un cafard, et les trois suivantes avec un bougnoule qui se prenait pour le roi des braqueurs et l'empereur des baiseurs, et qui en purgeait douze pour un braquage à main armée en liaison avec une entreprise terroriste.

Pour moi, dix ans de Centrale, qui par le jeu des remises de peine avaient été réduits à six, pour avoir violé, d'après les flics, une ado de quatorze piges qui à mon avis ne demandait que ça.

Ahmed Benckri, j'me souviens, y s'appelait le bougnoule, idiot mais serviable. Quand il cantinait, il partageait souvent avec moi qui n'avais pas un kopek, et un jour il me montra une photo de sa femme.

— Ma mousmée, comment tu la trouves ?

— Bien...

— Bien ? Canon tu veux dire ! T'en as déjà eu une comme ça ? Putain ! Chaudasse comme t'imagines pas ! Elle m'adore c'te meuf !

Trois piges à se farcir les vantardises d'Ahmed qui était encore là pour au moins autant. Et un jour, à la cantoche, alors que je devais sortir deux mois plus tard, il me demande comme un service d'aller voir sa femme pour s'assurer qu'elle l'attend. Seule et fidèle.

— Si ça se trouve, tu pourras passer quelques jours chez moi histoire de te remettre dans le bain, mais fais gaffe, touche pas à la mousmée, avait-il ajouté. Tu la préviens pas, tu débarques et tu me raconteras.

Une semaine avant, Ahmed, qui était un musulman de la main gauche, s'était laissé aller à ses penchants, et dans un grand élan de fraternité soûlographique m'avait confié que les keufs n'avaient jamais pu mettre la main sur le magot qu'il avait tiré dans une banque, braquée au nom d'Allah, en compagnie de son complice qui avait pu se barrer et qu'il n'avait pas dénoncé, mais qui s'était fait tuer depuis en Syrie.

— Le con ! avait-il conclu en guise d'épitaphe.

Ce qui faisait de lui, Ahmed, un mec deux fois plus riche qui irait avec sa mousmée finir ses jours au soleil d'Arabie. C'est-à-dire un bled pourri marocain, j'avais rectifié dans ma tête.

Je m'étais étonné qu'il ait pu planquer le blé avant de se faire serrer à la sortie de la banque.

— C'est grâce à ma gonzesse et mon pote ! Ma fatma nous attendait au volant de la tire ! Mon pote s'est tiré avec elle, et ces cons de rozzers[1] *n'ont rien vu !*

À cette évocation, il était parti d'un fou rire gargantuesque et j'en étais resté comme deux ronds de flan.

Bon sang, que ç'a été bon de renifler l'air du large ! Même si au début je me les caillais avec l'agitation du dehors. Bon sang de criss ! Tous ces chars dans tous les sens !

Avec le pécule des chaussons que j'avais fabriqués pendant six ans, j'ai pris une chambre dans un hôtel sans étoile, mais qui m'a paru le Ritz quand je repensais aux nuits avec Ahmed qui m'empêchait de dormir avec ses vantardises pornographiques et ses flatulences nauséabondes.

Puis quand j'ai réalisé que je pouvais aller où je voulais, j'ai pas hésité. J'ai appelé sa femme, ignorant les recommandations de l'aut' taré, et foncé à son adresse.

Et là, bon sang, dix jours et dix nuits avec sa Cherifa, aussi agace-pissette qu'il l'avait dit, qui me quittait le matin pour aller bosser à l'école du patelin d'où elle revenait vers trois heures de l'après-midi, rattraper ses jours de solitude matelassière.

Mais moi, pendant qu'elle servait les gamelles de haricots aux petits abrutis de la communale, je fouillais de fond en comble la maison, le jardin, les caves,

1 Flics.

et enfin, alors que j'avais abandonné tout espoir et cru qu'Ahmed m'avait crossé, je suis tombé, nom de d'là, sur une caisse remplie de lingots et de pièces d'or enterrée à plus d'un mètre de profondeur dans la cave.

Il y en avait pour une fortune. Je regardais et je me sentais comme Ali Baba. Puis j'ai transbahuté le tout dans une grosse malle métallique à roulettes qui pesait le poids d'un âne mort et j'ai attendu Cherifa. Ah, je m'souviens, de voir tout ce foin, ça me f'sait péter capoter !

Quand elle est revenue tout émoustillée à la pensée de ce qui l'attendait, elle m'a trouvé plus souriant et bavard que d'habitude, ce qui lui fit plaisir, jusqu'à ce que, profitant qu'elle se collait à moi dans une attitude sexy et provocante, je lui ouvre la gorge d'une oreille à l'autre.

Je m'attendais à pire, mais elle n'émit qu'un hoquet de surprise avant de s'écrouler au sol, sa tête frisée baignant au milieu d'une grosse flaque de sang, et je suis allé dans le garage prendre un bidon d'essence dont je l'ai arrosée avant de gratter une allumette. C'était la première fois que je voyais quelqu'un brûler, et j'étais plutôt content qu'elle soit morte avant parce que j'avais rien à lui reprocher.

J'ai eu du pot sur ce coup. C'est comme ça. Ou tu te sors jamais de la poisse, ou tout te réussit sans que tu piges vraiment pourquoi.

Tout au début de la tôle, j'avais fait la connaissance d'un zig qui m'avait filé le nom d'un faussaire super spécialiste en faux fafs, d'après ce qu'il disait, que j'avais kiffé, car dans ma situation on a toujours besoin de ce genre de combine. Et le gars m'en avait fait effectivement à ma sortie, des plus authentiques que des vrais. Et maintenant, je m'appelais Ronald Paterson.

Parce que la pensée de la sortie de tôle d'Ahmed avec la certitude qu'il foncerait aussitôt chez lui ne me quittait pas et me collait les miquettes. Ce qui me donnait du large, c'est que pour pas que les flics trouvent son artiche il avait toujours refusé le moindre contact avec Cherifa qu'était jamais venue le voir en prison.

Il était costaud quand même l'Arabe. En quinze ans, pas vu ni touché une seule fois sa guidoune !

Je savais que si je voulais me cacher je ne devrais pas m'installer dans une ville où l'on croise toujours des gens qu'on ne voudrait pas voir. Et en roulant dans la tire de Cherifa que j'ai flanquée au fond d'un lac quand j'ai acheté la mienne, je suis tombé par hasard sur ce bled perdu où il y avait justement à vendre une baraque qui me plaisait. Et le truc marrant, c'est qu'en allant à la mairie chercher les papiers, j'ai rencontré Margareth, assise sur son cul de fonctionnaire, et j'ai pigé tout de suite sa personnalité soumise. Mais faut pas s'y fier aux gonzesses soumises. Je me suis aperçu, au fil des années, que soumise ne veut pas toujours dire idiote, parce que la gerce s'est révélée vite fait maligne et perverse.

VIII

RETOUR DE BÂTON

— Salut, mesdames, messieurs, dis-je en revenant au commissariat, Pirelli se traînant derrière moi en faisant la baboune (faire la tête).

— Pourquoi tu tires la tronche ! s'esclaffe O'Kelly qui n'en rate pas une.

— Ben, si t'avais vu le niaiseux qu'on a eu affaire, tu ferais pareil, réplique-t-il en s'asseyant derrière son bureau et en remuant des papiers pour se donner une contenance.

Il jette un œil sur Hachiko qui, couché sous le mien, n'a pas bougé une oreille devant notre irruption et semble suivre la conversation.

— Dis donc, y va faire du lard si tu le fais pas courir ! C'est l'temps aujourd'hui ! Maudit qu'il fait beau ! s'exclame Pirelli qui aime bien se mêler de tout.

— Tu sais qu'il n'aime pas se balader, je réponds.

Pirelli est le seul à me tutoyer. Ça s'est fait naturellement quand j'ai rejoint le poste. Le fils de Palerme a fait un mix des mœurs canadiennes avec les siciliennes, plus détendues. Ça lui donne un statut privilégié vis-à-vis des autres. Ça ne me gêne pas, je l'aime bien. Je ne sais pas si c'est ce qui a cassé les barrières, mais c'est le seul avec qui je prends un pot et dîne volontiers, parce qu'il me semble le seul à posséder un esprit drôle et libre, dépourvu de préjugés, et ses copains que je rencontre quelquefois sont pareils.

— Tu sais que c'était un cabot qui se battait avec les ours ! insiste mon adjoint. Il se bat avec qui, maintenant ? Les mouches ? Dans ce sacré pays, y en a pas une seule !

— Que tu dis ! intervient un autre. Tu vas l'été là où y a du soleil et d'la flotte ! T'as pas le temps de te déloquer que tu t'fais bouffer tout vif ! Tabarnak (sacré nom) de pays !

Je me lève et vais m'enfermer dans mon bureau, peu encline à supporter leurs bavardages après ce que m'a révélé le sergent Burns qui m'a retenue au moment où je quittais la 3AP.

— Vous voulez me dire quelque chose, sergent-major ?

— Bien, c'est-à-dire, shérif, que vous me paraissez être quelqu'un de raisonnable et je ne voudrais pas qu'on vous mène en bateau. Un homme averti en vaut deux… alors, une femme, sourit-il.

— Je vous écoute, sergent.

Il a hoché la tête, s'est balancé sur ses pieds, a grimacé un sourire à deux dollars vingt-cinq, et j'ai pensé qu'il allait me proposer le mariage.

— Alors, on vous a dit, a-t-il commencé, qu'il y aura ici de nouvelles méthodes pour le traitement de certains prisonniers… considérés comme souffrant de dérèglements mentaux ou qui ont mal digéré leurs problèmes familiaux.

Il s'est tu et m'a regardée par en dessous.

— Je ne suis pas vraiment d'accord avec cette théorie, compte tenu des années pendant lesquelles j'ai côtoyé les mêmes genres d'individus. Mais on ne me demande pas mon avis. On me demande seulement de les garder.

Et il m'a chanstiqué un nouveau gentil sourire.

— Nous avons dans cette prison une soixantaine de prisonniers, tous accusés d'homicides aggravés. OK ? Peut-être que certains sont récupérables. Je ne sais pas, je ne suis pas toubib. Mais il y en a quatre qui, j'espère, ne participeront pas à l'expérience médicale de messieurs les experts : ce sont les frères Bernatchez. Des tueurs d'enfants, des sadiques absolus. Une fratrie d'un patelin du Nord-Ouest perdu dans les glaces, au milieu des forêts primaires, proches de la baie d'Hudson… Vous voyez ?

— Je ne vois pas parce que je ne suis jamais allée plus loin que Thompson, mais…

— Les flics ont mis cinq ans à les poisser, m'a coupée Burns. Mais c'est pas leur faute, faut voir le coin où ces gens vivaient, si on peut appeler ça vivre.

Je me suis adossée au mur, car je sentais que l'ami Burns n'avait pas l'intention de me la faire courte.

— Vous avez vu le film *Délivrance* de John Boorman ?

— Il y a longtemps. Ces demeurés qui vivaient isolés dans la forêt et qui jouaient du banjo ?

— Tout juste, et qui tuaient les uns après les autres des gars venus faire du rafting. La tête du môme, le débile, ça vous revient ? Celui qui jouait du banjo justement ? Ben, y en a un dans la bande qui lui ressemble comme deux pois. Vous l'avez peut-être remarqué ce matin ?

J'ai secoué négativement la tête.

— Bon. Ceux-là jouissent d'un statut spécial. Ils occupent deux cellules voisines au bloc 3, dans un couloir de la prison qui leur est dédié, et sont surveillés en permanence par deux gardiens. On ne les mélange pas aux autres.

— Parce que ce sont des tueurs d'enfants et qu'ils se feraient buter par leurs copains ?

— Non. C'est plutôt eux qui fichent la trouille à leurs copains. Aucun de ces incendiaires, violeurs ou tueurs ne voudrait s'en approcher. Ils sont là parce qu'on ne sait pas quoi en faire. C'est ce qu'on m'a fait comprendre. Avant, on avait la peine de mort pour des mecs du genre.

— Enfin, sergent, ils sont pas pires que le virus Ebola, ai-je bêtement ricané.

— Si. Depuis que je bosse, j'ai jamais vu ça ! Capables de bouffer leurs codétenus si le repas a du retard ! Savent pas faire la différence entre ce qui est normal et ce qui ne l'est pas. Laissez-moi vous raconter leur histoire.

» Ils vivaient au milieu des bois. Exactement comme dans le film de Boorman. Ils survivaient en pratiquant la pêche et la chasse. Le premier lieu habité était à plus de vingt kilomètres, ils voyaient personne, et personne s'en occupait. Même pas sûr qu'on savait qu'ils étaient là. Puis il y a quelques années on a retrouvé des corps mutilés qu'on a identifiés comme étant ceux d'agriculteurs du coin. Ils étaient en si mauvais état qu'on a pensé qu'ils avaient été attaqués par des bêtes. Puis il y a eu deux autres familles, et ça a commencé à alerter les autorités, d'autant qu'il y avait aussi des animaux domestiques massacrés et mangés. Ce qui a intrigué les flics, c'est que les victimes humaines n'avaient pas été mangées. Juste mutilées.

— Et les enfants ?

— Des nourrissons. Ils les ont tués ; pourtant, ils ne pouvaient pas les reconnaître et les dénoncer. Deux nourrissons d'une famille n'ont pas été retrouvés, enfin pas entiers. Le préfet a été alerté, il a prévenu les flics, ils ont débarqué, fouillé la région et sont tombés sur les frères Bernatchez chez qui ils ont retrouvé des vêtements et des objets des familles assassinées ainsi que des vêtements de bébé. Ça n'a pas été dur de les faire avouer à part qu'ils parlaient un charabia presque incompréhensible.

— Et pourquoi vous me dites ça, sergent ?

— Je n'aimerais pas que vous vous trouviez un jour face à eux.

— Mais si j'ai bien compris, ni moi ni mes hommes n'auront à nous en occuper.

— Shérif, on m'a transmis votre dossier, ainsi que ceux de vos hommes. Vous en avez bavé d'après ce que j'ai lu, mais vous n'êtes pas du genre à vous aplatir.

— Pas du genre non plus à porter leur petit-déjeuner à vos quatre affreux.

Il m'a fixée une poignée de secondes.

— Je voulais juste vous prévenir. Ça fait vingt ans que je suis dans les prisons et j'en ai vu comme personne pourrait imaginer. Et je ne relâche jamais la garde.

Quand j'étais ado, je me souviens que je m'énervais souvent contre mes parents. (J'ai appris depuis qu'entre onze et vingt ans, parfois plus, les parents passent auprès de leurs ados pour des vieux cons, et les ados pour de petits imbéciles prétentieux que ni leur père ni leur mère ne reconnaissent.) Ma mère, qui avait recueilli les récits de ses parents fuyant leur pays la mort aux trousses, avait tenté, instruite par l'histoire de notre peuple, de me mettre en garde contre les pièges de la vie. De ne pas croire que lorsque tout semblait bien aller, c'était de l'acquis inoxydable, mais qu'au contraire dans la vie on n'est jamais sûr de rien.

— Quand tu te sentiras heureuse parce que tranquille, et c'est mon plus cher désir, ne relâche pas ta garde, pense que, comme lorsqu'on est sur le point de s'endormir, la deuxième chaussure du voisin peut tomber sur le plafond.

La deuxième chaussure venait de tomber.

IX

RÉEXIONS D'ANGOISSE

J'ai été secouée par les révélations de Burns. Des histoires à faire des cauchemars. J'aime mieux pour lui que pour moi.

J'observe ma troupe à travers la vitre de mon bureau et pense qu'on nous a pour le moins menés en bateau. Z'ont pensé à une mutinerie ou une tentative d'évasion, les cerveaux qui ont concocté le projet ? D'accord, il y a une hyper surveillance high-tech dans cette tôle, mais comme me l'avait confié un cambrioleur super doué de ma connaissance :

— Vous savez, shérif, qu'il n'existe pas un coffre au monde qu'on ne puisse forcer un jour ou l'autre ?

J'en suis là de mes réflexions quand mon téléphone fixe se met à sonner sur le bureau. Je décroche et j'annonce :

— Shérif Grynspan.

Il y a un raclement de gorge à l'autre bout.

— Bonjour, shérif, je suis le chef Istinak Shaw.

— Bonjour, chef.

— Je suis de l'autre côté de la rue, chez Zeze...

— Je serai là dans une minute, chef, dis-je, étonnée qu'il soit venu en ville sans m'avoir prévenue.

— Je suis chez Zeze, appelez s'il y a besoin, annoncé-je à ma troupe en sortant.

Je traverse la rue en frissonnant de froid, Hachiko sur mes talons, qui semble lassé de nos séparations incessantes. Comme une pomme, je n'ai pas pris ma parka, indispensable en cette saison dès qu'on met le pied dehors. Je suis sans doute troublée par les confidences de Burns et par la venue de Shaw. La température n'est pas remontée, la glace a pris dix centimètres dans les caniveaux et la moindre flaque d'eau brille comme une lame.

Chez Zeze, il y a peu de monde ; à cette heure de l'après-midi, les gens sont au travail. J'aperçois le chef Istinak Shaw à une table du fond, près d'un feu ronflant, en compagnie de deux hommes qui, le visage fermé, me regardent arriver.

Je ne m'en offusque pas. Les mœurs des Indiens ne me concernent plus. J'ai tenté au début, en arrivant de Montréal, de leur faire comprendre que la civilité n'était pas un signe de faiblesse, mais une meilleure façon de se côtoyer. Que ce serait mieux de laisser tomber leur machisme ancestral pour que leurs femmes entrent dans le monde moderne. Mais j'ai vite abandonné.

Les Indiennes occupent le plus souvent un rang subalterne et doivent servir les hommes. Elles ne mangent pas à la même table que leurs époux ou leurs fils et ne prennent pas de décisions concernant l'éducation des enfants, surtout des garçons, ou l'orientation des affaires.

Quelques femmes indiennes occupent des postes dans l'administration canadienne : la police ou certains secteurs comme la santé ou l'école. Quelques médecins, des avocates, des profs d'université qui enseignent le plus souvent la civilisation indienne.

— Chef, souris-je en lui tendant la main, heureuse de vous voir.

Il n'y répond pas franchement, et je comprends que ce n'est pas une visite strictement amicale.

Je tire une chaise, le plus près possible de la cheminée, et m'assois après avoir salué ses deux compagnons d'un signe de tête. Hachiko fait pareil, sans la chaise.

Il y a un jeune et un moins jeune. Istinak Shaw ne doit pas être loin de ses soixante-dix ans, et son visage fait penser à un bout de cuir resté trop longtemps au soleil. Il suce plus qu'il ne mâche des donuts qu'il trempe dans une soucoupe de sirop d'érable et qu'il accompagne de thé noir. Tous les trois fixent Hachiko qui les ignore.

Les relations des autochtones avec les différentes espèces d'animaux peuvent être différentes, un peu comme chez nous où les animaux de travail n'ont souvent pas droit aux mêmes attentions amicales que les animaux domestiques avec lesquels nous vivons. Les chiens, en particulier, sont davantage pour eux des aides à la garde et ne bénéficient pas par exemple des mêmes soins que les chiens de traîneaux qui font partie à présent du paysage pittoresque du Canada après avoir été longtemps des auxiliaires indispensables de la GRC, par exemple pour les patrouilles dans les territoires du Grand Nord.

— Vous avez déjeuné, shérif ?

— Oui, merci, chef.

Je croise les bras et attends. C'est Istinak Shaw qui m'a invitée à le rejoindre, et selon l'usage c'est à lui de commencer de parler. Mais comme il continue de manger comme si de rien n'était et que les deux autres attendent également, je comprends qu'il met en scène son autorité.

J'ignore pourquoi il est là. On ne se voit en général que quand il y a un problème dans une tribu et qu'ils ont besoin d'un arbitrage.

Istinak Shaw dirige la nation crie. Les Cris sont de bons chasseurs, pêcheurs, cueilleurs nomades et de remarquables sculpteurs sur bois ou pierre. Ils travaillent le cuir, les perles, la fourrure, la vannerie, qu'ils vendent aux touristes. Parlent le cri, mais maîtrisent l'anglais et rarement un peu de français.

La communauté crie a occupé pendant des siècles les territoires où se sont installés plus tard les Blancs qui les ont peu à peu repoussés jusqu'à la baie d'Hudson.

Ce peuple courageux et habile a prospéré en même temps que nous dans de nombreux domaines : le trafic aérien, l'alimentation, le commerce du caribou et de l'omble chevalier, par exemple

Mais bien que le plus souvent ils envoient leurs enfants à l'école nationale, ils ont conservé leurs traditions. Il y a un peu plus d'un an, j'ai eu à arbitrer une affaire sur la pêche à l'omble dans la rivière Rouge, suite à une décision prise par le gouvernement fédéral sur les zones allouées, que les tribus conseillées par des avocats indiens contestaient et qui ont entraîné de gros désordres, mais ont fini par se tasser.

Le chef a fini de manger, ses compagnons l'ont attendu avec patience. Il s'essuie soigneusement les lèvres, époussette sa chemise de grosse laine tissée et, après avoir jeté un coup d'œil circulaire, se tourne enfin vers moi, jetant en passant un coup d'œil à Hachiko.

— C'est un beau chien, dit-il.

— Merci, chef. Fidèle et efficace.

Pourquoi j'ai répondu ça ? Parce qu'inconsciemment ils sont venus à trois et que la présence d'Hachiko me met sur un pied d'égalité ?

— Celui-ci est avocat, enchaîne-t-il en désignant le moins jeune de ses compagnons, de complexion corpulente et aux yeux fortement cernés comme s'il passait sa vie dans les boîtes de nuit. Il se nomme Eyota, qui signifie « celui qui est le meilleur », et celui-là est sergent dans la police indienne et s'appelle Dekawawido.

Les deux hommes ne bronchent pas, ne saluent pas.

— Très heureuse, dis-je. Vous appartenez à un beau et bon peuple.

Ils ne répondent pas, puis Istinak fait un signe à l'avocat qui tire de sa serviette une carte géographique enroulée, regarde sur la table les restes du goûter, se tourne vers la serveuse occupée à la caisse avec ses comptes et l'appelle.

Sans succès. Et une fois encore, sans qu'elle relève seulement la tête

— Rose, j'interviens.

La jeune femme me regarde.

— Oui ?

— Voulez-vous débarrasser ? Nous avons besoin de la table.

— J'arrive, lâche-t-elle sans se presser.

Elle apporte un plateau qu'elle surcharge à la limite de la chute, retourne au comptoir, saisit une éponge et revient finir de nettoyer. Pendant toutes ces opérations, elle n'a regardé personne, et tout dans son attitude exprime le dédain.

— Merci, Rose.

Fatigant ce racisme qui touche aussi bien la population blanche que rouge. Chacune vit sans vraiment s'intéresser à l'autre. Qu'est-ce que peut reprocher une jeune femme comme Rose à ces hommes ? Puis je me rappelle. Rose a été engrossée par un Indien cri, et l'homme l'a abandonnée avec l'enfant qu'elle s'efforce à présent d'élever seule. Si ça avait été un Blanc, aurait-elle réagi ainsi contre tous les hommes blancs ?

L'avocat déroule la carte que ses compagnons tirent dans les coins.

— Qu'est-ce que c'est ? je demande d'un ton léger, pressentant un problème.

Sans répondre, le chef avec son index trace un cercle qui englobe différents symboles naïfs sur une grande partie de la carte. Des animaux, des forêts, des lacs, des monts dentelés, des villages de tentes, des hommes qui chassent, des scènes de vie. Ça ressemble aux peintures rupestres des grottes préhistoriques.

— Ici, avant, c'était chez nous, martèle-t-il en rivant son regard dans le mien.

— Avant ? Avant quoi ?

— Avant que les hommes blancs s'emparent de nos terres !

Je me penche sur la carte.

— Chef, quel âge a cette carte ? Le gouvernement vous a depuis longtemps racheté des terres ou vous en a échangé contre d'autres d'aussi bonne qualité. Vous n'avez pas oublié ?

Il me toise et se penche vers moi.

— Là, dit-il en posant son doigt. Là, la commune de Vashat Mak Mani-Uteman, où cinq habitants se sont tués, grimace-t-il en élevant soudain la voix et en tapant avec son index.

— Je sais, chef, j'y suis allée, souvenez-vous. J'ai alerté les autorités, et tous ceux qui avaient des problèmes psychologiques ont été emmenés à l'hôpital et placés en observation. Certains prenaient trop de drogue, d'autres c'était l'alcool, et…

— Pourquoi nos femmes, nos enfants prennent-ils de la drogue ? réplique-t-il d'une voix aiguë.

Je sens à mes côtés Hachiko se tendre et je pose la main sur sa tête.

— Je l'ignore, chef. Ces fléaux touchent aussi les autres populations canadiennes.

— Et vous avez retrouvé nos enfants volés ?

Je me repousse sur ma chaise, l'air de ne pas comprendre.

— Que se passe-t-il, chef ? Vous savez que le gouvernement du Manitoba a nommé à l'époque le coroner Bernard Lefrançois pour enquêter, et l'enquête a conclu qu'aucun enfant n'avait été volé.

— Mais vous savez qu'on nous vole nos enfants ? Vous savez que n'importe quel fonctionnaire blanc peut enlever ses enfants à sa mère sans rien demander ?

Sa voix tremble de colère.

Je jette un coup d'œil autour. Par chance, on est seuls dans le restaurant.

— Je ne comprends pas ce que vous dites, chef. Quand a-t-on volé des enfants ?

S'il fait allusion à cette histoire d'enfants indiens volés pour être vendus à des Blancs, ça a couru au début du siècle dernier, et aucune preuve n'est jamais venue l'étayer. C'était le même genre de légendes que celles véhiculées sur les juifs de Russie accusés au moment de la Pâque de tuer des enfants chrétiens pour mélanger leur sang aux galettes de pain azyme.

Le complotisme n'est pas une invention récente, mais elle perdure.

Le bruit avait aussi couru sur la disparition de plus de mille femmes entre 1980 et 2012. Mais les enquêtes entreprises conjointement par la GRC et la police indienne avaient prouvé que ces femmes, au nombre seulement d'une petite centaine, trop souvent victimes des hommes de leur tribu, s'enfuyaient vers les grandes villes dans l'espoir d'échapper à leur condition. Là, des proxénètes les attendaient dès leur arrivée à l'aéroport, souvent prévenus par les familles elles-mêmes.

Au milieu du siècle dernier et pour éviter les tensions, le gouvernement a débloqué plusieurs millions de dollars afin d'aider les Indiens, et à mon avis ce n'était pas du luxe. C'est à partir de cette initiative que des casinos tenus par certaines tribus ont vu le jour, générant des guerres de gangs qui n'avaient rien à envier à celles des Blancs. Mais des améliorations pour les conditions de vie dans les tribus ont été aussi entreprises. Pas assez, peut-être. Mais apparemment aujourd'hui, ce n'est pas le sujet.

— Pour ça, rien ! crache-t-il.

J'ignore de quoi il parle et je regarde les deux autres qui n'ont pas ouvert la bouche depuis le début. Ils fixent le chef Istinak Shaw comme s'ils attendaient un signal. Et je comprends que tout ça n'est qu'une préparation à ce qui va suivre.

— Alors, où pensez-vous que je puisse intervenir, chef ? Et pourquoi je suis là ?

— Dis-lui, Eyota ! Dis-lui ce qui se passe.

L'avocat tourne la carte vers moi, promène lui aussi son doigt dessus, l'arrête sur une zone grise hachurée de blanc où figurent des hommes en armes, couchés sur le dos.

— Là, dit-il. Le cimetière des Braves. Les meilleurs guerriers de notre peuple.

Je sens que la situation se tend. Comme je m'en étais douté, les récriminations du chef concernant les suicides et les enlèvements d'enfants et de femmes étaient un prétexte. Une sorte de mise en bouche.

Ce qui m'agace, c'est que les trois hommes semblent jouir de mon malaise. Istinak sait parfaitement que j'ai essayé de les aider. Et il y a sûrement plus d'un cimetière dans la toundra où les Indiens nomades enterraient les leurs, mais en quoi suis-je concernée ? À ma connaissance, nulle profanation n'a été signalée depuis longtemps. Et les dernières étaient le fait d'adolescents appartenant à une vague secte gothique, Blancs et Indiens mêlés.

Des cimetières, il doit y en avoir beaucoup dans ce vaste territoire. Les Indiens ont bougé, et leurs morts avec. Les rituels funéraires sont différents suivant les tribus, mais tous ont en commun l'absolu respect de l'âme du défunt qui doit rejoindre le Créateur pour l'éternité.

Certaines tribus, comme les Navajos, croient que les hommes possèdent deux âmes. L'une libre de toute attache peut quitter le corps durant le sommeil ou la maladie, l'autre reste chevillée au corps.

La première gagne le monde des esprits immédiatement après la mort, la seconde subit le même sort que le corps périssable et reste attachée à lui un certain temps. Pour cette raison, leurs morts sont placés à l'écart afin de mieux couper les liens avec le monde des vivants.

J'ignore ce qu'est la croyance des Cris. Je sais juste qu'ils croient aussi à une vie après la mort, comme certains chrétiens, où le défunt gagne « les territoires de chasse du Grand Esprit » qui est leur paradis à eux.

Je me penche sur la carte. Woodfoll est marqué d'une étoile rouge. Un peu plus au nord, une étendue hachurée grisâtre, en forme de triangle, avec au milieu un symbole indien sur lequel est resté planté l'index de l'avocat. La rivière Rouge, indiquée par une flèche rubis, traverse la ville, serpente vers l'est, se faufile entre des montagnes couvertes d'arbres, fait des boucles, avec sur ses rives des silhouettes d'animaux ou de chasseurs bandant leurs arcs.

Je regarde l'avocat.

— Et cet emplacement ? C'est ça le cimetière ?

En même temps, mon œil est attiré par un geste du chef. Il tapote son iPhone.

L'incongruité de la situation m'arrache un sourire. Là les croyances ancestrales, ici le modernisme high-tech.

L'avocat a plaqué ses deux mains sur la carte sans me lâcher des yeux. Le policier Dekawawido n'a pas encore ouvert la bouche.

— Notre cimetière est sous votre prison !

Le son guttural de la voix d'Istinak Shaw me fait sursauter. Elle a résonné comme un gong dans le restaurant vide. Je tourne la tête vers lui et rencontre son regard furieux.

— Comment nos braves pourront-ils rejoindre les Territoires éternels ? Comment fera leur âme pour sortir comme une étincelle de leur bouche ? crie-t-il.

Hachiko, qui n'aime pas les cris, s'est un peu plus tendu. Si les autochtones ont parfois avec nos chiens des rapports délicats, j'ai aussi remarqué que les chiens peuvent développer contre eux de la méfiance. Les chiens des villes, on le sait, n'aiment pas les hommes en uniforme. Lointaine réminiscence quand ils étaient chassés des villes par la maréchaussée ?

Je respire doucement. Si ce que dit Istinak Shaw est vrai, que la 3AP a été construite sur un cimetière indien, autant dire sur un territoire sacré aussi sanctuarisé que s'il était irradié, je prévois des tonnes d'emmerdements. Les Indiens ont trop de ressentiment contre les Blancs pour tolérer le moindre manquement à leurs rites. Des révoltes sanglantes ont déjà éclaté au siècle passé, laissant à chaque camp des souvenirs douloureux.

— Pourquoi m'en parler à moi, et pas aux autorités ? Vos commissions tribales ont assisté aux enquêtes. Ça a duré deux ans. Et quand vous avez vu que la prison serait construite sur cet emplacement, pourquoi vos conseils tribaux ne sont-ils pas intervenus ?

En posant la question, je connais la réponse.

— Parce que ce sont à vos chefs de savoir. À vos chefs de nous respecter et pas à nous de quémander. Nous sommes les tribus premières, ces terres nous appartiennent depuis la nuit des temps. Cette terre est notre mère nourricière. Vous nous en avez chassés parce que vous n'êtes pas seulement les plus forts, mais les plus cupides. Vous avez transformé nos rivières en égouts où nous ne pouvons plus pêcher pour nourrir les nôtres. Nos champs ont été rendus stériles à cause de vos boues rouges et de ce gaz de schiste dont vous êtes si fiers. Nos territoires de chasse ont disparu parce que les bêtes ont disparu. Mais vous ne chasserez pas nos morts !

— Nous ne tolérerons pas que nos morts dorment sous votre béton en compagnie de vos assassins !

Je me tourne vers le jeune policier qui vient de parler d'un ton âpre et accusateur. Ce sont les premiers mots que j'entends de lui.

Je m'adresse à Istinak Shaw :

— J'entends vos plaintes, chef, et je les comprends, même si je ne vois pas dans l'immédiat comment nous allons pouvoir y remédier et…

— Il faudra trouver, coupe l'avocat. En accord avec mes confrères des autres tribus, nous allons déposer plainte auprès de votre Cour suprême et…

— Qui est aussi la vôtre, maître, je coupe.

Il me foudroie du regard.

— … et si nous n'obtenons pas satisfaction pour nos revendications, nous userons d'autres moyens.

Sa colère est si manifeste que je me dis que ça doit faire un moment que cette histoire mijote dans les conseils. Les Indiens en général ne sont pas très solidaires les uns des autres, les ethnies se jalousent depuis trop longtemps, se méprisent même souvent, mais je sens souffler un vent particulier sur ce coup, ou alors ces trois-là sont de sacrés joueurs de poker qui ont une idée en tête. Les Indiens, comme tout le monde, savent monnayer leurs reproches, sachant que les autorités, depuis les récentes lois de protection, sont à l'écoute de leurs revendications et craignent dans les territoires des émeutes pas souvent faciles à juguler.

— Irez-vous voir la gouverneure générale à la capitale fédérale, chef ? Voulez-vous que l'honorable maire, James Lookwood, vous obtienne un rendez-vous ou même vous y accompagne avec maître Eyota ou n'importe lequel de vos hommes ?

— Nous allons aviser, répond Dekawawido, le policier. Nous vous tiendrons au courant.

— Bien…

Je ne sais pas si je dois m'en aller, rester ou attendre la décision de Shaw. Leur protocole est différent du nôtre, et ce n'est pas le moment de faire un impair.

Il a alors la maladresse, sans doute voulue, de me congédier d'un signe de main désinvolte. Du coup, ma colère flambe parce que je sais ce qu'ils pensent des femmes en général. Je me penche vers lui jusqu'à ce que nos nez se touchent presque.

— Je suis le shérif de cette ville et de tous les territoires alentour jusqu'à la baie. Ceux qui y vivent sont protégés, mais en retour ils doivent respecter les lois qui s'appliquent à tous nos concitoyens. Si vous vous sentez lésés, adressez-vous à ceux qui peuvent vous entendre et vous donner tort ou raison. Pas à moi. Et n'encouragez pas vos peuples à répandre le sang au cours d'entreprises hasardeuses. Nous avons, vous et nous, des négociateurs et des sages qui pourront trouver des solutions. Je vous respecte, respectez-moi. Respectons-nous.

Dans le regard noir qu'Istinak plonge dans le mien, il y a des chevauchées de braves, des cris de rage, des victoires et des morts.

Il s'avance encore et je reçois son haleine chargée.

— Nous n'aurons pas besoin des vivants pour vous vaincre, crache-t-il.

Il se lève, moi aussi. Il a presque une tête de moins, mais c'est lui qui me toise.

— Le mort peut être plus fort que le vif dans sa colère. Vous savez que nous avons des forces que vous ne contrôlerez pas.

Sans un mot de plus, il se dirige, suivi de ses deux compagnons, vers la sortie.

X

JOURS TRANQUILLES À LA 3AP

Tom Wiener ajusta sa Tom Brown, le gros ceinturon où les flics et les matons suspendent leur torche électrique de 245 lumens qui éclairent a giorno, leurs menottes, une matraque télescopique, leur pistolet, des chargeurs, un biper, une paire de gants de cuir, le tout pesant son bon kilos et demi, et referma son vestiaire.

Il était né à York Factory, sur la baie, un foutu patelin traversé par la rivière Nelson qui n'avait jamais fait parler d'elle, comme le reste de sa population de neuf cent cinquante crétins, comme disait Wiener, qui aimait bien juger du haut de ses dix-huit ans et qui trouvait sa vie très emmerdatoire.

Il avait quitté le collège en milieu d'année, estimant en savoir assez, et comme son unique ambition était de fuir York et sa famille de pêcheurs, il avait répondu à une annonce qui lui avait paru alléchante et lui proposait, après une formation gratuite, de devenir maton dans une des prisons du pays.

Comme il était jeune, célibataire et en bonne santé, après sept mois de préparation spéciale, on lui offrit comme premier poste la 3AP de Woodfoll en lui faisant miroiter un salaire dont il n'aurait pas rêvé et des avantages de carrière donnant droit à une rapide promotion.

Il signa des deux mains, excité de connaître le monde de ces détenus qu'on lui présenta comme dangereux, mais aussi les terres du Nord-Est réputées sauvages.

Cela faisait maintenant cinq mois qu'il faisait partie de cette brigade que l'on disait d'élite, du sergent-major Burns, à qui il n'avait rien à reprocher, si ce n'était d'avoir été trompé par les recruteurs quand ils avaient insisté sur les qualités viriles requises pour ce poste délicat, qui à son sens, était surtout monotone.

Bien des gardiens avaient la même opinion et avaient compris que ce n'était pas demain la veille qu'ils revêtiraient le costume de Batman.

La plupart s'en félicitaient, comme le directeur Harold Gardner qui, s'il souffrait de ne pas assez voir sa famille, se félicitait de l'atmosphère sereine de la prison. Elle lui permettait, vu le faible nombre de détenus, de satisfaire sa passion des échecs avec le physiothérapeute et un informaticien.

Même impression pour le sergent-major Burns qui avait fait remonter à sa hiérarchie la réussite de cette expérience. Les sujets de conflits entre les gardiens et les détenus étaient supprimés, car ils se côtoyaient peu, le confort inhabituel du lieu gommait les habituelles revendications. Burns se réjouissait d'enfin occuper un poste qui ne le mettait pas sur les nerfs du matin au soir.

Avec un soupir de lassitude, bien qu'il ne fût que sept heures et que le jour ne fût pas encore levé, Tom Wiener ouvrit avec sa carte magnétique la grille qui donnait accès à la galerie A3, où se trouvaient les cellules des détenus les plus problématiques, en particulier celles des frères Bernatchez, dont avec son pote Wanza il s'occupait en priorité ce bimestre-là.

Les gardiens changeaient chaque quinzaine de tour de ronde pour éviter autant les familiarités que les antagonismes, sauf pour la fratrie dont on savait devoir éviter tout chamboulement d'habitudes.

À l'autre bout de la galerie, il aperçut Wanza qui avait commencé son contrôle consistant à soulever la plaque de fer découpée au milieu de la porte qu'on avait baptisée le « rideau de fer ». Elle permettait de s'assurer que le détenu était en bonne santé et toujours vivant.

Le meilleur copain de Wiener s'appelait Willy Wanza, avait le même âge que lui, appréciait les mêmes séries télé débiles, et ils étaient fans tous les deux de l'équipe de hockey de Humboldt.

Il se crut en retard et commença sa ronde par la 510, où était enfermé un détenu souriant et docile.

Comme ses collègues, Tom Wiener était censé ignorer les CV des détenus, tout au moins officiellement, car au bout de très peu de temps l'ennui routinier et la monotonie du lieu encourageaient les bavardages et les ragots, et tous savaient tout sur tous, et réciproquement.

Et du 510, sous ses dehors urbains, petit mec mince au teint cadavérique, nerveux comme une guêpe dans une bouteille, Tom avait appris qu'il avait égorgé sa femme et ses deux enfants dans un accès de rage incontrôlée, crime pour lequel il avait été condamné à trente-deux ans de prison-asile sans possibilité de remise de peine.

Il y était entré à quarante-quatre ans, et les autorités avaient estimé qu'en sortant à soixante-seize ans, les risques qu'il remette ça étaient minimes.

Le 510, comme tous les matins, était debout face à sa fenêtre, grande comme un timbre-poste, juchée tout en haut du mur, qui lui permettait d'apercevoir, en se décollant la tête, un bout de ciel de trente centimètres à tout casser.

Quand il entendit s'ouvrir le « rideau de fer », il se retourna et sourit aimablement à Tom. Qui comme tous les matons avait interdiction d'entrer seul dans une cellule et, s'il devait le faire, appelait sur son biper deux collègues, quelle que soit l'urgence de la situation.

Ils y entraient en binôme, l'un s'approchant du prisonnier, l'autre restant à la porte, la main posée sur son Colt, tandis qu'un troisième à l'extérieur surveillait ce qui se passait à l'intérieur par le « rideau de fer ».

Tom Wiener se dirigea ensuite vers la 512 où était enfermé un mec grave chargé, car on le retrouvait chaque matin assis entièrement nu sur son lit ou sur le sol. Il se contorsionnait comme un putain de caoutchouc, passant ses jambes autour de son cou, enroulant ses bras dans des positions grotesques, la tête rejetée en arrière, gorge offerte, fixant pendant des heures le mur ou le plafond.

Et il restait comme ça, ne prêtant attention à rien, pas même quand le préposé gardien lui apportait son petit-déjeuner qu'on retrouvait quand même nettoyé en le reprenant. Après, il fallait le décoincer, ce qui le faisait hurler de douleur. Mais c'était son truc et on devait en passer par là.

Wanza lui avait dit en se marrant que le mec devait s'entraîner pour se tirer par les tuyaux d'aération, larges comme deux bras d'homme. Et ce jour-là, le barjot enroulé sur lui-même comme une espèce de serpent ignora le coup de pied dans la porte que balança Wiener

Mais tout se passait en général plutôt bien, sauf, lui avait confié un collègue, quand un gars était condamné au mitard. Le gros problème avec ceux-là était qu'au bout de deux ou trois mois d'isolement les types commençaient à perdre la tête, et ça devenait carrément flippant de seulement leur passer la nourriture par le passe-plat. Mais jamais à la 3AP aucun détenu n'avait dépassé douze jours.

Il avait raconté à Tom que dans les autres prisons il avait vu des détenus balancer leurs excréments contre leurs gardiens quand ils les extrayaient, ou se mutiler pour barbouiller de leur sang l'étroite vitre de leur porte, seule ouverture sur le monde ; et le jeune homme avait été impressionné.

Mais Tom n'avait pas que des « criss de fous », comme il disait dans son patois en parlant des détenus. Par exemple, à la 516 vivait un musulman qui avait décapité son propriétaire parce qu'il écoutait de la musique « impie » et forniquait avec une jeune fille.

Il était entré chez lui, l'avait poignardé, avait découpé sa tête avec une scie avant de la planter sur le perron et bricolé dessous un carton où il avait écrit : *Allah Akbar !* Puis il avait attendu qu'un passant prévienne la police.

Son procès avait fait la une des médias, pas parce que c'était la première fois que la communauté musulmane, bien que minoritaire, se distinguait de cette manière, l'année précédente avait été riche en attentats et agressions au point que le nouveau Premier ministre du pays, Mauricio Macri, s'était senti obligé de réagir, mais parce que les experts psy avaient été infoutus de savoir si le gars était dingo ou seulement intolérant.

Dans le doute, on l'avait envoyé nicher à la 3AP en prévenant le personnel d'avoir à s'en méfier, car quand même son fanatisme inquiétait.

Tom Wiener le vit ce matin-là, comme tous les jours, dans la lecture du Coran qui occupait les trois quarts de son temps. Le jeune homme n'était pas à l'aise avec ce client qui ne lui avait jamais adressé la parole et le regardait toujours avec colère. Il avait vu dans des journaux la photo du corps décapité.

Il rattrapa son collègue Wanza au milieu de la galerie, et ils s'adossèrent aux rambardes, histoire de discuter le bout de gras avant d'aller vérifier les cellules des quatre frères qu'on savait fous comme des balais, ou « capotés ben raide », comme on disait chez Wiener.

— Alors, compagnon, quoi de neuf ? s'enquit Willy Wanza.

Tom hocha la tête en grimaçant.

— Que du vieux. C'est quand que tu prends tes jours ?

— L'autre semaine, répondit le jeune homme. Pas fâché de revoir ma môme.

— T'as une blonde ? s'étonna Tom. T'avais rien dit.

Willy eut un sourire.

— C'est du tout neuf. On s'est connus à ma dernière perm' juste au moment où je crissais mon camp[1] ! Elle m'a demandé du feu, et... et je lui en ai donné plein !

Les deux garçons se secouèrent de rire. En fin de compte, ce boulot même chiant était plutôt cool. Trois ans, où tu dépensais rien si tu faisais attention à tes perms', te permettaient de mettre du blé de côté.

Ils discutèrent encore un peu, puis se résolurent à se diriger vers les cellules des frères Bernatchez situées tout au bout de la galerie. Ceux-là mêmes qui foutaient les *schakes*[2] aux plus endurcis, et que pas plus que leurs collègues les deux potes aimaient approcher.

Au début, gardiens et prisonniers les avaient observés avec curiosité. Ils mangeaient ensemble à la même table, enchaînés par les chevilles et menottés deux par deux par une main. Mais ils avaient vite lâché l'affaire devant leur expression. Parce qu'ils n'en avaient pas.

Quand ils étaient assis, un gardien leur proposait le menu et leur apportait les plats qu'ils avaient choisis. Toujours les mêmes et identiques pour les quatre. Puis on leur détachait les mains pour qu'ils mangent.

---

1 Où je me barrais.

2 Qui faisaient peur.

C'étaient les seuls à ne pas aller choisir au comptoir. Une expérience avait suffi.

Ils mangeaient en silence, sans regarder personne. Se réclamant une chose ou une autre d'un coup de menton. Celui qui intriguait le plus n'était pas l'aîné, le plus costaud, mais Faustin, le presque gnome, troisième de la couvée, fini à la pisse, comme rigolaient à voix basse les autres prisonniers.

Le coup de sifflet du caporal mit fin aux rondes du matin. Wiener et Wanza revinrent vers leurs quartiers où les attendait un solide petit-déjeuner et une journée dont ils croyaient connaître par cœur le déroulement.

Jetant un coup d'œil par une ouverture à l'est, Tom Wiener s'esbaudit des énormes masses de nuages noirs qui cavalaient depuis l'horizon.

XI

TERRES DU NORD-EST, -15 °C, 5 AVRIL

Quand Michaël Laurie, alias Ronald Paterson, s'ennuyait, lassé de sa vie trop tranquille, il retrouvait des sensations connues : fourmillement des nerfs qui raidissait ses muscles, asséchait sa gorge et lui tendait l'entrejambe. Il prenait alors sa voiture sans jamais prévenir sa femme et parcourait la contrée au hasard.

Il aimait se perdre dans cette région des Grandes Plaines où les rares fermes et campements étaient isolés, habités par une population indigène, pauvre, vivant en lisière, souvent ignorée. Il s'y sentait plus en sécurité parce que moins visible.

Il avait connu quelques déboires dans ses dernières tentatives d'approche du monde blanc, se décidant même à s'acheter un couteau de chasse qui lui avait bien servi la dernière fois qu'il était parti courir l'Aventura, comme il disait, et dont il avait gardé un souvenir ému.

Son désir n'était jamais aussi fort, son exaltation plus totale, que lorsqu' il touchait une vierge. Aussi loin qu'il remontât dans sa vie sexuelle, posséder une jeune fille nubile lui donnait une telle impression de revanche sur sa vie, ses échecs, les autres, que rien ne pouvait rivaliser. Leur corps fragile, leur regard innocent, leur bouche tremblante, leurs gestes effrayés, leurs cris éperdus, tout concourait chez elles à lui insuffler une puissance qui l'exaltait. Dans ces moments-là, il se sentait le maître de l'univers. Nul ne pouvait le vaincre. Il dominait la vie, asservissait la mort.

Quand il l'avait connue, Margareth n'était pas vierge. Elle avait cédé, jeune, à un marin de passage, et même s'il ne lui restait aucun souvenir de cette brève étreinte, de l'avoir su lui avait ôté très vite tout désir d'elle.

Il roula jusqu'à un poste-relais pour s'y arrêter, car la nuit allait s'abattre brutalement, estima-t-il en regardant le ciel se charger de neige et les branches des grands épicéas se courber sous le vent. Demain serait une journée froide, pensa-t-il. Tant mieux. Il aimait le froid.

Il prit une chambre, dîna de bon appétit, le dos collé au fond de la salle, quasi invisible des autres convives en raison de l'éclairage inexistant produit par des lampes à huile, salua la tenancière d'un simple signe de tête et monta se coucher.

Dans la nuit, n'arrivant pas à s'endormir, il revécut un souvenir délicieux.

La jeune fille allait pour sortir du lycée quand son amie Fabienne l'arrêta.

— J'ai ton livre ! Tu veux le prendre maintenant ?

— Oh, génial ! s'écria-telle. Merci. Je file sinon je vais rater le car. On se téléphone !

— Tu l'as déjà raté, je viens de le voir partir.

— Oh, tabarnak ! Bon, ça va m'obliger à marcher ! À plus !

Quatre kilomètres, entre chez elle et le lycée, pas la mer à boire. Elle ajusta son sac sur l'épaule, jeta un coup d'œil derrière elle et se mit en route.

La soirée était douce, juste avec un peu de vent. Elle pensa au livre que son amie avait réussi à lui trouver. Le programme d'histoire pour le bimestre portait sur les civilisations amérindiennes pour lesquelles elle s'était passionnée pour leur savoir très en avance sur leur époque. Elle s'était dit que plus tard elle aimerait être anthropologue. Le prof leur avait parlé de Lévi-Strauss, comment il avait commencé, presque un autodidacte.

Elle entendit le bruit d'un moteur de char au loin derrière elle. Sa mère lui avait conseillé, si elle devait marcher sur le bord d'une route, de le faire face aux voitures.

Elle s'arrêta et s'apprêta à traverser, quand un gros pick-up sombre apparut sortant du virage. Il ne roulait pas vite ; cependant, la jeune fille préféra attendre qu'il la dépasse.

Mais le char ralentit et s'arrêta.

— Bonjour, vous voulez que je vous avance ? On va dans la même direction.

Le chauffeur, en souriant, s'était penché dans la voiture. Un homme pas jeune, d'aspect sympathique. Cependant, sa mère lui avait recommandé de ne pas faire de stop. « Tu ne sais pas ce qu'ils ont dans la tête, et ça peut être aussi un mauvais conducteur. Au moins, tes deux pieds, tu les connais ! »

— Merci, mais j'habite pas loin.

— Je sais, vos parents ont un pavillon dans le lotissement. Je les connais, je passe tous les jours devant.

Elle hésita. Calcula ce qui lui restait à parcourir, la presque totalité des quatre kilomètres, et elle mourait d'envie de se plonger dans son devoir d'histoire.

— Je ne veux pas vous déranger.

— Mais pas du tout, répondit-il en débarrassant la banquette passager. Je vous en prie, montez, dans trois minutes, vous serez chez vous.

— Merci, monsieur, dit la jeune fille en s'installant.

Quand il quitta le relais de bon matin, il remarqua un groupe d'Indiens de trois femmes et deux hommes qui y arrivaient dans une de leurs carrioles couvertes de couvertures bariolées. Paterson n'aimait pas beaucoup les autochtones, qu'il estimait paresseux et menteurs.

Les deux hommes étaient assis sur la planche devant, et les femmes étaient entassées à l'arrière. Deux vieilles et une jeune. L'un des hommes avait une plume dans les cheveux, peut-être le chef, et l'autre, jeune, portait des nattes. Les femmes avaient les cheveux tirés. Leur teint cuivré et leurs yeux fendus leur donnaient un assez joli visage. Aucun ne tourna la tête vers lui quand ils le dépassèrent pour s'arrêter devant le relais.

L'homme aux nattes descendit et entra à l'intérieur. Amusé, Paterson attendit qu'il ressorte avec ce qu'il avait acheté. Un sac de pommes. L'homme remonta sur sa planche, reprit en mains les rênes de la mule étique qui les tirait, claqua la langue et ils s'éloignèrent.

Quand la carriole passa devant Paterson, la plus jeune des femmes l'examina intensément, et il surprit dans son regard une lueur de peur et de haine.

À l'horizon, les montagnes se détachaient dans l'air glacé comme des sentinelles endormies ; leurs pointes aiguës ressemblaient à des baïonnettes.

Il monta dans son pick-up en souriant.

XII

QUAND LA NATURE PREND LES RÊNES

La première alerte se produisit le lendemain de ma rencontre avec Istinak Shaw.

Je m'en souviens parfaitement, car une autre « alerte », agréable celle-là, s'était produite pendant le week-end.

Désireuse d'examiner une montre particulière pour mon père que j'avais remarquée chez Julia Finsberg qui tenait une boutique d'antiquités sur la rive gauche de la rivière, dans le chic quartier Montcalm, je m'étais retrouvée devant une femme fort séduisante qui me reçut avec cette distance élégante à laquelle je n'ai jamais pu résister. La quarantaine, coiffée d'un chignon sombre et souple parcouru de quelques fils d'argent cernant un visage lumineux, elle possédait une voix légèrement rauque, une bouche sensuelle et ce pétillement dans la prunelle que l'on ne rencontre que chez les gens d'esprit.

Il s'avéra que la montre avait effectivement appartenu, comme je l'avais espéré en déchiffrant un nom à l'envers sur son boîtier, au chef d'orchestre du philharmonique de Vienne, Clemens Krauss. C'était sous sa direction, m'avait raconté ma mère, que mes grands-parents avaient joué pour le dernier concert du jour de l'An de 1939 dans la prestigieuse salle du Musikverein de Vienne avant que les musiciens juifs y soient interdits.

D'après elle, mes grands-parents n'avaient jamais eu à se plaindre de Krauss, qui s'était dit navré qu'ils soient chassés de chez eux et leur avait offert pour preuve de son amitié une montre gravée à son nom. Je savais aussi que lors de leur arrivée dans ce pays mon grand-père avait dû, la mort dans l'âme, vendre cette montre contre de la nourriture. Et je la retrouvais maintenant tant de décennies après. Einstein l'avait bien dit : Dieu ne joue pas aux dés.

Ne supportant pas de vivre dans la maison conjugale, mon père, après le décès de ma mère, avait déménagé à Toronto. Je l'occupais depuis, car elle était fort agréable et je n'aurais jamais pu me l'offrir avec mon salaire de shérif. Cette montre, je le savais, lui procurerait un plaisir immense, et la coïncidence était trop exceptionnelle de la retrouver dans ce bout du monde pour qu'elle m'échappe.

Je l'achetai et, saisie d'une audace que je ne me connaissais pas, invitai la séduisante Julia à fêter autour d'un repas son acquisition. À ma surprise, elle accepta. Nous étions samedi, nous allâmes à l'Auberge française, dont la salle à manger donnait sur la rivière.

Je dînais du bout des lèvres, car je venais d'être terrassée par un coup de foudre.

Nous nous revîmes le dimanche quand elle accepta de promener avec moi Hachiko, malgré le mauvais temps.

Nous sommes lundi, et un vent glacial, furieux, ronflant comme un démon, vient de s'abattre sur notre ville.

XIII

GROS TEMPS

— Tabarnak ! Qu'est-ce qui se passe !

Je déboule au commissariat, poussée par la violence du vent, tentant de refermer la porte derrière moi, pas assez vite pour ne pas faire s'envoler les dossiers, et me retrouve plantée devant une partie de mon équipe qui me regarde, ahurie.

— Je marchais tranquillement quand une espèce de boule d'air glacé m'a frappée dans le dos, fait trébucher et arrachée… expliqué-je, essoufflée.

Pirelli me regarde, effaré.

— Putain, c'est quoi ce truc !

— Un vent de blizzard, lâche tranquillement Felix Morgan, assis devant son très beau, très impressionnant et très récent ordinateur, offert par la pénitentiaire, faisant partie du packaging de notre corruption, et que j'entends ronronner comme un gros chat quand je passe à proximité.

Ce garçon est un de mes chouchous. Il est fiable, intelligent et drôle. Quand il est arrivé, à part Pirelli, et Betty Ludlow qui s'occupe de la partie *forensic* de notre équipe, les autres l'ont snobé. C'est vrai que notre informaticien semble moins adapté à notre monde, ne serait-ce que parce qu'il est plus petit et menu que ses collègues, femmes comprises. Il n'en faut pas davantage dans notre pays de bûcherons pour se faire traiter d'homo.

Pour s'assumer dans cette région « virile » d'anciens pionniers confrontés à une vie rude, il ne faut pas hésiter à s'affirmer ou s'en moquer. En ce qui me concerne, j'ai choisi la première option et n'ai jamais eu à le regretter, déclarant à qui s'y intéressait que j'aimais lire, faire du sport, boire du whisky et préférer les filles aux garçons. C'est vrai que depuis une vingtaine d'années la religion a reculé, offrant de l'oxygène aux mentalités.

— C'est quoi, Morgan, ce que je vois là ? fais-je alors que penchée sur son épaule je regarde, inquiète, se déployer sur son écran des images saisissantes de tourbillons de neige fouettés de grands coups de vent.

— Ça arrive de chez nos amis américains, du Dakota du Nord précisément, et les images sont envoyées par la NASA, répond-il tranquillement.

— C'est quoi ?

— Chez eux, c'est déjà passé, et c'est pas n'importe quoi. Une sacrée tempête qu'ils ont baptisée Carmen, venue du Nord-Ouest par l'Arctique, ce que vous venez de sentir, chef, et que d'après ce que je vois a déjà occasionné de sérieux dégâts, et… qui est en train de remonter vers nous… mais pour y mourir, à mon avis. Enfin, j'espère.

— De profundis, lâche Pirelli qui s'est rapproché.

Effectivement, le vent fou semble faiblir ; je le remarque aux bâches et aux auvents en toile des boutiques de la rue qui reprennent quelque stabilité.

— Mince, qu'est-ce qu'ils ont dû prendre ! s'exclame l'officier Benson, un gaillard d'un mètre quatre-vingt-dix que j'envoie de préférence là où il y a des coups à donner.

— Quand même, il va sûrement verser grave, interrompt Morgan, désignant sur son écran des rideaux de flotte qui tournoient en toupie.

— Et après ça, c'est quoi, grogne Pirelli, c'est quoi qui va tomber ? De la merde ?

À ce moment, le sergent-major Burns ouvre la porte du poste qu'il repousse avec peine.

— Sergent Burns ? Bonjour, dis-je cordialement, étonnée de le voir, car il n'a jamais répondu à mon invitation de sortir de son bunker. Quel bon vent vous amène ? reprends-je avec ce sens de l'à-propos qui m'a toujours caractérisée.

Visage figé, empesé dans son treillis, il me salue d'un signe de tête et jette un coup d'œil autour de lui.

— Bonjour, shérif. Vous êtes bien installés, répond-il en désignant d'un coup de menton l'ordinateur de Morgan sur lequel défilent maintenant des colonnes de chiffres.

— Oui, grâce à vous, répliqué-je avec ironie.

— Grâce à moi ?

— Plutôt à votre arrivée avec vos quarante voleurs…

Il me regarde d'une façon bizarre, comme pour me faire passer un message.

— Je peux vous parler ?

— Bien sûr, suivez-moi, l'invité-je en entrant dans mon bureau dont il referme la porte derrière lui.

— Asseyez-vous, je vous en prie. Que puis-je faire pour vous, sergent-major ?

Il s'installe, me regarde, baisse la tête comme s'il cherchait ses mots, croise les doigts, me regarde de nouveau, tout ça sans cracher un mot. J'ai compris depuis le début que ce colosse monolithique n'est pas vraiment à l'aise avec eux. Pas qu'il soit débile, non, plutôt extraordinairement timide. Et c'est toujours attendrissant de voir un homme bâti comme un chêne avoir ce genre de retenue.

— Je sors du bureau du directeur Gardner.

Il se tait, me fixe.

— Nous avons eu un problème…

— De quel genre ?

— De celui qui ne devait jamais se produire.

J'attends la suite. Elle ne vient pas vite. Il jette un œil dehors, où le vent s'en donne de nouveau à cœur joie. Je vois les piétons marcher pliés en deux.

— Fichu temps, dis-je, histoire de meubler.

Il se mord les lèvres.

— Je peux vous montrer quelque chose ?

— Bien sûr.

Il tire de sa poche son portable, l'allume, se penche par-dessus mon bureau et me le tend devant les yeux.

— Vous savez ce que c'est ?

Je regarde la photo d'un mammifère qui me semble familier, parce que ressemblant à un raton laveur, mais celui-ci est dressé sur ses pattes arrière, ce qui n'est pas l'habitude de ces bêtes-là, mais surtout, je n'ai jamais vu un raton laveur présenter une gueule aussi agressive, babines retroussées, bavant et toutes dents dehors. C'est une bête craintive, nocturne, ce qui n'apparaît pas sur la photo.

— C'est quoi ?

— Un raton laveur.

Je hoche la tête, dubitative.

— On dirait plutôt un tigre, votre raton…

— Un de mes hommes qui faisait sa ronde à l'extérieur du mur est de la prison, longé par un cours d'eau, s'est retrouvé devant cet animal qui lui a bloqué le passage. Comme mon gardien le menaçait du poing, il s'est jeté sur lui et l'a grièvement mordu à la jambe.

Je regarde Burns. Confondrait-il les fonctions d'un shérif avec celles d'un vétérinaire ? Ou a-t-il trop regardé *Jurassic Park* ?

— Excusez-moi, sergent, mais je vis dans cette région depuis longtemps et je n'ai jamais entendu dire qu'un raton laveur avait attaqué un humain. Ce sont des bêtes inoffensives.

— C'était un raton laveur. Mon homme l'a descendu et on l'a amené à un vétérinaire qui a d'abord pensé à la rage, pour abandonner l'idée après examen, puis à la maladie de Carré qui frappe surtout les canidés. Pas ça non plus.

— Et ? dis-je en le regardant, l'air de dire : « En quoi ça me concerne ? »

— Une heure plus tôt… nous avons eu un… bug ou je ne sais pas quoi… Notre système électronique… qui contrôle tout dans le bâtiment s'est brusquement mis en panne. Plus de lumière, plus rien, mais surtout…

Il se penche vers moi et je remarque combien ses lèvres sont blanches et crispées.

— … les portes de toutes les cellules se sont ouvertes.

Aïe ! Ça, c'est plus grave qu'une bestiole sous amphis, me dis-je, compte tenu des locataires.

— Les prisonniers ont été aussi surpris que nous et ont cru à une manœuvre destinée à les tester ou à les déstabiliser… mais notre grande chance, c'est qu'ils étaient tous en train de déjeuner sous l'œil des gardiens qui ont très bien et très vite réagi et ont repris immédiatement la main.

— Dans le noir ?

— La panne a duré moins de quarante secondes. La lumière est revenue et les portes des cellules se sont refermées toutes seules.

— Et vous connaissez la cause de cette panne ?

— C'est arrivé hier, nous avons aussitôt prévenu le service de maintenance qui a une antenne à Shaskeeton.

— Et ?

— Ils sont venus cette nuit, ont regardé et sont repartis. Le responsable, le docteur Marty Bonaventure, a affirmé que cette panne n'était pas causée par une défaillance de notre système électronique, mais probablement par une exceptionnelle éruption solaire qui aurait fortement augmenté la puissance magnétique de notre champ électrique, mais qu'une telle éruption solaire est très rare et n'arrivait qu'une ou deux fois par siècle. Il n'y a que vous, moi et le directeur Gardner à être au courant.

— Pourquoi seulement nous ? Et vous ne trouvez pas que ce docteur Bonaventure emploie beaucoup le conditionnel ?

L'explication du technicien me semble absurde. Le système DOIT aller bien, et comme on n'a pas trouvé la raison de la panne, on évoque une éruption solaire. Pourquoi pas une pluie de grenouilles ? Qui a remarqué hier une éruption solaire particulièrement importante ? Pour le savoir, il faut consulter les services astronomiques idoines, par exemple ceux de la NASA. Ils y ont pensé nos super experts ? Ces techniciens de l'incompréhensible qui masquent leur ignorance dans le brouillard de leur charabia. C'est aussi l'éruption solaire qui aurait transformé les gentils ratons laveurs en zombies agressifs ?

J'ai envie de demander à Istinak Shaw son avis. Les Indiens connaissent mieux que quiconque la région et ses fantaisies, et le consulter lui ferait en outre sûrement plaisir.

Mais au moment où je vais pour l'appeler, un nouveau coup de tabac démentiel secoue la structure du bâtiment.

— Bon Dieu ! Qu'est-ce qui se passe ? hurle Justin Saint-Vincent, mon deuxième officier, cramponné à son bureau.

Personne ne moufte. On a tous senti le sol se dérober sous nos pieds et cru que le poste allait s'envoler.

— Un tremblement de terre ! s'exclame Philomène Sauvegarde, partenaire de Saint-Vincent, championne de hockey et bâtie en conséquence.

— Dis pas de conneries ! s'enflamme Pirelli, agressif quand il a peur.

— Impossible, je confirme.

— Je file, dit Burns.

Car vient de nous atteindre en longues vagues sinistres la sirène d'alarme de la prison.

Il se jette dans sa voiture et démarre avant que j'aie pu ajouter un mot.

— Putain, il va se crasher ! crie Pirelli.

— Alors, c'est quoi, si c'est pas un tremblement de terre ? braille Saint-Vincent.

— Ça, dit Morgan.

Je me rapproche de lui et vois sur son écran géant une espèce de gros paquet de coton noir qui tourbillonne sur lui-même en traînant une énorme queue effilée. Je pense à la sirène d'alarme de la prison et espère que ce n'est pas lié.

— C'est quoi ? je bégaye.

— Un cyclone, répond Morgan d'une voix tendue.

— Un quoi !

— Un cyclone, une tempête, un ouragan, appelez ça comme vous voulez. Il revient sur nous. Je me suis trompé. Et à son expression de stupeur effrayée, je comprends que c'est grave. Ça n'aurait pas dû faire ça.

— Ça n'aurait pas dû faire quoi ?

— Elle s'éloignait vers l'est, elle nous évitait, et elle s'est retournée comme si on l'avait appelée.

Regroupés autour de lui, on se demande si la tempête ne lui a pas emporté en même temps une partie de son bon sens. Parce que s'il y a ici un gars rationnel, c'est lui. Et une tempête qui se retourne quand on l'appelle…

— Appelée ? Qui appellerait une tempête ?

— Ce phénomène suit toujours sa trajectoire initiale, reprend Morgan avec âpreté. Dans son cas, d'ouest en est.

Il tape sur deux touches.

— Bon sang ! Regardez ça ! Vents de cent quatre-vingts à deux cent vingt kilomètres-heure précédés d'énormes paquets de pluie et de neige, vous les voyez ? Pas normal, trop soudain.

En réalité, je ne vois pas grand-chose à part que l'écran change de couleur et de forme à la vitesse d'un kaléidoscope affolé.

— Là, ces flèches ! crie-t-il en pointant son index sur l'écran. C'est la direction des vents. Conventions météo. Vous voyez la vitesse ? Pas croyable !

— Heu… Oui…

— Ils soufflent dans le mauvais sens. Ils devraient souffler de l'ouest, de l'océan.

Il lève les yeux sur moi.

— Ce n'est pas possible. Regardez cette queue noire… C'est une tornade de pluie et de neige… mais les données météo n'indiquent aucune tempête sur l'Arctique.

— Regardez dehors, chef ! hurle au même moment Philomène Sauvegarde.

Je me retourne et n'en crois pas mes yeux. Quand je suis arrivée il y a une demi-heure, il faisait jour. À présent, la rue est plongée dans le noir.

— Criss ! Qu'est-ce qui se passe ? crie quelqu'un.

— Le réseau électrique a sauté, répond laconiquement Morgan.

Des trombes d'eau s'écrasent au même moment sur les vitres, les secouant dans leur châssis à les arracher. Dans la rue se déclenche simultanément un concert de klaxons et de coups de frein. Des gens hurlent. Les voitures dérapent et s'encastrent les unes dans les autres.

En une minute, le paysage à peu près paisible de ce début de journée s'est transformé en délire urbain. Notre commissariat est bâti en parpaings avec un toit en zinc. Il n'y a pas d'étage, et la flotte qui nous tombe dessus est si violente qu'on a l'impression d'être au milieu d'un orchestre de grosses caisses. Et trente secondes plus tard, elle s'infiltre entre les plaques d'isolation du plafond et coule sur le sol.

— Protégez les machines ! hurle Morgan, débranchant en catastrophe son ordinateur pour le mettre à l'abri. Aidez-moi !

On met dix secondes avant de réagir.

— Éteignez-les avant de les débrancher, grouillez-vous ! Transportez-les en bas !

Deux ordinateurs sous les bras, il se rue dans la réserve en sous-sol plongée dans le noir comme le reste. Hachiko, avec son instinct ancestral, l'a déjà précédé.

C'est la première fois que je vois notre informaticien perdre son flegme, même quand notre commissariat a été attaqué l'an dernier par une bande de Mapuches avinés.

Il a déjà installé des bâches sur le sol et posé dessus les ordis.

— Mettez-les là ! Ils y sont tous ?

— Les scans et les imprimantes sont restés ! crie Philomène.

Morgan lève les deux bras dans un geste de désespoir.

On remonte à toute vitesse malgré l'obscurité et l'on se coltine les précieuses machines que l'on redescend à la même vitesse. Morgan, effondré, les examine comme un toubib compterait les survivants sur un champ de bataille. Dehors, c'est une apocalypse de flotte et de neige. Des grêlons gros comme des balles de ping-pong s'écrasent contre les vitres. Je ne me souviens pas d'avoir vécu dans ma vie un tel déluge.

Je prends mon téléphone, mais il s'est éteint.

— Il n'y a plus de réseau téléphonique ! hurlé-je pour dominer le bruit effrayant.

J'ai connu une seule fois le même vacarme assourdissant : sur la passerelle qui borde les chutes du Niagara où le boucan a failli me déséquilibrer et me faire basculer en bas.

Morgan écarte les bras dans un geste d'impuissance et en fouillant son sac sort une espèce de talkie-walkie qui doit remonter à la Grèce antique. Il l'actionne et me crie :

— Vous voulez appeler qui ?

— Personne ! Je veux juste du réseau !

Ce qui se passe est sidérant. Le poste est secoué comme si la terre se soulevait et allait s'ouvrir. Un tremblement de terre ? Non, c'est pas possible ! Pas ici !

Mes gars cramponnés aux meubles jurent comme des charretiers.

J'essaye d'apercevoir quelque chose à l'extérieur, mais la neige mêlée de pluie est tellement violente qu'elle occulte tout. Ce que je vois est un univers de laine grise dans lequel est noyé ce qui une demi-heure plus tôt était une rue animée. L'équipement de secours électrique, qui a tenté un essai, tremble comme un parkinsonien et s'éteint.

Je pense à mes officiers qui patrouillent à l'extérieur en espérant qu'ils ont trouvé à s'abriter. Car volent des quantités d'objets mortels qui se fracassent contre les obstacles stabiles, les arrachent, les emportent, les dispersent. Des fenêtres se brisent avec fracas, des cheminées dégringolent. Un arbre passe à l'horizontal accroché à une table. Ses branches fouettent la pluie, s'emmêlent, planent au-dessus des toits et des portes pour finir par s'écraser sur des voitures.

— Il faut protéger les fenêtres avec de l'adhésif ! hurle Morgan.

— De l'adhésif, pourquoi ?

— Parce que ça maintient les carreaux ; s'ils se fracassent, on risque d'être blessés.

— OK. Les gars, trouvez-moi des rouleaux d'adhésif et collez-les sur les carreaux.

— En croix, précise Morgan.

Il s'est avancé sur le pas de la porte, fasciné par le spectacle, et tout à coup je vois son épaisse chevelure se dresser droit sur sa tête. Il se tourne vers moi, l'air effaré.

— L'électricité statique ! hurle-t-il. Éteignez tout ce qui est connecté !

J'acquiesce, mais tout est déjà éteint.

C'est tellement invraisemblable ce soudain déchaînement du climat que n'a précédé aucun signe, aucune alerte météo, qu'on est figés comme des bûches.

Puis tout à coup, ça s'arrête. Le vent, la pluie, la neige, même le charivari effrayant de l'extérieur auquel succède un silence mortel.

On se regarde, éclairés par nos torches qui nous font des têtes de cadavres. Ludlow et Benson, qui commençaient à coller l'adhésif, se figent dans le mouvement.

Pirelli me regarde. Sa torche qu'il tient au-dessous de son visage lui colle un masque effrayant.

— Fini ? hasarde Philomène d'une voix hésitante.

Mais c'est la pluie qui lui répond. D'abord, ténue, puis s'affirme, élève le ton, retrouve un nouveau souffle, s'enrage soudain, bombarde, cogne comme une folle. Et le vent se lève, un vent cruel et fou venu du fond du monde, qui souffle la mort, déchaîne les eaux, arrache la terre. Complice, il a laissé la pluie lui nettoyer le terrain comme l'artilleur précédant l'assaut du fantassin. Puis, quand elle a eu fini, il s'est dressé et a grondé comme un animal à qui on a ouvert la cage. Il crache, hurle, tourbillonne, vomit son souffle démoniaque qui nous oblige à nous terrer comme des bêtes affolées.

Nos fenêtres éclatent, s'arrachent de leurs cadres, les vitres volent, enchevêtrées dans leur adhésif inutile, sifflent dans la pièce, nous forçant à nous aplatir au passage de ces guillotines.

Je tombe au sol, m'agrippe à un pied de bureau qui m'entraîne et glisse avec moi. La pluie m'aveugle. J'entends hurler. Le meuble auquel je suis accrochée se précipite vers le mur contre lequel il va m'écraser. Mais au dernier moment, il se retourne, se coince, bloque notre attelage.

Je relève la tête. Dans le fond, Morgan, plié en deux, est coincé entre un mur et une armoire. Je ne vois pas les autres.

Notre porte s'arrache soudain et la pluie glaciale s'engouffre, triomphale. Elle balaie la pièce du sol au plafond et je jurerais entendre ricaner le vent tandis que vole tout ce qui n'est pas fixé au sol.

Je ne sais pas combien de temps a duré cette séquence où nous avons perdu nos repères. Où la mort minérale nous a fait la nique. Où la nature exaspérée a voulu nous tuer.

Je ne bouge pas, toujours cramponnée au pied du bureau comme un naufragé à sa bouée. Je reprends mon souffle, contente d'être en vie. J'entends mes compagnons bouger, tousser, jurer. Ils sont vivants aussi.

Je me redresse et on se regarde. L'éclairage de secours se rallume. Je me rends compte que Saint-Vincent a le front en sang. Hachiko s'est aplati sous mon bureau et me fixe, l'air de ne pas comprendre.

— Fais attention, tu es blessé ! je crie à mon flic. Ton front.

Il me fixe, étonné, se passe la main, en retire une lame de verre qui s'est plantée.

— Sacré nom ! Vous avez vu ?

Du coup, d'émotion, il glisse sur les fesses et perd brièvement connaissance.

On va vers lui.

— Hé ! mec, ça va ? lui crie Pirelli dans le nez.

Morgan n'est pas sorti de son coin. Il regarde dehors avec terreur. Je titube vers la porte, enjambe le châssis, évite les morceaux de verre, de métal qui jonchent le sol. Je vois à l'est le ciel s'éclaircir. Une légère entaille dans le noir qui s'agrandit lentement.

Des restes de souffle sauvage, comme une colère qui a du mal à se calmer, secouent l'air. Mais la pluie cesse aussi soudainement qu'elle a commencé. On entend la boue épaisse qui recouvre le sol dégringoler dans les égouts avec un bruit de chasse d'eau.

J'aperçois sur l'avenue des voitures montées les unes sur les autres tels des animaux en rut ; des devantures et des façades de maisons poignardées par des arbres.

Il ne doit pas y avoir une vitre intacte à des kilomètres à la ronde.

— On remet tout en place, dis-je en me relevant. On ne perd pas de temps. Grouillez. Ça peut recommencer n'importe quand ! Renforcez avec des planches la porte et les fenêtres, vous en avez en bas. Appelez nos patrouilleurs et faites-les revenir. Saint-Vincent et Philomène, filez en ville. Gaffe aux pilleurs, soyez sans pitié. Morgan, rappelez tout le monde, je les veux tous ici. Assurez-vous que les blessés, s'il y en a, soient secourus.

Je rallume mon téléphone ; il marche. J'appelle la mairie. Ça ne répond pas. Les pompiers, je tombe sur un disque. J'imagine qu'ils doivent être submergés. À ce moment, je vois la voiture à grande échelle se frayer avec difficulté un chemin dans le bordel qui encombre les rues. Je compose le numéro de l'hôpital, un disque me répond : *Numéro encombré, veuillez rappeler ultérieurement.*

Et comme je m'apprête à téléphoner à Julia dont la boutique est située en hauteur et donc potentiellement à risque, le téléphone de mon bureau sonne. Je décroche, écoute… entends d'abord une friture à me griller les tympans… puis une voix hachée qui m'arrive de l'autre bout de la terre…

— Oui, allô ? Qui ? J'entends mal… Monsieur le gouverneur ? Ah, bonjour, monsieur, excusez-moi… je… Eh bien, c'est-à-dire, je vous entends très mal… C'est que l'on vient de subir un terrible coup de tabac… Une tempête… Ah oui, beaucoup de dégâts en ville apparemment… Des victimes ? Je ne sais pas encore… Mes hommes sont partis s'en assurer… La ville a été très durement touchée… Oui… bien sûr, les pompiers sont sur le terrain… Pardon ? Un quoi ? Un 10/80. Ah merde ! Oh pardon, monsieur le gouverneur, désolée. Notre brigade ? Mais je n'ai pas tout le monde… et je dois veiller… oui, rassurer la population, empêcher les accidents… et oui, les pillages aussi, bien sûr… Maintenant ? Mais… il n'y a pas une autre… heu… équipe qui pourrait s'en charger ? Personne de disponible… Un festival… Où ? Très bien, comme vous voudrez, monsieur. D'accord, nous nous en occupons, dis-je en raccrochant si sèchement que je crains d'avoir enfoncé le combiné.

Je me tourne vers mes gars qui se sont figés, ne saisissant pas à quoi correspondent mes hurlements.

— Eh bien, dis-je en me plantant devant eux. Désolée, mais comme les emmerdements volent en escadrilles, on vient de m'annoncer un 10-80 au nord-est.

— Oh ! merde, grogne Pirelli.

— Comme tu dis. C'est son excellence Holstein, le gouverneur général en personne, qui nous a prévenus et qui veut qu'on s'en occupe immédiatement.

— Oh ! merde, répète Pirelli. Y en a pas d'autres qui pourraient s'en charger avec ce qu'on vient de se gaver ?

— T'as entendu, il n'y a personne d'aussi qualifié que nous pour s'occuper d'un putain de 10/80, qui est, comme vous devriez le savoir, un meurtre aggravé. Et dans le cas qui nous intéresse, un meurtre aggravé survenu dans les territoires indiens ! Maintenant ! En plein cyclone ! OK ? Je ne veux pas vous entendre moufter ! Toi, Benson et Ludlow, vous m'accompagnez. Morgan, quand tout le monde sera là, gardez un flic ici et renvoyez les autres patrouiller en ville. Et continuez d'appeler la mairie. Allez, on s'arrache, dis-je en me harnachant.

On descend au garage chercher ma voiture que par un coup de chance j'ai garée à l'abri en arrivant. Mais quand on repasse devant le poste, je vois Morgan en train de téléphoner. Il se redresse, me regarde et me fait de grands signes affolés. Je roule jusqu'au bout de la rue et m'arrête.

— Tu fais quoi, chef ? me demande Pirelli. T'as oublié ton rouge à lèvres ?

Je sors sans lui répondre et repars dare-dare au poste.

— Qu'est-ce qu'il y a, Morgan ?

— C'est le sergent Burns, patron, faut que vous alliez tout de suite à la prison. On vous y attend ! me crie-t-il.

— Qui m'attend ?

— Tout le monde, patron. Le maire et les autres. Y a un gros problème.

— Quel genre ?

— N'a pas voulu me dire.

Je ressors et reviens en cavalant vers ma voiture.

— Descendez, on ira dans les territoires demain à la première heure. Je le prends sur moi. Je dois filer à la prison. Pirelli, je te passe la main jusqu'à ce que je revienne.

Ils sont tellement surpris de ma volte-face qu'ils ne pipent pas. Je me remets au volant et démarre en laissant de la gomme sur la chaussée.

XIV

DÉSORDRE ET SCEPTICISME

Quand j'arrive devant la 3AP, les grilles s'ouvrent et j'entre sans que mon identité soit vérifiée par les deux gardes de l'entrée. Mauvais signe. La herse se soulève sans attendre et je file dans la cour. Personne nulle part. Je m'arrête devant la lourde porte d'entrée du bâtiment qui me semble aujourd'hui encore plus sinistre. Un garde apparaît et me rejoint. Pas le même que l'autre fois, mais de la même couvée.

— Entrez, shérif, on vous attend dans le bureau du directeur. Vous saurez vous repérer ?

— Oui.

Je prends le fameux couloir qui oppressait Pirelli, et en arrivant à la porte scellée dans le mur je me demande comment je vais l'ouvrir, mais un gardien lourdement armé surgit.

— Allez-y, suivez le couloir, vous avez des marches au bout, et…

— Oui, je sais. Qu'est-ce qui s'est passé ?

— On vous le dira, dit-il en refermant prestement la porte.

Arrivée devant le bureau d'Harold Gardner, je frappe, un gardien m'ouvre, referme et s'y adosse.

Dans la pièce, il y a le directeur, le maire James Lookwood, Burns, le psy Baumgartner et un inconnu que l'on me présente comme étant le docteur Marty Bonaventure, l'ingénieur responsable de l'informatique.

Ils ont la tête de ceux qui viennent d'apprendre que les rats sont entrés dans la ville.

— Asseyez-vous, shérif, me propose le directeur.

— Merci, je préfère rester debout. Alors, qu'est-ce qui se passe ?

Son teint est vert cadavre, pas différent de celui des autres. Seul le psy semble savourer le moment. Il fume la pipe, ou du moins en mordille le tuyau, et observe chacun comme dans une thérapie de groupe.

— Encore une éruption solaire ? je demande à Burns d'un ton narquois.

Il se mord les lèvres et jette un œil vers le directeur et l'informaticien. Il est toujours sanglé dans son treillis, son lourd menton pointant, ses épaisses épaules projetées en avant… Eh bien, non, justement, ses épaisses épaules… tombent. Comme son expression qui tire ses rides vers le bas. Comme son regard chargé de peur.

— Nous avons eu une nouvelle panne dans notre système informatique, commence-t-il en chuchotant presque. Ce matin à dix heures zéro, zéro, l'IBM System Enterprise qui contrôle tous les systèmes d'exploitation de la 3AP s'est arrêté. Plus rien ne fonctionnait. Et TOUTES les portes se sont ouvertes.

— Comment ça, toutes les portes se sont ouvertes ?

Le ton désincarné de sa voix est impressionnant. Largué, Burns, déconnecté lui aussi. SA prison qu'il croyait être un sanctuaire l'a trahi. Dans une prison normale, il peut s'y produire des tas de problèmes graves. Mais les portes restent FERMÉES quand on les tient fermées.

— Le docteur Bonaventure, enchaîne Gardner qui semble prendre conscience de l'état de déréliction de son sergent-major, est descendu vérifier à la centrale technique la raison de la panne.

— Et qu'avez-vous trouvé ? je demande à l'informaticien que jusqu'ici j'ai craint sourd et muet, car il n'a même pas répondu à mon salut.

— Rien, car il n'y avait rien à trouver. Notre système est défini par des concepts fondamentaux. Technology Independence ; Object-Based Design ; Software Integration et Single Level Store.

— Ce qui veut dire en langage humain ?

— Ça veut dire, répond-il en me lançant un regard que j'estime peu chaleureux, que le premier principe de ce système, et le plus important, est son indépendance technologique. Notre système I. Series, contrairement aux autres, n'est pas défini par le matériel. Son programme ne parle pas directement avec lui. Il dialogue avec une interface indépendante de la technologie.

Lui aussi dialogue avec une interface indépendante, car je ne comprends rien à son charabia.

— Je vous ai demandé de me parler dans ma langue ?

Sur ce coup, il n'est plus du tout chaleureux. Dans les dessins animés, c'est la scène où l'on voit les neurones du cerveau du savant se tordre de colère devant l'idiotie de son interlocuteur.

— Ce qui signifie, réplique-t-il après un soupir venu des talons, une ascension des sourcils et le ton suffisant de ceux qui savent, qu'entre cette interface et le matériel dédié se trouvent plusieurs millions de lignes de code et, plus exactement, plusieurs millions de lignes sur le microcode SLIC (System Licensed Internal Code), me traduit-il, qui n'existe que sur ces machines et dont se servent aussi bien les centrales nucléaires que les systèmes de lancement d'engins de la NASA. C'est le meilleur système de protection existant. On l'appelle la conception basée. Et ce qui s'est passé, c'est une nouvelle éruption solaire et ça n'a rien à voir avec le matériel.

— Mais alors, ces pannes à répétition ? C'est pas l'ouragan ? je demande.

Et là, je fais un tabac. L'ingénieur regarde le directeur qui se contente de hocher la tête avec un petit sourire, tandis que lui se marre franchement, malgré, grincé-je in petto, le tragique des évènements.

— L'ouragan ! répète-t-il, se calmant à moitié. Vous croyez qu'un ouragan ferait sauter une centrale nucléaire ? Ou ouvrirait les portes d'une prison hautement sécurisée ? Non, madame, ce n'est pas un ouragan que nous avons eu, mais une tempête solaire comme il ne s'en produit heureusement qu'une fois ou deux par siècle. Un ouragan, répète-t-il, pourquoi pas une ondée rafraîchissante ?

Il continue à ricaner bêtement, prend à témoin Baumgartner, qui à voir son expression pincée ne semble pas avoir mieux pigé que moi les explications de ce prétentieux pas même capable d'éviter une panne informatique, et encore moins de l'expliquer, si ce n'est par des phénomènes extraterrestres. Je ne suis pas la reine de la technique, mais je trouve que dans ce cas une certaine modestie devrait s'imposer.

— Sachez qu'une éruption solaire, martèle-t-il en détachant les mots comme s'il s'adressait à une débile profonde (ce que je suis dans ce cas), projette dans l'espace une masse coronale qui prend la forme d'une boule de plasma, susceptible de générer des radiations électromagnétiques quand elle vient perturber le vent solaire. C'est-à-dire, les gigantesques radiations expulsées par l'astre du jour. C'est ça une tempête solaire ! Le problème, reprend-il après un moment comme pour laisser le temps aux mots d'imprimer mes neurones, c'est que la masse en question est dotée d'un champ magnétique exceptionnellement intense, qui perturbe très fortement les ondes radioélectriques et tout ce qui fonctionne par électronique.

Il se tait, me regarde la tête penchée. Peut-être s'attend-il à ce que je saute sur le bureau en réclamant des cacahouètes ?

— Mais rassurez-vous, ce qui vient de se passer est exceptionnel, comme je l'ai dit, enchaîne-t-il. Nous avons eu vraisemblablement en très peu de temps, d'après les relevés de la NASA que j'ai reçus, deux EMC, ou éjections de masses coronales qui ont fusionné et se sont dirigées vers nous à la vitesse de huit millions de kilomètres-heure. Mais nous aurions pu aussi, si nous étions au-delà des soixante-cinq degrés de latitude comme nos voisins de Sibérie ou de l'Alaska, assister à un show d'une beauté quasi surnaturelle. Mais par chance nous l'avons évité, car leurs faisceaux ont seulement frappé une étroite bande hertzienne, la nôtre.

— Par chance ? (Là, j'atteins les limites de ma compréhension.)

— Par chance, sinon, je connais quelques aéroplanes qui se seraient retrouvés le nez dans une montagne ou dans la mer, si comme je le crois les pilotes n'avaient pas eu le réflexe ou le temps de reprendre les commandes manuelles.

Il raconte cette horreur cosmique sur un ton presque triomphal. Un numéro réussi de music-hall !

Gardner se rapproche de son bureau et pique une cigarette dans une boîte en acajou. Il se la plante entre les lèvres, hésite et sort enfin un briquet et l'allume. L'audace à l'état pur.

— On va vous expliquer rapidement, shérif, ce qui vous concerne, car nous avons besoin de toutes les forces de police disponibles, lâche-t-il en enfonçant ses mains dans ses poches. Notre planète vient d'échapper à une catastrophe majeure.

Une catastrophe majeure ? Nom d'un chien ! Et il annonce ça en soufflant un rond de fumée.

Burns reprend la parole comme s'il craignait que je tourne de l'œil :

— Profitant de cette panne qui n'a pas duré trente secondes comme la précédente, mais exactement sept minutes quarante d'après les ordinateurs, commence-t-il d'une voix hésitante, les frères Bernatchez ont coincé leurs gardiens, deux jeunes gens chargés de leur surveillance, quarante ans à eux deux, et les ont tués… en les égorgeant avec les dents.

J'ai soudain l'estomac qui me remonte à la gorge et ma température qui monte de trois degrés. Je n'ai jamais vu un homme en égorger un autre avec les dents. Faux, j'en ai vu dans *La Nuit des morts-vivants*, un film de George Romero des années 1970 qui m'a hantée durant des années.

— Puis, reprend-il d'une voix sourde et plate, ils se sont échappés en profitant de la panique générale, ont fracassé le crâne des gardes à l'entrée et sont tranquillement sortis par les grilles grandes ouvertes. (Il me fixe.) Ce n'est qu'après avoir constaté la mort des deux gardiens et la disparition des Bernatchez que l'alerte de danger maximum a été donnée. Voilà ce qui s'est passé, shérif. Exactement ce qui s'est passé.

XV

LA NUIT

Les gardiens m'ouvrent les lourdes grilles et je me retrouve dehors, seule au milieu d'une obscurité totale qui a remplacé le faux jour sale de la journée. S'il y a eu éruption solaire, il n'y en a plus, car autour, tout est d'un noir d'encre.

Derrière moi, les rampes de lumière qui surplombent les grilles se sont éteintes en même temps que celles-ci se refermaient, et je me retrouve aussi opérationnelle qu'une aveugle.

La terre et le ciel sont engloutis sous un couvercle de brouillard qui s'étire en longues silhouettes fantomatiques et noie le paysage.

J'ai enfin le réflexe d'allumer tous les phares de ma Range, mais même eux ont du mal à percer les ténèbres. Ils peignent juste un étroit ruban de route, cette route qui traverse sur vingt kilomètres des étendues de toundra sans fin bordées de fondrières dans lesquelles je ne DOIS pas tomber. Vingt kilomètres pour arriver à Woodfoll et où rôdent peut-être les Bernatchez.

Cette fichue route n'est pas droite ; elle s'enroule autour des rochers qui la bordent comme un canyon sur sa plus grande longueur. Des virages tordus qui interdisent d'appuyer sur l'accélérateur. Avant ce soir, je ne m'étais pas souciée de sa dangerosité.

Avant les Bernatchez.

Je m'adosse à ma banquette et respire profondément. C'est infaillible, paraît-il, pour chasser l'angoisse et la peur. C'est ce que nous affirment les maîtres à vivre lorsqu'ils nous dispensent chèrement leur savoir dans une salle confortable. Mais j'ai beau inspirer à pleins poumons, je n'arrive pas à ralentir le martèlement de mes artères ni terrasser ma frayeur. Les dernières heures viennent de prouver, si besoin était, que l'on ne maîtrise rien, et surtout pas sa mort quand la nature s'en mêle. Je semble être la seule créature vivante dans un désert où tout ce qui court, vole, cavale, seul ou en meute, a disparu.

Je bloque mes portières, mets le contact, vérifie d'un coup d'œil mes niveaux, sors mon pistolet de son étui, le pose sur la banquette et embraye. Attendre davantage ne sert qu'à augmenter mon angoisse. Quand la panique monte, elle paralyse.

Je sens derrière moi la muraille rassurante du bunker s'éloigner et je me retiens à deux mains pour ne pas y retourner. Pourquoi n'ai-je pas demandé à y passer la nuit ? Par honte ? Pour qu'on ne pense pas qu'une femme qui veut jouer les shérifs n'est qu'une trouillarde ? Ou parce que c'est la première fois que je ressens une telle peur ? Je sors mon téléphone et appelle mon poste. Rien. Je regarde l'écran. Zéro barre. Je suis dans un trou du réseau.

Non seulement il fait archi-noir, mais c'est aussi archi-silencieux et archi-désert. À part le bruit du moteur, rien ne trouble le silence. Je ne me suis jamais sentie aussi vulnérable, quels que soient les coups durs que j'ai traversés.

Et le cinéma de mon imagination tourne à plein régime. Ils sont peut-être là à me guetter, ces cinglés capables de déchirer des gorges d'hommes avec les dents. Prêts à sauter sur le toit de ma voiture ou à surgir à mes côtés.

J'essaye de penser à leur place. Mais pensent-ils seulement ? Oui, même les scolopendres ont l'instinct de survie. Sont-ils restés en attendant que les recherches se tassent pour tenter de gagner un lieu habité pour se ravitailler, à Woodfoll, par exemple, qui est la ville la plus proche ? Ou ont-ils filé à pied sans connaître la région ? Avec ce froid ? L'évidence s'impose : moi, je serais restée.

Et comme un bonheur n'arrive jamais seul, je mouline ce que m'a appris Burns sur les raisons qui les ont emmenés ici. Je n'aurais pas dû, je n'aurais pas dû y repenser. Ont-ils vraiment dévoré les bébés qu'ils ont tués ?

Je m'arc-boute sur le frein et m'arrête en dérapant sur la glace. Pourquoi j'ai freiné ? J'en sais fichtre rien ! J'ai le cœur qui va se décrocher et, en pensant le mot, je regarde le fusil suspendu derrière moi, le détache de sa sangle et le fais glisser au sol. J'espère que je saurai m'en servir ; on n'a pas eu beaucoup le temps de s'entraîner depuis qu'on les a. Quatorze balles dans mon chargeur de pistolet plus une dans la chambre. Le fusil ? Je ne me rappelle pas.

Je fouille le brouillard à me décrocher les yeux. Mais je n'y vois que les anamorphoses qu'il dessine. Après cinq mètres, c'est l'abîme.

J'ai froid et j'ai chaud, une sueur glacée me coule entre les omoplates et je suffoque. Je ne vais pas mourir égorgée, mais d'une crise cardiaque si je ne me calme pas.

Je regarde le compteur : je ne suis pas à la moitié du chemin. Je me remets en route, vérifie que mes phares sont au maxi. Je dois être aussi visible dans la nuit que la grande roue de Montréal. Je repense à Montréal. Et me demande ce que je fiche ici. Je préférais mille fois les drogués, les braqueurs, les criminels après qui j'ai cavalé. Ils étaient quand même humains.

J'accélère dans les lignes droites, mais la route détrempée par la tempête de neige, défoncée par endroits, me valdingue d'un côté à l'autre. J'enfile les virages à la limite du déséquilibre, patine, redresse. J'ai décidé de ne plus regarder que devant moi. Mes mains accrochées au volant glissent de sueur dans mes gants. Les yeux me brûlent à force de fixer la route qui me donne l'impression de s'allonger au fur et à mesure que j'avance.

Un vicieux vent de travers me secoue, j'accélère, joue des pédales, et enfin débouche sur la plaine qui précède Woodfoll. Je m'envole, glisse sur des plaques d'herbe et de glace, redresse avant de buter contre les congères. La Range se cabre, gravit le remblai, hésite à rester en équilibre sur ses roues, ses pneus pleins de neige et de terre patinent en longues glissades, je me cramponne. Elle se redresse.

Au loin, j'aperçois soudain les lumières de la ville et je hurle juste pour me sentir vivante, je hurle comme une conne, toute seule dans l'habitacle.

Ils n'étaient pas sur ma route.

XVI

RIVAGES

J'ouvre la porte du commissariat. Ils sont en train de parler. Ils s'interrompent et me regardent. Pirelli, Benson, Ludlow, Julia et Hachiko.

Hachiko vient vers moi, frotte son museau sur mon genou et fait rouler dans sa gorge un gémissement de plaisir.

Pirelli s'exclame :

— Ben, patron, qu'est-ce qui t'est arrivé ?

Julia me fixe en croisant les mains.

Benson roule les yeux et les épaules et Ludlow grimace en me regardant.

— Comment ça va ? je gargouille.

Julia s'approche, me prend les mains, ôte mes gants.

— Vous avez les mains glacées.

— T'as une tête à avoir vu le diable ! grogne Pirelli le superstitieux.

— Comment ça va ici ? je répète.

— Ben, ça va, répond Pirelli, un rien bougon agacé. Rien de nouveau. T'as vu ? On a tout remis en place.

— Pas trop de bobos en ville, intervient Benson de sa voix épaisse. Tout le monde s'y est mis. Ils sont formidables les gens d'ici. Pas mal de dégâts matériels, mais pas de victimes.

— Tant mieux.

— C'était quoi la prison ? s'inquiète mon pote sicilien.

J'hésite à lui répondre. Je regarde Julia. J'ai tout à coup peur pour elle. Pour tous ceux qui ne pourront pas se défendre. Hachiko s'est assis à côté de moi avec l'air sérieux d'un *bodyguard*. Je lui caresse la tête. Les autres ne me quittent pas du regard.

— Vous avez prévenu nos gars de rentrer ?

— Ouais. Ils sont tous là. Je leur ai refilé des tours de garde et des rondes en ville dès qu'ils sont revenus. Ils m'adorent. Vont se relayer toutes les quatre heures, mais dormiront ici, annonce Pirelli avec une certaine satisfaction.

Il l'a son commandement le Sicilien.

— Vaut toujours mieux avoir affaire au bon Dieu qu'à ses saints, remarque Benson, laconique.

— Ouais, ben, mon pote, t'as vu où on en était ! proteste vigoureusement Pirelli. Fallait se bouger ! Bon, alors, patron, la prison, c'était quoi ?

Je m'assois. Je suis littéralement épuisée. Je ne suis pas sûre de pouvoir me relever.

— Ils ont eu une grosse panne informatique... Les portes se sont encore ouvertes.

Je relève la tête vers le trio muet et découvre une belle brochette d'expressions ahuries.

— Quatre prisonniers en ont profité pour se tirer.

— Christ qui pisse ! s'exclame Benson. Des mauvais ?

Je hoche la tête.

— Des très mauvais. Les frères Bernatchez.

— Maudit calvaire ! grince Pirelli.

Je les laisse digérer la nouvelle. Il n'y a qu'à Pirelli à qui j'ai répété ce que m'a appris Burns au sujet de la fratrie.

— C'est quoi qui s'est passé ? demande-t-il.

— Éruptions solaires.

Pas de réaction. Les éruptions solaires relèvent pour la plupart des gens du cinéma de science-fiction. Je regarde Julia.

— Je vais vous raccompagner chez vous.

— J'ai ma voiture, Lou.

Je les vois s'étonner en l'entendant m'appeler par mon prénom. Elle ne l'a jamais fait, même quand nous étions seules.

— Vous la reprendrez demain, c'est mieux.

Elle doit comprendre, car elle ne proteste pas.

— C'est qui les Bernatchez ? s'inquiète Benson. Et c'est quoi des éruptions solaires ?

— Quatre frères qui ont tué pas mal de monde. Et des éruptions solaires… c'est des éruptions solaires.

— *Fuck*, lâche le colosse de sa voix calme.

— Tu ne préfères pas que je raccompagne madame pour que tu ailles te reposer ? propose Pirelli avec un petit sourire que j'aimerais lui effacer.

— Je rentrerai après. Merci. Restez tous ici. Gardez Hachiko. Il est de bonne garde. Reposez-vous en alternance. Vous avez pris de quoi vous changer ?

Ils acquiescent.

— On partira demain matin à sept heures sur le 10/80. Il est… dis-je en regardant ma montre. Huit heures, seulement !

Je suis ahurie. J'ai l'impression d'avoir passé debout une journée et une nuit d'affilée.

— Ouais, ma femme va nous apporter de quoi casser la croûte. Je lui ai dit de voir large, car j'étais avec le roi des morfales ! précise Benson.

— C'est pas ça, proteste mon adjoint, mais tu m'as dit que c'était un super cordon-bleu ! Alors, moi qui ne bouffe que des patates et des hamburgers à longueur d'année…

— Tournez toutes les quatre heures et faites gaffe, dis-je en fixant Pirelli. Le temps est gros.

— Vous inquiétez pas, patron, dit Benson.

(Tiens, « patron » semble le nouveau mot à la mode. Mais je ne suis pas d'humeur à faire de la sémantique.)

— OK ; appelez-moi en cas de besoin. Vous venez ? je demande à Julia.

Elle prend congé des flics et caresse Hachiko.

Je préfère qu'elle ait choisi de le faire dans cet ordre.

On récupère ma voiture et on repart. La ville est abîmée, mais elle se remettra. Les blessures sont plus superficielles que profondes. Les structures ont tenu. Ce sont les vitrines et les fenêtres qui ont le plus dérouillé. Le verre qui n'a pas pu être ramassé a été entouré de ruban jaune comme pour les meurtres.

Les voitures accidentées sont en train d'être remorquées par des dépanneuses. Les camions anti-neige dégagent la chaussée. Je vois des attroupements sur les trottoirs commenter le phénomène sans le comprendre. J'ignore si un tel cyclone est déjà arrivé dans la région. Il faudra que je me renseigne. Si le climat se détériore à cause de ces fichues éruptions solaires, on aura de sérieux problèmes dans l'avenir. Notre région est froide, souvent glaciale, avec des tempêtes de neige qui peuvent bloquer plusieurs jours toute activité, mais ce qui s'est passé aujourd'hui relève du film catastrophe.

Je m'arrête devant la maison de Julia.

— Vous ne semblez pas avoir trop souffert, constaté-je en sortant de la voiture.

En effet, même les baies ont tenu. La boutique a juste eu son enseigne arrachée.

— J'ai eu de la chance. Ça n'a pas été le cas de tout le monde, dit-elle en montant les quelques marches qui mènent à sa maison. Mais je n'étais pas inquiète, elle est solide.

Elle se retourne au moment de mettre sa clé dans la serrure. Je la regarde du bas des marches.

— Entrez, si vous voulez, Lou, je crois que vous avez besoin d'un peu de réconfort.

J'hésite. Je ne me sens pas d'être de bonne compagnie ce soir. Trop bouleversée par ce qui s'est passé. D'un autre côté, l'idée de me retrouver seule chez moi ne m'enthousiasme pas. Julia est là qui me regarde… Je ne sais pas comment interpréter son regard... Je n'aimerais pas qu'elle se croie obligée de jouer les Florence Nightingale.

— Si vous avez besoin d'un bain ou d'une douche chaude, vous l'aurez. D'un whisky de vingt ans d'âge, vous l'aurez. De… réconfort, vous l'aurez… mais si vous avez envie de remâcher vos soucis, rentrez chez vous.

Je suis rentrée chez moi. Pas pour remâcher mes emmerdes, mais parce que j'avais un sacré compte à régler avec moi-même.

XVII

TERRITOIRE DE PORTAGE-LA-PLAINE, 7 AVRIL, -12 °C, 9 H 30

Je suis en retard le lendemain matin d'une heure sur mon rendez-vous avec mon équipe. Quand j'arrive, ils font une baboune de première et me saluent à peine. Je leur trouve un fichu caractère.

On se met en route dès que l'équipe du matin débarque et qu'on lui a donné les consignes de prudence sans détailler la personnalité des fugitifs.

Je m'installe au volant, Pirelli à mes côtés et les deux autres à l'arrière avec Hachiko. Pas voulu le laisser. Sa présence me rassure.

On a un peu plus d'une heure de route jusqu'au camp où a eu lieu le crime.

Personne ne parle. Ils m'en veulent sûrement de leur avoir sucré une heure de sommeil pour rien. Mais je me suis endormie à cinq heures et j'ai eu l'impression en me levant d'avoir roulé sous un tracteur.

Par ici, la tempête n'a pas encore frappé. Par ici, c'est le territoire des Algonquins, peuplade nomade de moins de huit mille âmes dont l'environnement fut fortement perturbé au début du vingtième siècle par les colons, prospecteurs et bûcherons qui affluèrent sur la terre d'Abitibi, au Québec. Leur territoire traditionnel s'étend du lac des Deux Montagnes, dans la région de Montréal, jusqu'en Ontario par la rivière des Outaouais.

Deux ou trois tribus modestes se sont installées il y a longtemps dans la région, vivant assez pauvrement, mais, restées proches de la nature, elles ont pu conserver leur culture. Les gens vivent de la chasse, vendent certaines fourrures, confectionnent des vêtements en peau, des paniers en écorce de bouleau, et le *tikinagan,* un porte-bébé traditionnel qu'ils continuent d'utiliser et qui plaît aux rares touristes s'aventurant dans ces grandes plaines froides.

Malheureusement, je ne suis pas là pour faire de l'ethnologie ou du tourisme, mais parce que la brigade policière de Mohaw-Ke, forte de deux brigadiers et dépendante de Kanesatake, établissement mohawk situé au Québec à la confluence de la rivière des Outaouais et du lac des Deux Montagnes, sur la rive nord. La police indienne y est dirigée par le grand chef Serge Otsi Simon qui a prévenu la GRC, qui a alerté le gouverneur de la région, qui m'a signalé qu'on avait découvert le cadavre d'une adolescente autochtone et m'a enjoint de m'en occuper.

En cas de crime aggravé, nous devons nous en charger en relation avec la police indienne.

Nous nous arrêtons en arrivant au camp, fort de cinq wigwams où habitent une trentaine de personnes, pour saluer deux femmes en pleurs, vêtues de méchants haillons, qui me font me demander comment elles résistent au froid. Mais à cet instant, le froid n'est pas leur problème.

L'ancien du village nous conduit ensuite dans la forêt proche où, au bout de cent ou deux cents mètres de marche sur un sol défoncé de fondrières, nous rejoignons la scène de crime.

Quand on débarque, Oka, le brigadier-chef dont le nom en algonquin signifie « poisson doré », est planté en compagnie de son adjoint, Témiscouata, au centre d'une clairière de l'immense forêt qui borde la route de terre menant au campement. Aussi loin que porte le regard, ce n'est qu'un océan d'arbres serrés les uns contre les autres, opposant leur masse hostile à notre fragilité.

Renseigné par le policier Oka, appelé le premier sur les lieux, le gouverneur Holstein, le grand manitou responsable de la paix civile, m'a expliqué et décrit ce que nous allions trouver. Et je me félicite d'être accompagnée par les plus… résistants et chevronnés de mes flics.

Car il faut avoir une certaine résistance pour regarder ce qu'Oka nous désigne de la pointe de son bâton.

Recouvert de feuilles mouillées et de terre détrempée, un corps est à moitié enterré dans la boue. À la place de la tête, un piège en acier dont les fortes mâchoires se sont refermées sur le cou et ont envoyé rouler la tête plus loin.

Quand le brigadier Oka soulève les feuilles avec son bâton, nous constatons avec quelques difficultés, tant le corps est abîmé, qu'il s'agit d'une jeune fille, presque nue, sa robe épaisse remontée sur son buste et les pieds déchaussés.

J'imagine qu'elle doit avoir moins de quinze ans, même si la dureté de vie des Indiens les fait vieillir plus vite que nous.

Ses cuisses et son ventre ont été lardés de coups de couteau, ses bras écartés en croix et tailladés. C'est un meurtre d'une violence inouïe, perpétré par un fou furieux. Un individu dénué de pitié qui se plaît à faire le mal.

Je suis tombée une fois à Winnipeg et une autre fois à Montréal sur ce genre d'horreur. Quand on a arrêté les tueurs, chaque fois par un coup de chance, on s'est aperçus qu'ils étaient comme nous. Rien ne les différenciait si ce n'était leur immense indifférence aux autres. Je me souviens qu'ils regardaient les photos atroces que nous leur soumettions avec une curiosité à la fois avide et distante.

Benson, le colosse, s'éloigne pour aller vomir. Je vois le brigadier Oka le suivre des yeux.

On est pétrifiés. Il fait si froid, si humide, le coin est si désolé, qu'imaginer ce qu'elle a subi est impossible.

Pirelli n'a plus de couleurs, et c'est Betty qui réagit le mieux. Armée de son appareil photo, elle tourne autour de la dépouille en la photographiant sous tous les angles. Il nous faudrait de toute urgence un légiste, mais nous n'en avons pas. Même pas à Woodfoll, qui est la ville la plus importante de la région en dehors de

Shaskeeton. Et comme une imbécile, je n'ai pas appelé l'un des trois toubibs de notre bourg. Je me console en pensant qu'ils n'auraient pas pu faire grand-chose, à part peut-être indiquer l'heure de la mort, bien que problématique, dans cette température glaciale.

Moi aussi, j'ai envie de vomir et je serre les dents. C'est d'avoir entendu Benson, et, si je ne me retiens pas, on va tous dégueuler comme des crétins de Blancs devant les Indiens. Pas le moment. Betty continue de mitrailler. Elle en fait trop, mais je comprends pourquoi. L'objectif la met à distance de l'épouvantable spectacle. Betty est une dure de carapace, mais je sais qu'en dessous, c'est du tendre. Quand ses collègues se la jouent un peu trop l'inspecteur Harry dans une arrestation, c'est elle qui les calme en prenant les rênes.

Près du corps, Oka et Témiscouata se tiennent raides et muets comme leurs totems de bois.

— Vous la connaissiez, brigadier Oka ? je demande quand j'ai repris un peu de sang-froid.

Il ne répond pas tout de suite. Depuis que nous avons débarqué, il ne l'a pas quittée des yeux.

— Elle s'appelle Sora, répond-il. C'est la fille d'Ennio et de Yuma.

— Des habitants du campement voisin ?

Il acquiesce.

— Excusez-moi, brigadier, mais vous n'avez touché à rien ?

Il secoue négativement la tête.

— Nous connaissons les protocoles, shérif, lâche-t-il sèchement.

— Merci, brigadier. Vous connaissez la famille ?

— Nous connaissons toutes les familles de toute la région.

— Vous les avez interrogées ?

— Pas encore. L'ancien m'a dit d'attendre.

— Bien sûr, mais vous savez comme moi que les premières constatations et les premiers interrogatoires sont cruciaux.

— Ce n'est pas un Indien qui a fait ça.

Je croise à cet instant le regard de Pirelli et je comprends qu'il pense comme Oka, qu'un Indien même fou n'aurait pas coupé la tête de sa victime, au risque que son âme ne puisse s'envoler pour rejoindre les Grands Territoires. S'ils l'ont fait, c'était au cours de leurs guerres. Mais peut-on raisonner comme si l'assassin était un homme « normal » ?

Je remarque à ce moment-là de larges traces de pneus sur la piste située à l'opposé de celle que nous avons prise pour venir du village. À ma connaissance, aucun Indien ne possède de voiture lourde. Ni de voiture du tout, parmi ces tribus.

Oka et Témiscouata ont laissé la leur à l'entrée du camp. Une jeep verte de la police indienne à pneus plus étroits.

— Benson, ordonné-je, recouvre ces traces de pneus avec des copeaux pour les protéger. Et appelle la *forensic* de Shaskeeton, qu'ils viennent avec un légiste, et si ça les chante, des flics.

— Vous pensez qu'on ne pourra pas s'occuper de ça ? rétorque Benson.

— J'en sais rien. Dis-leur de faire comme ils veulent, mais il nous faut surtout très vite une équipe technique.

Il repart sur la route chercher de quoi recouvrir les traces de pneus, mais je sais qu'il est furieux. Comme vont l'être nos autres collègues si des flics d'ailleurs viennent nous aider. Mais c'est la première fois que nous sommes confrontés à un tel crime commis sur une jeune autochtone, ce qui complique les choses.

Par chance, ce sont des policiers autochtones qui ont été appelés les premiers sur les lieux. Avant 1991, c'était la Gendarmerie royale du Canada (GRC) ou, au Québec, la Sûreté du Québec (SQ) qui assuraient les lois et règlements dans les communautés autochtones. Depuis, une force de police des Premières Nations a été créée pour accroître la responsabilité et l'imputabilité de ses membres. Mais dans le cas qui nous occupe aujourd'hui, nous allons devoir travailler ensemble.

— À quoi tu penses ? me demande Pirelli à voix basse.

— J'en sais rien. Je n'arrive pas à penser.

Je regarde Témiscouata qui est revenu du village avec deux hommes porteurs de couvertures pour en recouvrir le cadavre.

— Non, vous risquez d'effacer des empreintes, leur dis-je.

Ils s'immobilisent et regardent Oka. Celui-ci semble hésiter, puis incline légèrement la tête. Ils me lancent un regard noir, mais s'éloignent.

— Tends autour de la scène de crime un ruban de balisage, ordonné-je à Pirelli.

— Tu sais bien qu'ils vont l'enlever.

— Oui, mais Betty prendra des photos avec le ruban.

Il grogne, mais retourne vers notre voiture.

Je sais que je devrais interroger les gens du village, cependant, je pressens que leur chef voudra que ce soit Oka. Mais Oka semble disposé à attendre. Et moi, je me dis que l'on perd du temps. J'ignore quand cette malheureuse a été tuée, mais peut-être que quelqu'un se souviendra de quelque chose. Comment et par où l'assassin est-il arrivé ? Par là, me réponds-je en me retournant et en considérant de nouveau les traces de pneus imprimées dans la boue. Ce qui est curieux, c'est que le meurtrier n'a fait aucun effort pour les effacer. Il devait bien se douter que la disparition de Sora amènerait les gens de son village à la chercher. Mais comment effacer ces traces profondes ? Il a dû compter sur la pluie. Alors, s'il a compté sur la pluie… et qu'elles sont toujours là, quelle est la dernière fois où il a plu dans ce coin ? Tout est glacé, c'est même un miracle que les roues de la voiture aient laissé leurs empreintes. Elle doit être grosse. Alors… une voiture lourde qui est passée après la dernière pluie… la technique pourra relever les sculptures imprimées dans la boue… et la météo nous apprendre le reste.

— Où conduit cette route ? je demande à Oka, qui semble arrivé à la même conclusion.

— À une piste qui débouche sur une principale.

« Principale » signifie une route à plus grande circulation, le plus souvent macadamisée. Par conséquent, qui conduit vers des lieux habités par des populations mixtes.

— Vous avez une carte routière du coin ?

Il en parle à son adjoint qui secoue la tête d'agacement et repart à leur voiture restée comme la nôtre à l'entrée du campement.

Il revient en même temps que Benson qui positionne ses protections sur les traces de pneus, et Oka me tend la carte.

On se trouve en lisière d'une forêt primaire qui recouvre des dizaines de milliers d'hectares. Si l'assassin avait traîné le corps ne serait-ce que cent mètres plus haut, il aurait pu le jeter dans un des nombreux ravins et personne ne l'aurait jamais retrouvé.

Je relève la tête vers Oka.

— Brigadier-chef, nous allons ensemble poser des questions aux habitants, vous êtes d'accord ?

— Oui.

— Merci, allons-y.

En marchant vers le campement, je lui montre sur la carte la piste menant à la route principale.

— Le corps de Sora a sans doute été amené par cette route. Ce qui signifie, dis-je en m'arrêtant, que le meurtrier connaissait peut-être le coin et a évité le village. Connaissez-vous des lieux habités par des Blancs dans ce coin ?

Il réfléchit, hausse les épaules.

— Quelques-uns.

— Vous voudrez bien m'y conduire quand nous aurons fini d'interroger et présenter nos condoléances à la famille de cette malheureuse ?

— D'accord.

Il se tourne vers moi. Laissez-moi parler à la mère de Sora. À vous, elle ne dira rien.

— Mais aussi aux voisins, brigadier. J'espère que l'un d'eux aura vu quelque chose.

Il me fixe et je remarque que ses yeux sont si clairs qu'ils en sont presque transparents. C'est rare pour un Indien. Qui sait d'où viennent ses ancêtres ?

— Si vous êtes là, vous ou l'un de vos hommes, ils ne parleront pas.

— Mais il le faut, brigadier. Plus nous en saurons, plus vite nous pourrons coincer son assassin.

Il se remet en marche sans répondre. Lorsque nous arrivons au campement, je remarque que tous, comme lorsque nous avons débarqué, sont regroupés près du wigwam où nous avons parlé à la mère et la sœur de la victime. Nous nous approchons, et je murmure à Oka :

— Où est le père de Sora ?

Il hausse les épaules sans répondre et je n'insiste pas. La vie est si dure dans ces campements, que souvent, incapables de nourrir les leurs, les hommes préfèrent partir et revenir avec un peu d'argent, quitte à laisser leur famille dans une plus grande précarité. Le temps n'est pas si éloigné où les membres d'un clan conduisaient les plus vieux dans la montagne avec une courte réserve de vivres. À l'époque, ça ne semblait pas cruel. C'était déjà difficile de nourrir les bouches utiles.

Les habitants nous regardent arriver. Enfin, regardent Oka. Moi, c'est comme si j'étais invisible. La mère et la sœur de Sora sont assises au centre du groupe où un feu a été allumé. Elles sont enveloppées dans de larges couvertures indiennes, épaisses et chaudes. Celles qu'elles tissent pour vendre, mais gardent rarement pour elles. Oka s'approche et leur parle dans leur dialecte. Que bien sûr je ne comprends pas.

Quand je suis arrivée dans la région et que je me suis intéressée aux Indiens, j'ai appris à me débrouiller avec le montagnais, qui est étroitement lié au cri, parlé par nombre de nations dans l'Ouest. Ce qui m'a permis de baragouiner avec Istinak Shaw. Mais les Algonquins se servent d'un dialecte appelé le blackfoot, dont j'ignore tout.

Au bout de dix bonnes minutes d'échange, Oka les quitte et me rejoint.

— Ils n'ont rien vu.

— Chef, quelqu'un a obligatoirement vu ou entendu quelque chose. Une voiture, d'après les traces de pneus, est arrivée vraisemblablement par l'autre route pour se débarrasser du corps. Sora a peut-être été tuée ailleurs. Il n'y a pas beaucoup de sang, mais il a pu aussi être absorbé par la terre. Ce coin est désert ; ils auront au moins entendu le bruit d'un moteur. Ils chassent, ils se déplacent, ils auront pu voir un étranger.

Il ne répond pas, se contente de river son regard dans le mien.

— Brigadier, ce qui s'est passé ici est épouvantable. Nous devons retrouver celui qui a fait ça.

— Ils le retrouveront.

— Quoi ? Comment feront-ils sans l'aide de la police ? Et ils ne peuvent pas se faire justice, vous le savez.

Il ne me répond pas, tourne les talons et rejoint sa jeep dans laquelle Témiscouata est déjà installé au volant.

J'ouvre la portière d'Oka.

— Vous devez coopérer avec nous. Et les villageois aussi. Il n'y a pas une justice pour les Premières Nations et une justice pour les Blancs. Le meurtrier sera puni comme il le mérite, mais à l'issue d'un procès.

Mais il referme violemment sa portière et Témiscouata embraye.

Et je reste sur place comme une conne.

— Ils vont se charger du meurtrier, lâche, laconique, Pirelli, qui a vu la scène.

— Et tu trouves ça normal ?

— Ouais, plutôt. Si nous on le choppe, il va se prendre quinze-vingt ans, peut-être moins, et un dingue pareil faut l'éliminer une bonne fois.

Ce qui m'effraye, c'est que je ne suis pas loin de penser comme lui.

On est restés deux heures sur place à attendre l'équipe technique et le légiste.

Betty Ludlow, qui a travaillé avec la police scientifique de Dawson, s'est chargée de relever tout ce qu'elle pouvait. Le plus dur a été de rester à proximité du cadavre et de s'interdire d'y penser. Dans la voiture, nous avons un kit de prélèvement pour les indices, mais ce qui a été coton, c'est de trouver de quoi envelopper la tête. C'est Pirelli qui a réussi à obtenir du chef du campement une boîte en carton dans laquelle il l'a placée avec mille précautions pour ne pas la polluer.

Nous l'avons tous les trois regardé avec admiration. Il l'a d'abord enveloppée dans une des poches en plastique qui font partie du kit de relevés. Mais la poche était trop étroite, et il a dû la fendre et laisser glisser la tête de Sora en rabattant les cheveux comme il pouvait pour qu'elle entre.

La *forensic* de Shaskeeton est arrivée dans un grand van et a déballé son fourbi. L'équipe était accompagnée d'un détective blanc, d'un détective noir et d'un légiste métis.

Le Blanc s'appelait Gus Sander, le Noir William Norett et le toubib répondait au nom de docteur Blandish. Le Blanc était plutôt petit et le Noir plutôt grand. Mais les deux tiraient autant la gueule. Quant au médecin, il ne décrocha pas une parole. Et je comprenais pourquoi.

On les avait sortis de leurs bureaux bien chauffés du commissariat de Shaskeeton pour les envoyer dans un de ces coins improbables que certaines régions de notre pays s'enorgueillissent de posséder, qui tiennent du désert glacé et de forêts impénétrables, où rôdent des ours, des loups et où la température dépasse rarement les -15 °C, dans les meilleurs moments.

— Alors, qu'est-ce que nous avons là ? a grogné le Blanc en soulevant la couverture qui recouvrait Sora avant que nous ayons pu le prévenir.

Ils sont restés tous les trois dans le mouvement. Le cou de Sora tranché par le piège s'était rétracté sous le coup des différents changements de température. Du coup, son buste semblait disproportionné.

— Ah merde ! s'est-il exclamé. Putain, c'est quoi, ça !

Comme il avait dit le principal, personne n'a rien ajouté, et le toubib s'est penché visiblement à contrecœur sur le cadavre. Il a tâté son corps, plutôt l'a tapoté, rigide comme une barre, et s'est relevé presque aussitôt.

— Vous auriez pu prévenir que le cadavre était dans cet état. Qu'est-ce que vous voulez que j'examine dans ces conditions ?

— J'ignorais qu'il vous fallait un cadavre sur mesure, j'ai répliqué, à cran.

On se les était gelés depuis des heures à les attendre, sans rien de chaud à boire dans cette température polaire, et ce gougnafier de toubib nous engueulait.

— J'avais besoin d'une équipe technique, je croyais que le boulot d'un légiste était de l'accompagner pour voir le cadavre. Tenez, on a fait quand même une partie de votre travail, dis-je en lui tendant la demi-douzaine de pochettes plastique dans lesquelles l'officier Ludlow avait glissé ses trouvailles.

Il hausse les épaules, les prend, dit quelque chose à Norett et se dirige vers le van qui les a amenés.

— Enveloppez-la dans une housse et mettez-la dans le van. J'ai plus rien à faire ici. Comment vous avez fait avec la tête ? Vous avez fait attention de pas la toucher au moins ?

Pirelli s'est avancé d'un pas vers lui, et le morticole a reculé en bégayant :

— Enfin, je veux dire… ça n'a pas dû être facile.

Pirelli, quand il s'y met, peut vraiment être antipathique.

Sander vient vers moi.

— Sûr que ça n'a pas dû être marrant. Vous êtes là depuis longtemps ?

— Assez longtemps pour espérer tomber sur des gens responsables quand on les appelle, je crache. Vous tracassez pas, on fera le boulot.

— Désolé, on est partis du mauvais pied. Norett et moi, on est à dispo, suivant ce que nous diront nos patrons.

Il me tend la main. Il semble emmerdé de l'attitude du toubib, et je suis ravie qu'il le soit.

Benson, qui conduit au retour, met le chauffage à fond, mais il nous faut du temps pour retrouver notre température. Personne ne parle. Le paysage désolé que l'on traverse et ce que l'on a vécu aujourd'hui ne se prête pas à la conversation.

Je repense aux menaces d'Istinak Shaw concernant le cimetière amérindien sous la prison. L'assassinat de la pauvre Sora ne va rien arranger, surtout s'il croit comme Oka que c'est l'œuvre d'un Blanc.

Depuis que je dirige la police de la région, nous avons eu quelques homicides. La plupart familiaux ou de voisinage. Mais quand le contentieux remonte à loin, cela peut dégénérer sérieusement.

En 2013, un groupe d'Abénaquis, ou Wabanaki, a attaqué un campement de Cris pour une histoire de territoires de chasse et de mariage refusé entre les enfants des deux chefs. Résultat, dix morts, vingt-deux blessés, une guérilla qui n'en finissait pas et un accord scellé sous la houlette du gouvernement local.

Mais nous nous trouvons cette fois devant un crime sexuel, suivi ou précédé de mutilations, ce qui va enrager la tribu de la jeune fille, et même plus loin, car déshonorer une de leurs femmes et s'attaquer à son intégrité physique est une offense majeure chez les Indiens.

J'ai eu aussi des viols, des cambriolages, des meurtres aussi dans la population blanche, mais rien à voir avec le massacre de Sora.

— T'as un plan ? me demande Pirelli alors que l'on va arriver à Woodfoll.

— Sur ? je lui demande sans me retourner.

— Ben, sur ce crime.

— Non. Je te rappelle qu'on n'a pas encore commencé l'enquête.

— Mais tu vas accepter l'aide des deux guignols ?

Inutile de demander de qui il parle.

— Ce n'est pas moi qui vais décider. Holstein, peut-être, ou le chef de la police. On ne peut pas faire d'erreurs sur ce coup.

— Je pense comme Oka que ce n'est pas un Indien qui a tué Sora, dit soudain Betty Ludlow. J'ai vu des cadavres torturés, pas le genre des gens d'ici.

— Oh ! arrête, proteste Pirelli. Moi, j'ai vu des docus sur ce que se réservaient les ennemis tribaux. Ils ne faisaient pas dans la dentelle !

— Des ennemis, j'dis pas, mais des meurtriers sexuels, non. Et vous, chef, qu'est-ce que vous pensez ?

— Comme vous. Je verrais plutôt un Blanc faire ça. Mais on peut se tromper. On n'a pas le privilège de la folie meurtrière.

Je n'ai pas envie pour l'instant de leur parler du cimetière des Cris.

On finit par arriver au poste où il ne reste que deux officiers. Il est presque huit heures et ceux qui n'étaient pas de garde sont rentrés chez eux ou ont continué leurs patrouilles en ville. Ils n'ont pas eu le temps de faire leurs rapports après leurs tournées, mais Morgan le fidèle m'apprend que la ville semble calme : un seul mort à déplorer, une dame âgée qui a fait une crise cardiaque, et une jambe cassée chez un ado.

Déjà ça, première bonne nouvelle de la journée, me dis-je. J'imaginais l'hôpital régional surchargé, avec des brancards dans les couloirs comme on le voit à la télé.

Je suis épuisée, affamée et gelée. Hachiko nous regarde tour à tour et ses yeux sont pleins de questions. Je dois arrêter de faire de l'anthropomorphisme. Il est resté dans la voiture le plus souvent, mais je sais que les chiens sont sensibles aux ambiances, et l'on peut dire que l'ambiance qui règne parmi nous n'est pas top.

Je ne sais pas comment sont les autres, mais je rêve d'un bain brûlant et d'un steak de caribou gigantesque en essayant de repousser hors de ma mémoire ce qu'on a vu. Je voudrais me retrouver dans le monde des gens normaux, des gens qui ne décapitent pas les jeunes filles avec un piège à ours.

Je vais dans mon bureau téléphoner à Julia Finsberg.

— Allo, bonsoir, c'est Lou. Je ne vous dérange pas ? Oui, je viens de rentrer… Oh ! une histoire indienne, mais c'était loin et il faisait froid. J'ai pensé… Je connais un petit restaurant charmant à cinq ou six kilomètres à l'est de Woodfoll où l'on dîne très bien et où l'on boit aussi très bien… Si vous êtes libre, ça me ferait plaisir de vous le faire connaître. Qu'en pensez-vous ? Je peux passer vous chercher dans… une grande heure, dis-je en jetant un coup d'œil sur ma montre, le temps de faire un saut chez moi… Parfait, je suis ravie, Julia. À tout à l'heure.

— J'ai fait régler et nettoyer la montre de votre père. Je vous l'apporterai.

— Merci, c'est formidable. Je la lui enverrai dans la semaine.

Je reviens chez moi avec Hachiko et, après avoir pris une douche brûlante et m'être changée, nous ressortons pour aller courir au parc Carter. J'en ai autant besoin que lui.

Il se met à cavaler comme un dingue et à se rouler dans la neige. J'ai pensé que le suivre me changerait les idées, mais il y a trop d'images accrochées qui me balancent des flashs et que je ne peux décoller de sous mes paupières.

Si on attrape l'assassin de Sora, sera-t-il envoyé à la 3AP, et nos distingués psychiatres tenteront-ils sur lui leurs nouvelles méthodes de soins ? Ou sera-t-il mis à l'isolement absolu comme le mérite un mec comme lui puisqu'on ne les tue plus ?

Je lance sans conviction des branches à Hachiko. C'est habituellement notre façon de faire du sport. Mais ce soir, je me sens vermoulue comme quand je terminais une course de ski de trente ou cinquante kilomètres.

Je le rappelle trop tôt à son goût, et il prend son temps pour rejoindre la voiture.

Julia est prête quand j'arrive. J'ai acheté une bouteille de bourgogne français, pressentant qu'elle voudrait prendre un apéritif avant le dîner.

Elle est ravissante. Elle porte une combinaison en drap blanc soulignée de cuir noir. Elle est presque aussi grande que moi et plus mince.

— Entrez, Lou, entrez.

Je pénètre dans un salon meublé de deux canapés confortables en face à face. Les meubles, peu nombreux, sont en bois clair. Un grand tapis contemporain aux dessins géométriques noir et blanc recouvre le sol de ciment brossé. Des colonnes en acier supportent des lampes coiffées d'abat-jour en vitrail de couleurs chaudes. Des objets insolites sont posés sur des petites tables à trois pieds, triangulaires, rondes, en bois, en acier, en verre. Des plantes occupent tout un mur, et sur celui en opposition, des tableaux sont accrochés sur toute sa surface.

Des contemporains aux couleurs vives. De pseudo-portraits, des corps noyés dans des enchevêtrements de feuillages, des silhouettes nageant dans des puits d'eau sombre ; des corps tournoyant, accrochés l'un à l'autre, des mains aux doigts écartés imprimées sur des murs de pierre ; des photos, des collages.

— Tabarnak, quel mur ! m'exclamé-je.

— Ça vous plaît ?

— Superbe, réponds-je en m'approchant. Il me faut juste le temps de voir et de comprendre.

Ce que je ne lui dis pas, c'est que ces corps, ces mains, ces visages m'évoquent tous le cadavre de Sora. L'eau, les feuillages, les yeux qui fixent le vide, les photos tronquées où l'on n'aperçoit qu'une bouche, une épaule, un bras. C'est le corps de Sora.

— Vous avez l'air impressionnée…

— C'est qu'on ne voit pas ce genre d'art tous les jours dans nos contrées, souris-je. Au fait, si vous ne me trouvez pas indiscrète, comment êtes-vous arrivée ici ?

— Une longue histoire, je vous raconterai un jour. Du bourgogne ? Mon vin préféré. Comment le saviez-vous ?

— Parce que c'est aussi mon vin préféré.

*

Les plats sont savoureux, le vin, un chianti classico de 2006, nous emporte près des vignes de San Gimignano. Béryl, le patron du restaurant, est un homme affable qui sait quand il doit être là ou s'en aller. Tout est parfait. Julia est parfaite, l'ambiance est parfaite, les lampes diffusent cette lumière dorée qui rend les femmes désirables.

Julia me parle et le plus souvent je l'entends. À un moment, une jeune fille se lève à la table voisine pour embrasser son père qui vient d'arriver. Elle a quinze ans, une jolie tenue qui met en valeur ses formes juvéniles. Elle rit de plaisir, ses joues sont roses, ses cheveux clairs cascadent autour de son visage. Dans l'étreinte du père et de la fille, on sent toute leur tendresse. Il salue les invités déjà assis, se penche sur sa femme et l'embrasse.

Julia me parle, et moi je vois le corps déchiré de Sora à la place de celui de cette adolescente. Je vois sa tête tranchée, souillée de boue et empêtrée de branchages. Je vois ses yeux vides et transparents qui fixent un monde inconnu. Julia me parle, et Sora est allongée sur la table entre nous.

— Lou ? Lou… que se passe-t-il ? Un malaise ?

— Comment ?

— Ça ne va pas ?

J'ai une brusque envie de vomir, mes intestins se tordent, je me plie sur ma chaise.

— Lou, que se passe-t-il ?

Julia s'est levée et a posé sa main sur mon épaule.

— Vous êtes très pâle, venez, partons…

J'ignore comment s'est passée la suite. Comment je suis sortie du restaurant et me suis retrouvée dans ma voiture. Comment ce matin je me réveille dans mon lit.

XVIII

AILLEURS, DANS UNE AUTRE RÉGION…

Ronald Paterson est revenu chez lui. Margareth l'a regardé arriver, a remarqué ses vêtements tachés, mais n'a rien dit. C'est son habitude de se taire. Elle est souvent muette. Mais pas aveugle.

Il s'est changé dans la buanderie, jetant directement ses vêtements dans la machine à laver professionnelle qu'il a achetée en même temps que la maison. Le vendeur s'était étonné de cette taille pour un couple. Il s'est contenté de le regarder, et l'autre s'est tu.

Il s'assoit dans la cour malgré le froid glacial. Dans le coffre de sa voiture, il y a le cadavre du cerf qu'il a tué et dépecé.

Comme d'habitude, ils ne le mangeront pas et il l'enterrera dans la forêt.

Tuer un animal sauvage est interdit en dehors des périodes de chasse. Mais c'est seulement une transgression qui peut coûter une forte amende ou quelques jours de travaux d'intérêt public.

Et ce n'est pas ce risque qui retient de tuer inutilement un animal que l'on a envie de tuer. Pas davantage que pour un humain, d'ailleurs. En réalité, ce qui différencie les deux chasses est le plaisir que l'on y prend.

Les chasseurs qui pensent trouver du plaisir à tuer un ours ou un loup sont loin du compte.

Dieu a dit que l'Homme régnera et dominera sur toutes les autres espèces sur terre, mais devra respecter la sienne.

Caïn le premier ne l'a pas entendu. Comme beaucoup après lui.

Paterson a souvent pensé à ces différences. Est-ce la différence du risque qui augmente le plaisir de tuer un humain plutôt qu'un animal ? L'adrénaline court-elle dans le sang plus vite quand il s'agit d'un humain ? Abattre pour rien un cerf et le dépecer avec encore une lueur de vie dans son œil ne sera jamais aussi fort que de voir cette même lueur dans une prunelle humaine.

Il n'est pourtant pas inculte au point de ne pas savoir que la souffrance animale, qu'elle soit physique ou psychique, est aussi importante que celle des humains. Il a pu souvent le constater.

À son avis, ce qui fait la différence, c'est que l'humain est un meilleur trophée. L'anéantir, dominer sur lui pour exister prouve à Dieu qu'on ne le craint pas. Qu'on est presque à son image.

Il s'allume un cigare. Il sait que c'est l'heure de se mettre à table et que Margareth l'attend. Il a d'ailleurs un peu faim. Mais comme pour le reste de ses envies, il aime le temps qui les précède.

Qui ne sait qu'en amour monter l'escalier est le meilleur ?

Il se renifle parce qu'il aime sentir sur sa peau l'odeur du sang. Son odeur fade et métallique. Douce, légèrement sucrée et écœurante.

Avant de rentrer, il s'est nettoyé les mains dans la neige. Il a fait en rouge sur la neige blanche des dessins représentant une tête de cerf, une silhouette de femme. Il a aussi imprimé la forme de son couteau de chasse qui pourrait dépecer les ours s'il en tuait. Trente centimètres de la prise de poignée au bout de la lame. Un tiers, deux tiers. Effilée comme un rasoir. Un manche en corne qui agrippe.

Il l'a acheté à l'aéroport de Vancouver et l'a payé en liquide. Il l'a tout de suite aimé comme un ami, mieux, un protecteur. Ils ne se quittent pas. Margareth a dit quelque chose à son sujet au début, puis s'est tue.

Souvent, Paterson pense qu'elle attend son heure. Mais quelle heure ? Il se dit aussi que si elle n'aimait pas le sang et les armes elle partirait. Si elle n'aimait pas le voir aller et venir sans jamais donner d'explications, même quand, comme ce soir, il revient les vêtements souillés de sang, elle partirait. Il l'a déjà battue, mais jamais au point de la blesser.

Et parfois, elle le pousse comme si elle cherchait à tester ses limites.

XIX

RETOUR DE CHASSE

Oka et Témiscouata débarquent au poste en même temps que moi. Mes gars les regardent sans savoir qui ils sont. J'ai appris par le chef, Serge Otsi Simon, qu'Oka et Témiscouata font partie de la tribu des Naskapis et viennent de la Côte-Nord, près de Schefferville. Cette région du Québec est appelée le « pays des caribous ». Ils sont grands et sombres de peau, leur tribu est à moitié nomade et ils parlent le naskapi et l'anglais.

Je les présente à l'équipe en expliquant qui ils sont et pourquoi ils sont là, et les invite à me suivre dans mon bureau en même temps que Pirelli.

— Asseyez-vous, je vous en prie. Voulez-vous boire une boisson chaude ?

Ils secouent négativement la tête.

— Alors, brigadier, où en sommes-nous ? Avez-vous pu interroger les habitants du village de la victime ?

J'évite de trop prononcer son nom pour ne pas la personnaliser. Je marche sur des œufs dans cette affaire. La Gendarmerie royale canadienne, c'est-à-dire nous, va être obligée de prendre l'enquête en même temps que la police des Premières Nations parce qu'il existe plus de probabilités, compte tenu de ce que nous avons recueilli sur la scène de crime, c'est-à-dire rien à part les empreintes de pneus, que le crime ait été perpétré par un Blanc.

En étudiant le dossier d'autopsie et de scène de crime renvoyé en moins de quarante-huit heures par le labo de Shaskeeton, un exploit qui montre bien la gravité complexe de l'affaire, aucune empreinte digitale ni aucun fluide n'ont pu être relevés, dans et sur le corps de la malheureuse, ainsi que sur le piège resté dehors trop longtemps. Ce qui indique peut-être aussi un criminel organisé, rarissime chez les Indiens qui tuent en général sous le coup de la colère ou de l'émotion. Ce qui ne paraît pas être le cas dans le meurtre de Sora.

En échangeant mes impressions et observations avec Serge Otsi Simon, avec qui j'entretiens de bons rapports, nous sommes parvenus à la même conclusion que celle du brigadier Oka concernant la nationalité du meurtrier, sans toutefois négliger d'autres pistes.

Il pense que Sora a été remarquée par son assassin alors qu'elle se trouvait en dehors de son village. Probablement dans les proches environs, sachant que les Indiens n'aiment pas que leurs filles traînent loin de chez eux. Il l'aura suivie, abordée et agressée. Se sera-t-elle défendue ou a-t-elle crié, et il l'aura tuée. Puis rendu furieux par sa résistance ou plus probablement emporté par ses fantasmes de mort et son sadisme, il l'aura violée et décapitée.

Les résultats de Shaskeeton indiquent en effet que la décapitation est intervenue après le décès, ainsi que la plupart des blessures. Ce qui indique qu'il voulait moins qu'elle souffre qu'assouvir ses fantasmes de destruction. Quant au viol, il n'est pas établi. Les blessures retrouvées ont pu être causées par un objet ou un doigt, car on n'a pas retrouvé de sperme. Ce qui en fait tout de même un viol du point de vue judiciaire.

Otsi Simon, grand gaillard d'une cinquantaine d'années nommé à ce poste par les responsables du Conseil des Premières Nations, dont le représentant le plus médiatique est Derek Nipirak, chef des Assiniboines, que je connais bien également, est un allié précieux dans la gestion des affaires autochtones.

Il m'a raconté avoir intégré l'École nationale de police du Québec, l'ENPQ (dont j'ai également suivi les cours), grâce à l'aide accordée par le gouvernement canadien pour que les étudiants inuits et des Premières Nations puissent engager des études postsecondaires en payant leurs frais de scolarité, de déplacements et autres dépenses.

— Si mon peuple pense que c'est un Blanc qui a tué cette jeune fille de cette façon, j'ai vu les photos prises par votre homme (femme, avais-je rectifié), il faudra très vite l'attraper. Nos tribus sont agitées par certains meneurs qui trouvent leur compte à générer des mésententes entre nous, m'a-t-il dit.

J'ai hésité à lui raconter le problème du cimetière des Cris, mais, ou bien il le savait déjà ou il le saurait bientôt.

— Je les ai interrogés, répond enfin Oka. C'est son oncle qui en allant relever ses pièges a trouvé Sora.

— Qu'a-t-il trouvé d'autre ? Vous l'a-t-il dit ?

— Il l'a trouvée le soir, une nuit de lune noire. Il a failli buter dedans. La forêt dormait, ainsi que toutes les autres créatures vivantes, car elles avaient vu ce qui s'était passé.

Je retiens mon souffle. Oka va-t-il se servir du parler alambiqué de son peuple pour me dire ce qui est arrivé ?

— Et qu'ont vu les créatures vivantes de la forêt ?

Il appuie le dos sur le dossier de sa chaise et jette un œil alentour. Témiscouata reste figé sur la sienne, fixant le mur derrière moi.

— Il est difficile de les faire parler, lâche-t-il enfin au bout d'un long silence.

Je me demande par quel miracle Pirelli n'a pas glissé son grain de sel d'impatience. Je me suis longtemps évertuée à lui expliquer que tout le monde n'avait pas la même façon de s'exprimer et qu'il fallait respecter les silences comme le reste, car ils peuvent en dire autant.

— Y êtes-vous arrivé ? je lui demande après un silence un peu moins long.

Il penche la tête, me regarde, soupire et lâche :

— Une voiture a quitté la route principale après une longue période de pluie. Elle s'est enfoncée sur la piste de terre et s'est arrêtée, faute de route.

Je traduis que c'est là que le cadavre de Sora a été jeté, car la voiture ne pouvait pas aller plus loin.

— Celui qui sait, a-t-il vu la voiture ?

Il plisse les lèvres, me fixe un moment.

— Peut-être, pas sûr. Il l'a vue de haut. Il était sur une crête et il l'a vue passer.

— Et ?

— C'était une grosse voiture.

Ça aussi, on le sait, en raison de la profondeur des empreintes de pneus.

— Et la couleur ?

Oka hausse les épaules.

— Il faisait nuit.

Les Amérindiens ont une vue supérieure à la nôtre, enfin, c'était vrai avant, avant qu'on les envahisse et qu'on les aveugle comme nous avec nos débauches de lumière.

— Sombre, claire ?

Il me regarde, impassible. Il doit se demander si je comprends ce qu'il dit ou si je suis idiote comme les autres.

— Il n'a pas vu. Il était haut et il faisait nuit.

— Mais ça ne l'a pas empêché de voir une voiture quitter la route principale et prendre la piste qui mène au village ?

Il ne répond pas. Je n'obtiendrai rien de plus ; je suis en train d'user sa patience. Je sais, pour en avoir parlé avec Derek Nipirak qui a de l'humour, rare chez les Indiens, et un sens aigu de l'observation, que les autochtones considèrent les Blancs comme des gens, on dirait chez nous, durs à la comprenette. Ils pensent devoir répéter plusieurs fois les mêmes choses pour que nous saisissions leurs pensées.

— Merci, brigadier-chef Oka, dis-je en me levant avec un grand sourire. Ce que vous venez de m'apprendre est précieux. Je vais en faire part au grand chef, Serge Otsi Simon, avec qui nous travaillons sur cette affaire. Il en sera heureux.

— La lune noire ce soir-là a commencé à sept heures, lâche Oka.

Et il quitte mon bureau sans un mot de plus, suivi de Témiscouata.

Je les regarde partir en me disant qu'on n'est pas beaucoup avancés. Personne n'a rien vu. Ou plutôt personne ne dit rien. Les Indiens n'ont pas confiance dans la justice des Blancs. Ils jugent qu'elle leur est systématiquement défavorable. Ce qui n'est pas tout à fait juste.

Je sais qu'Oka n'est pas d'avis à ce que les siens se fassent justice. Il respecte les lois du Canada, ce qui lui a valu déjà quelques déboires avec les siens.

— Qu'est-ce t'en penses, patron ?

Pirelli est affalé dans son fauteuil. Il a seulement salué les deux policiers d'un signe de tête quand ils sont partis. Pirelli n'est pas raciste, il se croit juste un peu supérieur aux autres.

Au début, quand j'ai pris le commandement, son sang atavique de macho du Sud a été bousculé. Mon prédécesseur jouissait d'une réputation de bon vivant qu'il partageait avec ses hommes. Il n'y avait qu'une seule femme dans l'équipe, et encore, d'après ce que je compris vite, elle était plutôt chargée de taper les rapports de ces messieurs qui disaient devoir être préférentiellement sur le terrain. Pirelli était déjà le bras droit de Marvel, le shérif, et tous les deux formaient une paire de « mecs qu'en avaient », comme ils disaient. Ils chassaient le caribou, les filles et les bons plans, dans l'ordre.

Mon arrivée a suspendu l'oxygène quelques jours. On a fêté le départ de Marvel à la retraite, qui, par chance, quittait la région pour Vancouver, en Colombie-Britannique, où une « coquine l'espérait », comme il nous l'a dit, et je m'en suis réjouie. Car Marvel, flic depuis trente ans au Manitoba, ne nous aurait pas décollés s'il était resté dans la région. Le Sicilien qui avait cru remplacer son pote fit la baboune quand il apprit la réalité.

La guérilla dura un mois, et Pirelli employa tous les moyens pour me déstabiliser. Usant dans un premier temps de séduction virile, pour ensuite, constatant l'inanité de ses efforts, semer les chausse-trappes.

J'avais déjà été confrontée au début de ma carrière à ces difficultés. Dans les années 2000, les Canadiens qui pourtant aimaient imiter leurs cousins au drapeau étoilé, étaient moins en pointe en ce qui concernait l'égalité homme-femme. Et j'en avais suffisamment bavé pour savoir maintenant comment réagir.

Un jour, fatiguée de ses manœuvres, je le défiai de tenir dix minutes de combat avec moi au taekwondo. Il pouffa de rire et répliqua :

— Chez nous, on n'est pas des danseuses thaïes, madame.

Nous nous confrontâmes dans une des salles de sport de Woodfoll, qui pratiquait les arts martiaux et disposait d'un dojo. Il était tellement sûr de me ridiculiser qu'il convia les autres flics au spectacle. Ce fut une sacrée soirée. Ne voulant pas lui faire perdre la face, je me contentai au début d'éviter ses coups, un peu brouillons, et à le frapper là où il m'attendait. Mais quand il se vit perdre le souffle après s'être pris deux ou trois coups de talon à la figure, il décida de revenir à la bonne vieille bagarre de rue qu'il connaissait bien et me balança quelques coups de poing appuyés que j'évitai en partie. Mais pour en finir sans bobos pour l'un et pour l'autre, je le fis tomber avec un *Mom dollyo tchagui*, un retourné circulaire de la jambe tendue, avec frappe du plat du pied dans le creux du genou, et le plaquai au sol.

L'air ahuri qu'il eut en se retrouvant sur les fesses déchaîna l'hilarité des spectateurs, et il eut assez d'esprit sportif et de sens de l'humour pour la partager. Nous achevâmes la soirée chez Paolo, un ami de Pirelli, en vidant quelques bouteilles de bière et de whisky canadien et même d'ailleurs.

À partir de ce jour, Pirelli, qui n'avait pas seulement de l'humour, mais un vrai sens politique allié à une vive intelligence, devint mon ami.

XX

SCÈNES DE CHASSE

Il ne fait pas encore complètement jour. Une lame plus claire hésite encore à s'agrandir à l'est, mais le temps calme est revenu.

Le thermomètre affiche -14 °C. On est le 11 avril et on a perdu six ou sept degrés sur les années précédentes. Réchauffement climatique, affirment ceux qui ont étudié. Pourquoi ne pas appeler ça refroidissement climatique ?

Il est sept heures du matin et je viens de quitter Julia. Quand la mort vous a effleuré de si près, la peur qui en résulte exacerbe le désir. Une revanche à prendre sur la mort ou l'assurance d'être toujours vivant.

La ville glacée dort, comme encore courbatue du chaos. Les rues vides sont mal éclairées de lumignons blafards et les fenêtres sont obscures. La chaussée verglacée cache mal ses cicatrices, et les montagnes autour ressemblent à des sentinelles mortes. Un vent glacé souffle aux carrefours, chassant devant lui les scories de la tempête. Aussi loin que porte mon regard, ce n'est que bois et verre brisé. Pendant ce temps de marche solitaire dans la ville, j'ai cherché autour de moi un signe de vie.

J'arrive au commissariat et frappe une longue minute avant que l'on ne m'ouvre.

— Oh pardon, shérif, je me suis endormi.

C'est Feinstein, un Norvégien. Il nous a rejoints comme auxiliaire il y a six mois. À son âge, on a besoin de dormir.

— Pas grave ; tout va bien ?

— Oui, chef, juste Hachiko qui était un peu énervé.

Mon chien se dresse devant moi, pose ses pattes sur mes cuisses et me fixe.

— Bon, eh bien, sors-le, ça vous rafraîchira tous les deux.

J'entre dans mon bureau, un peu étonnée de le trouver presque rangé. Hachiko revient peu après avec Feinstein et s'installe sous ma table. Tout pourrait sembler normal si l'on oubliait ce que l'on vient de vivre.

— Je peux aller me doucher, chef ?

— Allez-y.

Ce que j'appelle le temps de la corruption, ces dollars déversés sur la ville pour nous faire accepter la 3AP, j'ai réussi à obtenir que deux pièces, une salle de douche et un coin cuisine soient installés dans le commissariat de manière qu'en cas d'urgence des policiers puissent rester sur place. J'avais pensé à l'époque que je me la jouais NYPD.

À présent, dans nos têtes et nos vies, il y aura un avant et un après-tempête. Penser au mot me ramène à Istinak Shaw. Tout mon être occidental rationnel veut mépriser ses menaces. Éruption solaire, m'a dit l'expert. Ressentiment des morts, m'a dit l'Indien.

Je me plante en attendant mes flics devant le mur où est accrochée la carte de notre région. Je n'y vois que plaines cabossées de rocailles, de toundras sans limite, de forêts impénétrables et de lacs.

Que du bonheur.

C'est dans ce paysage archaïque que nous devons retrouver quatre tueurs fous, et l'assassin sadique d'une jeune Indienne de quinze ans qui a eu la malchance de croiser sa route.

Ils arrivent seuls ou ensemble, mes flics, les visages graves et fatigués, les gestes plus lents. Cette folle tempête n'a laissé personne indemne.

Ils tirent des chaises, s'installent devant moi. Un des auxiliaires s'attelle au café. Meredith Gallup, qui a l'instinct maternel surdéveloppé, a apporté deux cakes odorants. Je me demande quand elle a eu le temps de les faire.

— OK, voilà comment je vois les choses, commencé-je en m'efforçant de prendre un ton normal et une fois que café et gourmandises ont été distribués. Comme vous le savez, dis-je en laissant traîner sur la carte une longue baguette de bois, c'est une putain de grande surface que nous allons devoir couvrir. Et pas que des bonnes routes. Et ceux que nous cherchons ne sont pas bons non plus. Bonne idée le cake, merci, Meredith.

» Nous avons deux problèmes à régler, j'enchaîne. L'un, peut-être le plus grave, quant à ses conséquences, est la traque et l'arrestation d'une fratrie de quatre détenus qui se sont échappés de la 3AP voisine dans la nuit du 28 mars dernier. Je ne vous fais pas un dessin. Vous avez compris que ces hommes sont très dangereux. À n'approcher sans renfort sous aucun prétexte. Toutes les forces de police de la région sont à leurs trousses. Plus de deux cents hommes et femmes. Mais, hélas, et vous vous en doutez, nous ne pourrons pas conserver une telle troupe au-delà de quelques jours. Et ça en fait déjà trois passés sans dégotter la moindre piste.

— C'est pire que de chercher une aiguille dans une botte de foin, intervient dans le fond la voix sonore de Benson, c'est chercher une aiguille dans un champ de foin.

— Juste, acquiescé-je. Nous avons en ce qui nous concerne à contrôler un périmètre de vingt kilomètres sur vingt, ce qui fait déjà une belle portion de gâteau. Quand vous serez trop éloignés de notre camp de base, ou que la nuit sera tombée ou sur le point de l'être, vous devrez rejoindre un des postes auxiliaires de police le plus proche dont je vous donnerai la liste pour repartir en chasse dès le lendemain. Nous sommes douze, resteront ici nos collègues policiers auxiliaires pour gérer les problèmes de la ville et de ses alentours. Nous patrouillerons par équipes de trois. Ce qui fait, pensez-vous, quatre équipes. Faux. Car nous avons aussi à nous occuper conjointement, avec la police des Premières Nations dirigées par Serge Otsi Simon, du meurtre particulièrement sordide d'une jeune autochtone de quinze ans, de la tribu des Algonquins, que nous avons reconnue hier avec les sergents Benson, Ludlow et le brigadier Pirelli.

Je m'arrête pour avaler une gorgée de café.

— En ce qui concerne la traque des fugitifs, c'est le brigadier Pirelli qui en prendra le commandement et s'occupera de la coordination entre les patrouilles.

— Comment ça, patron ?

— Ne m'appelle pas patron, j'ai un nom et, si ça ne suffit pas, j'ai un grade. Et quel est le mot que tu ne comprends pas dans cette phrase, Pirelli ?

— Le mot que je ne comprends pas, c'est que c'est moi qui me farcis à commander ces glands au lieu d'être avec toi… vous, se reprend-il (sans que j'en comprenne la raison) et de procéder à l'enquête sur le meurtre de la fille !

Il y a des murmures dans la troupe. Pirelli est en général apprécié de ses collègues. Il a la réputation d'être un toffe, un dur, à souvent aussi péter une coche, comme on dit par ici d'un gars qui s'énerve pour un rien, mais d'être gentil. Mais là, ils doivent trouver qu'il charrie. Il se tourne vers eux qui braillent.

— C'est pour vous que j'dis ça, bande de crevards ! Parce que si c'est moi qui dirige, je vais vous en faire baver des ronds de chapeau !

— Bon, coupé-je. Je prends avec moi Sauvegarde et Saint-Vincent, et ne venez pas me casser les pieds. Les jours qui nous attendent vont être durs pour tout le monde. Je veux que vous soyez bien équipés. Les meilleurs tireurs des équipes auront les nouveaux fusils magiques et devront couvrir leurs camarades quand ceux-ci iront en reconnaissance. Pas de héros. Vu ? Vérifiez les voitures et les armes avant de partir et prévenez par téléphone vos familles, car on met les bouts maintenant. Des questions ?

Là, c'est la houle. Je viens de me faire une équipe de football d'ennemis.

— On peut pas partir d'un coup comme ça ! râlent-ils comme des ânes.

— Si. Vous devriez déjà être sur la route. Tout l'équipement est ici. Et à ce sujet, personne n'oublie son gilet pare-balles. Les collègues des autres postes sont prévenus d'avoir à vous loger et vous nourrir. Ça vous permettra de faire connaissance avec eux.

Évidemment, ils n'en ont rien à battre de faire connaissance avec leurs collègues et ne me l'envoient pas dire. Mais moi, j'ai été tirée des bras délicieux de Julia par le chef de la police de la région qui ne m'a pas laissé le choix.

— C'est maintenant et tout de suite qu'il faut se bouger, a-t-il dit. On a déjà trop perdu de temps.

C'est le chahut dans la boîte. Seul Morgan, qui n'a personne, je crois, à prévenir, reste calme. Je vais le mettre avec Pirelli et Betty Ludlow. Si je lui dis de rester au poste, les autres vont le prendre en mauvaise part et peut-être lui aussi.

Pourtant, il me serait plus utile devant son ordi qu'avec un flingue dont je ne suis pas sûre qu'il soit capable de se servir. Mais ce n'est pas le moment d'avoir des états d'âme. Ce que mes flics considéreraient comme une fleur serait très contre-productif.

Ils essaient de négocier, les femmes surtout qui ont davantage de charges de famille, mais je reste sourde. Je m'enferme dans mon bureau pour ne plus les entendre. Saint-Vincent et Sauvegarde ne savent pas trop quelle contenance prendre. Ils sont sûrement contents de ne pas se traîner en poursuite avec les autres, mais n'osent pas pavoiser.

Il ne faut pas loin de trois quarts d'heure pour que la troupe soit prête. Entre-temps, j'ai appelé Oka et lui ai donné rendez-vous au camp. Je suis tannée par cette affaire qui ne pouvait tomber plus mal. Laisser mes hommes se coltiner les Bernatchez sans être à leurs côtés me gave. Ça me donne l'effet de les lâcher. Mais je n'ai pas le choix.

Je désigne l'auxiliaire qui va remplacer Morgan aux ordinateurs. Jennie Harper, une futée, souvent volontaire pour les corvées parce qu'elle ambitionne d'intégrer la GRC. Pas aussi bonne que Morgan, mais tant pis. Il faut quelqu'un pour recevoir et renvoyer les états.

Saint-Vincent reste une heure au téléphone à dire au revoir à sa femme et à ses quatre mioches. Je le presse. J'entends du dehors ronfler les moteurs des voitures. Heureusement que l'on a des super caisses, car la route va être longue et difficile. À mon sens, les Bernatchez préféreront les coins sombres aux grands espaces et je me fais du mouron pour les miens. Pas le genre à mettre la crosse en l'air en cas de problèmes. Pirelli est un teigneux, même si je le sais un peu froussard par moments. Surtout pour les trucs qu'il ne comprend pas. Prêt à se bagarrer avec un ours, mais superstitieux comme une vieille femme. J'ai rencontré sa mère.

Une vraie Sicilienne qui n'a rien pris du Nouveau Monde. Elle m'a bénie avec un charabia plutôt hermétique quand il m'a présentée.

— Qu'est-ce qu'elle a dit ? j'ai demandé après à son fils.

— J'sais pas trop, c'étaient des trucs anciens de chez elle. Faut pas chercher à comprendre, mais ça te protégera. Tiens, elle m'a dit de te donner ça, a-t-il ajouté en me glissant au creux de la main une médaille de la Vierge.

— Mais je ne suis ni catholique ni croyante.

— Mets ça dans ta poche, ça pèse rien, grimaça-t-il en haussant les épaules.

Benson est plus calme et c'est un bulldozer. Il sera de la fournée Meredith Gallup, dans la troisième patrouille. Les autres voudront faire aussi bien. Bon, on verra, je ne suis pas leur mère.

Saint-Vincent a enfin fini ses adieux et je fais signe à Sauvegarde d'embarquer avec lui. Elle a pendant ce temps pris un peu de provisions. Je suis contente de l'avoir avec nous.

— Grimpez dans la voiture, je vous rejoins.

Je vais dans mon bureau au moment où j'entends les trois patrouilleurs démarrer. Sur le pas de la porte, les auxiliaires les regardent partir, peut-être avec un peu d'envie… ou de soulagement.

Je décroche mon téléphone pour appeler Julia, mais tombe sur sa boîte vocale. Je suis presque contente. Quand on démarre une histoire amoureuse, on ne sait pas toujours quoi dire. Moi, en tout cas. Doit-on parler d'une façon romantique au risque de se faire prendre pour une nuche, ou garder une certaine distance au risque de passer pour une indifférente ?

— Heu… Julia… bonjour, c'est moi, Lou. Quand je suis partie ce matin, vous, enfin tu dormais et je n'ai pas voulu te réveiller. Je reviendrai sûrement ce soir… Heu… tu… on était convenues que tu viendrais chercher Hachiko au poste pour qu'il dorme avec… chez toi. (Ce qui me fait bafouiller, c'est que je ne sais pas si je dois la tutoyer ou la voussoyer. Cette nuit, on s'est tutoyées. Mais là, il fait jour.) Bref, bonne journée, dis-je précipitamment en raccrochant… comme une nuche.

Hier soir, alors que j'étais chez Julia, mon père m'a appelée pour me remercier de la montre qu'il venait de recevoir. Bien sûr, il ignorait où j'étais, mais j'ai été gênée comme une adolescente surprise en train de faire une bêtise, et je me suis demandé à quel moment l'on cesse d'être l'enfant de ses parents pour devenir adulte.

Philomène Sauvegarde s'est assise devant, elle a bien fait. Elle sera moins secouée. Je la rejoins, jette un coup d'œil alentour et décolle.

Pirelli et les autres sont déjà loin. Dès que l'on quitte la ville, on roule dans un paysage triste. Le long de la route, les arbres caducs dénudés de leurs feuilles ressemblent à des squelettes et ceux restés « habillés » ont été pour beaucoup cassés par la tempête. Plantés dans une neige sale et cabossée, ça donne un paysage de jour d'après.

— Dans quel état est Woodfoll ? je demande à Philomène qui a patrouillé la veille.

— Des quartiers ont été plus touchés que d'autres, ceux de la rive droite à cause des arbres, mais dans l'ensemble, ça va à peu près. Ce qui a été le plus touché, ajoute-t-elle, c'est le moral. Les gens ont eu peur. Ils n'ont pas compris ce qui s'est passé et ne comprennent toujours pas. Ma grand-mère, qui est née là et n'est pas du genre à avoir la chienne (peur), dit que c'était un truc genre surnaturel.

Je lui jette un coup d'œil.

— Surnaturel, une tempête ? Ça, c'est nouveau.

— Hé ! J'ai déjà vu des tempêtes par ici, mais ça, c'était aut' chose ! T'as un ciel bleu normal et pis d'un coup tu te reçois des tonnes de neige et de flotte à pas savoir d'où ça vient avec des vents à t'arracher les yeux !

— De l'Arctique, dis-je, ça vient de l'Arctique, Morgan l'a vu arriver sur son écran.

Philomène se tourne carrément vers moi.

— N'a rien vu, Morgan ! Juste avant je regardais l'océan sur l'écran, c'était tout beau ! Un coup d'chien de c't'ampleur, ça se prépare loin en amont ! Là, y avait rien !

— Elle capote, ta mémé ! lance Saint-Vincent, de l'arrière. C'est pas le premier coup de chien que je connais à boire debout et à attacher sa tuque[1] avec d'la broche !

— Sympa, votre patois, mais si vous parliez en bon anglais, ce serait mieux, j'interviens.

Au Canada, il y a autant de façons de s'exprimer que de régions. Le territoire est tellement vaste que chacun

---

1 Sa coiffe.

a sa façon de parler. C'est quelquefois cacophonique et c'est parfois marrant. Sauf quand vous êtes à l'étranger. Là, il faut faire attention sous peine de passer pour un gros lourd.

J'ai gardé pour moi les menaces d'Istinak Shaw pour ne pas ajouter à l'angoisse générale et, en écoutant le sergent Sauvegarde, je m'en félicite. Mais à ce moment, mon téléphone placé devant moi sur le tableau de bord sonne et son nom s'affiche. J'hésite à le prendre.

— Oui, shérif Grynspan…

Un silence. Ça, c'est tout lui. Il ne répond jamais immédiatement, même quand c'est lui qui appelle.

— Chef Istinak Shaw, annonce-t-il enfin.

— Bonjour, chef, dis-je en mettant un sourire dans ma voix. Vous allez bien ?

— Qu'est-ce que vous avez pensé de la tempête ?

— Heu… très forte, très forte tempête…

Nouveau silence. Puis :

— Quatre de vos prisonniers se sont évadés…

— Oui, hélas, nous sommes justement à leur recherche. À ce propos, je voulais vous avertir de prévenir vos populations d'avoir à s'en méfier… Ces hommes sont très malfaisants.

Long silence. Shaw doit se prendre pour l'Hitchcock des Indiens et fait durer le suspense.

— Ils ne nous feront rien.

— N'en soyez pas si sûrs, ce sont des tueurs.

— C'est grâce à nous qu'ils se sont évadés…

Je manque déraper.

— Faut pas parler au téléphone en conduisant, chef, énonce Saint-Vincent le sentencieux, de sa banquette.

— Qu'est-ce que vous voulez dire ?

J'entends son petit rire grinçant qui souvent m'horripile, mais là me fait carrément gerber.

— Expliquez-vous… Vous avez fait quoi ? Allô, vous avez fait quoi, chef ?

Mais ce connard a raccroché et j'entends le silence inquiet et curieux de mes passagers.

— C'était le chef Istinak Shaw qui s'inquiétait.

— Ah ? fait Sauvegarde. Ils ont eu des dégâts ?

— Non, ça va.

— Tant mieux, parce que sont bien capables de nous lancer un sort.

Je tourne la tête pour la regarder.

— Pourquoi dites-vous ça ?

— Parce que d'après eux tout ce qui leur arrive, c'est notre faute.

Je n'ai rien à répondre. Il ne manquerait plus que dans la mouise où l'on patauge se greffe une guerre ethnique. J'aime mieux penser à Julia. Drôle d'histoire. Elle m'a d'abord invitée à partager un pain de viande et ensuite à partager sa couche. J'ai accepté les deux avec empressement. Je ne sais pas comment c'est arrivé. Mais c'est arrivé. Et j'en suis ravie. Depuis que j'ai débarqué sur cette terre du bout du monde, je me suis souvent sentie très seule. Le décès prématuré de ma mère m'a laissé une sensation d'abandon, déjà éprouvée quand mon frère William a quitté brusquement le pays, et quand mon père est parti à Toronto, je me suis sentie orpheline de toute affection. Et jamais je n'aurais espéré rencontrer une femme comme elle, dont je m'avise que je ne sais rien, car on n'a pas pris le temps de se parler. Tout a été très vite, comme si le blizzard avait entraîné nos vies avec lui. Et c'est très bien ainsi. Se découvrir prend du temps et j'ai envie d'en avoir avec elle.

— Hé ! Si vous pouviez éviter les trous, chef ! proteste Saint-Vincent.

— Ouais, mais les trous, c'est pas ça qui manque, marmonné-je, tirée de ma rêverie.

On est en temps normal à une bonne heure et demie du campement, mais vu l'état de la route et le vent qui souffle de travers, on va rallonger d'au moins une demi-heure. Autour de nous, pas âme qui vive. Ni gros ni petits animaux. Même pas de traces de lièvre souvent nombreuses. Tous se sont terrés pour échapper à la furie de la tempête.

On arrive enfin au camp algonquin après avoir failli nous embourber deux fois. Et ici aussi, on patauge dans la boue. Les yourtes ont salement dérouillé ; leurs toits de chaume serrés, et solides habituellement, n'ont plus de forme et leurs parois en peau sont déchirées par endroits. Ça donne une impression de misère et d'abandon qui serre le cœur.

Oka et son acolyte sont arrivés et discutent avec l'ancien. Ils ne sont pas seuls : Gus Sauter, le flic blanc, et William Norett, le flic noir, à moins que ce ne soit le contraire, sont là aussi. Norett se détache et vient vers nous en me tendant la main et en arborant un grand sourire.

— Salut, shérif, y a eu du bobo, hein ?

— Vous avez souffert de la tempête ? dis-je, croyant qu'il y fait allusion.

— La tempête ? Sa queue seulement. Et vous ?

— Beaucoup plus. Vous avez du nouveau pour notre affaire ?

— Je veux ! lâche-t-il d'un ton triomphal. Le mec est sous les verrous !

Je le regarde en plissant les yeux.

— Vous avez attrapé l'assassin et vous ne nous l'avez pas dit ?

— C'est d'hier soir ! C'est pour ça qu'on est là : pour prévenir l'ancien et on savait que vous débarqueriez. On voulait vous faire la surprise !

Je reste sidérée. Cette espèce de glandu de flic de courant d'air a mis l'assassin en tôle et ne nous a rien dit ?

Il doit se rendre compte de mon humeur, car il jette un coup d'œil ricanant-emmerdé vers son collègue.

— Ben, c'est qu'on vous attendait pour l'interroger…

J'ai envie de lui décoller la tête avec deux baffes. Ils ont trouvé un suspect que personne n'a encore interrogé, et ils nous laissent dans le vide. Ils pensent quoi les flics de Shaskeeton ? Qu'on joue dans un film ?

— Il n'a rien dit et vous êtes quand même sûrs qu'il est suspect ? Quelles sont les preuves ?

— Ben, c'est un prédateur sexuel, il s'est déjà pris douze ans de tôle et il est sorti y a huit mois. Et, attendez, il habite tout près d'ici !

— Et les gens du camp, ils le connaissaient ?

— On n'a pas encore demandé. On est arrivés y a une demi-heure…

— Je vous ai vu parler à l'ancien… Et le chef Oka, il le connaît ?

— Ben… oui, y sait qui il est. Le gars est répertorié. Il a été accusé d'être entré chez une femme, de l'avoir violée sous la menace d'une arme et a recommencé six mois après avec une autre.

— Il les a mutilées ?

— Hein ? Non, ça ne figure pas dans le dossier. Violé sous menaces dans les deux cas et tué après ou avant, je ne sais pas encore. Et il habite à côté !

— Où est-il ?

— À la prison de Shaskeeton.

— Qui l'a arrêté ?

— On est allés le chercher chez lui. Il a pas opposé de résistance. Ah ! c'est un malin !

— On peut le voir ?

— Bien sûr, on vous emmène. On n'est pas des égoïstes ! On est plutôt partageux.

Je n'ose regarder mes deux collègues. À voir leur expression, ils ne pigent pas tout non plus. Pourquoi ne pas nous avoir prévenus d'aller directement à la prison de Shaskeeton ? On va se farcir quarante kilomètres pour rien, alors que c'était direct de Woodfoll.

— D'accord, allons-y.

Je rejoins Oka qui se trouve avec l'ancien et la famille de Sora.

— Bonjour, madame, acceptez mon salut respectueux, dis-je en m'inclinant.

Elle hoche la tête. Elle a repris un peu de calme. Son autre fille est quasi collée à elle. Elles portent des robes brodées sous des châles colorés et leurs cheveux sont bien coiffés.

— Elles attendent le corps de Sora, dit Oka.

— Qui le leur amène ?

— La police de Shaskeeton. Le légiste a fini l'autopsie.

— Et c'est la police qui le ramène ?

— Elles n'ont pas les moyens de payer un corbillard. Et c'est interdit dans une voiture. Et c'est le quatrième jour.

— Ah oui ? Et où vont-elles l'enterrer ?

Au même moment, je remarque à une petite centaine de mètres du camp un tumulus sur lequel ont été entrecroisées de fortes branches qui supportent une couche en hauteur. Et près de la yourte de la famille de Sora, sur un plateau de bois qui leur sert habituellement de table, sont posés une assiette vide, une cuillère et un bol.

Je sais que c'est pour nourrir l'Esprit qui partira vers la Terre des Esprits. Pour un homme, on peut placer du tabac et un calumet, mais pour Sora, c'est un sac de médecine, une robe brodée et une paire de mocassins. La couche qui l'accueillera et à laquelle on mettra le feu est appelée Maison des Esprits.

Près du tumulus, des fagots ont été empilés dont la famille et les membres de la communauté entretiendront le feu durant quatre jours, le temps que l'esprit de la morte rejoigne la Terre des Esprits.

J'ai déjà assisté à des enterrements d'autochtones et j'ai toujours été sensible à la sérénité qui régnait. Pas de pleurs ni de cris comme chez nous, mais le calme de ceux qui savent que les leurs continuent de vivre près d'eux.

— Avez-vous pu commencer l'enquête de voisinage ? je demande à Oka.

— Une partie. Les habitations sont éloignées les unes des autres et dans la moitié d'entre elles il n'y avait personne. Les habitants à qui nous avons pu parler nous ont affirmé n'avoir rien vu. Ils connaissent les gens du campement ; parfois, ils leur achètent des lièvres que chassent les Indiens ou des objets divers. Sora, certains la connaissaient, car elle allait souvent avec le chef et son fils se promener. D'après ce que j'ai compris, elle était sa promise et le jeune guerrier s'est engagé à retrouver son assassin.

— Aucun de ceux que vous avez interrogés n'a la moindre idée sur celui qui aurait pu faire ça ?

— Les gens qui vivent ici y sont depuis longtemps et se connaissent tous. Si c'est quelqu'un du coin, ce sera un nouveau.

— C'est souvent dans l'entourage immédiat qu'on trouve le coupable.

Oka acquiesce.

— Oui, nous allons continuer à les interroger. Plus loin, il y a un groupement de maisons avec des commerces, un relais de nuit. On va y aller. Il y a parfois des voyageurs qui s'y arrêtent pour dormir. Je vais m'en occuper.

— Je suis obligée d'aller à Shaskeeton où la police a arrêté un suspect. Ils vous l'ont dit ?

— Oui, je sais qui c'est. Un Blanc qui a fait de la prison pour viols et meurtres.

— Pensez-vous qu'il y ait une chance que ce soit lui ? Les policiers ont l'air d'en être sûrs.

Il hausse les épaules.

— Peut-être.

— On y va, shérif ?

C'est Norett qui s'impatiente à présent. Je vais prendre congé de la famille. Oka ne propose pas de nous accompagner. Deux raisons. Ou il désire rester pour l'incinération de Sora ou il ne croit pas que le suspect soit le bon.

Nous prenons la route et suivons la voiture de Norett et Sander.

— C'est drôle de laisser à un mort de la vaisselle pour qu'il se nourrisse, dit Sauvegarde au bout d'un moment.

— Et déposer des fleurs sur une tombe en pensant que le mort va sortir les respirer, ça vous semble plus logique ? Je lui retourne sèchement.

Mon incroyance foncière m'amène à penser que nous ne sommes qu'un ensemble de cellules qui disparaissent en même temps que nous. Beaucoup croient à la réincarnation, il y a même des religions entières qui en ont fait leur credo. Pour moi, la réincarnation n'est rien d'autre que ce que l'on transmet à ceux qui nous ont aimés et qui nous survivent. Nous continuons de vivre tant qu'ils se souviendront de ce que nous avons été, les valeurs et les idées que nous leur avons laissées, l'amour que nous avons partagé. Homère est immortel.

Mais j'aime les rites funéraires quand ils apportent aux vivants du réconfort. Perdre quelqu'un que l'on a aimé quand on ne croit ni à la réincarnation ni à l'idée qu'ailleurs il sera mieux est plus dur à supporter. La foi a ceci de bon.

On met presque une heure à cause de l'état des routes pour atteindre Shaskeeton et quand on arrive il fait presque nuit. Au moment où je vais descendre de la voiture, mon téléphone se manifeste.

— Oui, shérif Grynspan…

— C'est Harper, chef… On a un souci.

— Lequel ?

— Le brigadier Pirelli n'a pas appelé au dernier rendez-vous téléphonique et ils ne se sont pas encore présentés au poste de Greenknife où ils devaient passer la nuit…

— Doivent être dans un trou de réseau… Vous avez eu les autres ?

— Affirmatif, chef, les autres ont tous appelé et se dirigent vers les postes de nuit.

J'adore quand les flics disent « affirmatif » ou « négatif ».

— Bon, continuez d'appeler Pirelli et prévenez-moi quand vous l'aurez.

— Oui. Vous êtes où ?

— On est arrivés à Shaskeeton où nous attend un suspect qu'ils ont arrêté hier soir pour le meurtre de la jeune Sora.

— Non !

— Je vous tiens au courant. Ça va avec les ordinateurs ?

— Très bien, chef. Je vais me reposer avant que les autres s'en aillent et je resterai cette nuit.

— Parfait.

Rien de tel qu'un flic ambitieux, songé-je en me demandant pourquoi ni Pirelli ni Benson, mais surtout le scrupuleux Morgan n'ont appelé Harper comme convenu. Pas de couverture réseau, ai-je dit à ma fliquette, OK, mais une voiture, ça bouge, et si le Sicilien s'est aperçu qu'il n'avait pas de connexion, il se sera débrouillé pour trouver un endroit où il y en a.

Je suis d'un naturel angoissé et je m'en veux pour ça. Pour quelle raison Pirelli n'a-t-il pas appelé ?

XXI

POURQUOI VINCENTE PIRELLI N'A PAS APPELÉ

Sean Parker est un mécanicien qui jouit d'une réputation d'enfer. On dit que dès qu'il le voit s'approcher, un moteur se recroqueville et suspend son souffle. Sean a l'habitude de les ausculter en promenant les mains dessus à la façon d'un guérisseur. Quand il a fini, il déclare à son client :

— À mon avis, c'est l'injecteur.

Il ne se trompe jamais. Bluffant. C'est un homme d'une petite quarantaine, plutôt pas mal d'après ses concitoyennes, avec de grands yeux gris et un sourire carnassier. Il vit avec sa mère, ancienne institutrice pour les Indiens, une maîtresse femme qui ne s'en est jamais laissé conter, même par son mari qu'elle a fichu dehors avec toutes ses affaires quand il est revenu soûl une fois de trop à la maison.

Ils habitent ensemble dans les Prairies, un coin infernal où parfois se tenir debout relève de l'exploit.

Mais ils aiment ça. Sean a un atelier qu'il chérit parce qu'il y sent l'unique odeur qui le fait chavirer : celle de l'huile chaude et du cambouis.

Une grande cour remplie de leviers, de trappes à vidanges, de machines bizarres qu'il a plus ou moins fabriquées, s'étale devant la maison d'habitation, haute d'un étage, agrémentée d'un jardin où jamais rien n'a poussé à cause du vent. Mais tout est propre et bien entretenu.

Sa mère, Maria, dit qu'elle voudrait bien que Sean trouve une femme. Mais tous savent qu'elle ment. Maria, en réalité, a peur que Sean trouve une femme parce qu'elle sait bien que deux femmes dans la même maison pour un seul homme, c'est une guerre en devenir.

La tempête leur est tombée dessus et en une minute c'était l'enfer de Dante. Elle a surpris Sean dans son atelier dans la position qu'il préfère : la tête sous le capot d'une voiture et les mains dans la graisse. Maria était dans son bureau en train de traduire en anglais un poème navajo. Du coin de l'œil, elle a vu cavaler de l'horizon une masse échevelée, noire et blanche, à la fois dressée vers le ciel et enroulée sur elle-même, et qui soulevait des tonnes d'eau par en dessous.

Elle a posé son dico et son stylo, pensé à refermer son ordinateur portable et, les yeux agrandis de stupeur, vu la folle se précipiter sur sa maison et la secouer comme si elle voulait la décoller du sol.

Elle a été incapable de voir quoi que ce soit quand elle s'est traînée vers la fenêtre pour apercevoir l'atelier de son fils. Tout était mouvant et sombre comme la mort qui cognait partout et hurlait sa rage.

La séquence a duré un siècle. Cent ans à cramponner ce qui pesait moins d'un quintal. Une éternité à se morfondre pour son garçon qu'elle se représentait seul et vulnérable au milieu de ses ferrailles mortelles.

Puis ça s'est arrêté. Tout à coup, un grand silence, puis presque immédiatement une pluie démentielle, et le vent, et des éclairs à faire éclater les yeux, et puis plus tard, ça s'est encore arrêté, cette fois définitivement. Et le calme qui a succédé était abrutissant.

Maria a repris son souffle, regardé autour d'elle. Une lourde armoire s'était glissée jusqu'au milieu du bureau. La table si encombrée où elle travaillait d'habitude, retroussée sur un mur. La chaise, son fauteuil, qu'elle déplaçait d'ordinaire avec difficulté, renversés et collés à la porte.

Hébétée, elle a cherché son portable et à cet instant a entendu s'ouvrir la porte du rez-de-chaussée.

— Maman ! Maman, t'es où ?

Elle a fermé les yeux et soupiré de soulagement.

— Ici, Sean, dans mon bureau, mon fils !

Elle l'a entendu se ruer dans l'escalier et il est apparu sur le seuil les yeux exorbités.

— Bon Dieu, maman, comment tu vas ?

Ç'a été une sacrée putain de journée, pense Sean. Des heures à remettre tout en place dans son garage. Même les voitures sur essieux avaient bougé ! Sainte Marie, Mère de Dieu ! Oui ! Une sacrée putain de bordel de Dieu de journée ! crache-t-il. Et sa mère qu'il ne pouvait pas rejoindre, incapable qu'il était de franchir les cinquante mètres qui le séparaient de la maison.

Pas qu'il s'inquiète vraiment pour elle, mais dans ces moments où l'on ignore comment la vie va tourner, on préfère être près de ceux qu'on aime.

Parce que des morts et des bancales, ça ne manque pas après ce genre de tempête. Et pas toujours aussi forte que celle-là ! Une armoire qui te tombe dessus, une table qui glisse et te casse les jambes, des murs soufflés, un toit qui s'arrache !

Mais quand enfin la furie s'est arrêtée, il a trouvé sa Maria dans son bureau, le regardant arriver comme si rien ne s'était passé. C'est tout sa mère, ça ! Tout cacher de ses frayeurs.

Une fois, il était petit, elle l'avait emmené se balader au parc national des Glaciers, au nord de Vancouver. Un sacré voyage ! Il avait trouvé magnifiques ces glaciers bleus, ces montagnes de glace hérissées qui tombaient dans l'eau sombre. Elle l'avait mis en garde de ne pas s'approcher des bords instables.

Il avait dit oui, avait d'abord joué avec les pierres étranges qui parsemaient le sol, s'amusant à en faire des labyrinthes. Puis il s'était ennuyé. Il avait vu sa mère plongée dans un livre et comme à son habitude perdre la notion du temps.

Les eaux immobiles et rayées de toutes les couleurs de l'arc-en-ciel lui avaient paru sublimes. Il avait voulu les voir de plus près et s'était approché du bord. De la glace en recouvrait une partie. Du bas de la falaise, il entendait crier les oies des neiges qui migraient des terres du Sud, aussi lointaines que celles du Mexique, et qu'accompagnaient avec convoitise des faucons gerfauts et pèlerins, déjà à l'époque en voie de disparition.

Il avait avancé, s'était penché, avait perdu l'équilibre, glissé sur une plaque de glace, agité les bras pour se rétablir, lancé des cris stridents en appelant sa mère. Déjà, il tombait vers l'abîme, incapable de reprendre son équilibre, tétanisé de peur, glapissant comme un bébé manchot perdu.

Puis il s'était senti soulevé vers le ciel, avait cru dans sa naïveté que c'était la main du petit Jésus, mais ce n'était que celle de sa mère qui avait parcouru en moins de temps qu'un champion olympique la trentaine de mètres qui la séparaient de son fils.

Il avait craint de se faire sérieusement engueuler, mais preuve qu'il ne la connaissait pas encore, elle n'avait pas prononcé un mot. Elle avait plié son siège de toile, ramassé son livre, lui avait attrapé la main et ils étaient revenus muets vers la maison.

Et il s'était mis à pleurer à gros sanglots parce qu'elle ne l'avait pas puni et qu'il s'imaginait qu'elle ne l'aimait pas et qu'elle se moquait qu'il meure.

Il lui en avait reparlé quand il avait eu presque quinze ans. Et c'est seulement à ce moment-là qu'elle lui avait administré une gifle retentissante.

Il mit la table pendant que Maria s'affairait autour d'un ragoût qu'elle avait réussi à préparer il ne savait comment. Il la regarda avec émotion. Il avait craint pour elle aujourd'hui. Depuis qu'elle avait chassé son père, il se sentait responsable d'elle selon le schéma macho tout en sachant que c'était le contraire.

Le courant toujours coupé, ils dînèrent à la lueur des lampes à pétrole. La maison leur parut encore plus chère, car elle avait résisté de toute la force de ses murs et de son toit. Ils en plaisantèrent, et Sean dit à sa mère qu'il allait la récompenser en réparant immédiatement les quelques blessures qu'elle avait subies.

— J'irai demain en ville chercher du bois et des matériaux. Je dois livrer un moteur, ça ne me fera qu'une course et je commencerai l'après-midi.

— Et si le courant n'est pas revenu, comment feras-tu marcher tes machines ?

— On verra d'ici demain, man, tout va s'arranger.

Ils débarrassèrent et firent la vaisselle avec de l'eau que Maria fit chauffer sur le poêle. Puis elle lui dit qu'elle se sentait un peu fatiguée et allait se coucher.

— Bonsoir, man, dors bien. Je suis content que la journée soit finie, dit-il en l'embrassant.

— Moi aussi, ne reste pas tard.

— Oh ! je dormirai déjà que tu seras encore en train de bouquiner.

Elle monta dans sa chambre pendant qu'il s'installait sur la table pour consulter les magazines professionnels qui le passionnaient. Il ne croyait pas trop aux moteurs hybrides, enfin pas chez eux. Comment se ravitailler en courant quand vous devez traverser des kilomètres d'étendues désertiques ? L'essence ou le gazole, on pouvait le stocker dans des bidons que tous emportaient. Mais l'électricité pour les batteries ? On branchait sur un arbre ?

Il lut qu'à Winnipeg se préparait un salon international de l'automobile. Il vérifia les dates et sourit de plaisir. C'était loin, presque un jour de route, mais ça tombait juste à la période où son arpète Ramon pouvait le remplacer à temps plein. Demain, il en parlerait à

Maria. Une semaine à jouer les touristes et à profiter de la ville, ils pouvaient, car à eux deux ils gagnaient bien leur vie. Il regarda autour de lui avec satisfaction. Il n'était pas prêt à prendre pouliche, il était trop bien ici. Les femmes, c'était bon pour un moment, pas plus.

Autour, c'était la nuit noire dans les grandes plaines sans limite. Les femmes n'aimaient pas, elles s'ennuyaient. Lui aussi l'obscurité l'avait toujours un peu oppressé. La plupart du temps, pas même une étoile ou un bout de lune dans le ciel toujours couvert. Pourtant, quand il faisait clair, on pouvait voir des chambres du haut miroiter au loin l'océan.

On frappa à la porte et, surpris, il tourna la tête. Qui pouvait venir à cette heure et par un temps pareil ? Déjà, quand il faisait bon, leurs amis prévenaient, craignant de trouver la maison vide après avoir fait tant de chemin.

Il se leva et alla vers la porte. Il faillit ouvrir directement et se ravisa.

— Qui est là ?

On ne répondit pas tout de suite. Puis une voix masculine qu'il eut du mal à comprendre répondit en bégayant :

— Nous sommes tombés en panne, monsieur, on voudrait juste manger un peu. On vous paiera. Nous avons été blessés par un arbre.

Sean hésita. Qui cela pouvait-il être ? Qui viendrait jusqu'ici demander l'hospitalité ? C'est vrai qu'aujourd'hui avait été un jour spécial. Il jeta un coup d'œil à l'étage. Que ferait sa mère ? Mais il n'y avait aucun bruit. Elle devait s'être couchée et en train de lire ou dormir.

Il se décida. On ne pouvait pas laisser des voyageurs dehors par un temps pareil. Il ouvrit la porte.

Deux hommes étaient sur le seuil. Un grand et un petit. Qui se ressemblaient avec leurs visages comme aplatis derrière un masque. Mais ils ne portaient pas de masque. Ce qui donnait cette impression, pensa fugitivement Sean, c'était leur peau parcheminée couleur vieux cuir. Leurs yeux fendus à l'oblique leur conféraient une expression de chien triste, et leurs cheveux clairsemés comme de la filasse étaient aussi blonds que ceux des albinos.

Il remarqua très vite tous ces détails malgré la faible lumière des lampes à pétrole.

— Nous n'avons pas grand-chose, nous avons eu une grosse tempête. Je peux vous offrir du café et du pain…

Ils ne répondirent pas, se contentant de le regarder au travers de leurs paupières plissées.

Mal à l'aise, il vit du coin de l'œil la jambe du plus petit avancer et insérer son pied dans l'ouverture.

— Mais qu'est-ce que vous faites ? s'écria-t-il, soudain alarmé par l'instinct d'homme solitaire. Ôtez votre pied de la porte !

Mais le petit homme la repoussa avec son genou tandis que le grand la projetait en avant, la faisant rebondir contre le mur. Sean trébucha et recula de plusieurs pas.

Les deux hommes entrèrent dans la pièce. Deux autres surgirent alors de la nuit et refermèrent la porte.

Ils étaient tous les quatre à l'intérieur.

XXII

LE SUSPECT

Quand on arrive à Shaskeeton, il fait nuit. On se gare derrière la voiture de Norett dans un petit parc où est érigé un curieux bâtiment de facture vaguement néoclassique, composé de deux parties séparées par une volée de marches qui mènent à un perron, lui-même cerné en façade par deux immenses fenêtres. Invraisemblable construction dans une région où les conditions climatiques conduisent plutôt à privilégier le bois, la pierre et les ouvertures étroites.

Norett sort de sa voiture, nous rejoint et s'accoude à ma portière.

— Voilà, on y est. Alors, à droite, vous avez le tribunal. À gauche, les bâtiments de la Gendarmerie royale canadienne avec le bureau du préfet et, derrière, perpendiculaire, la branche où sont retenus les prisonniers en attente de jugement ou de transit. Le « nôtre » occupe l'une d'elles. Vous voulez le voir maintenant, shérif, ou après être allée à votre hôtel ? Parce que vu l'heure, et d'après ce que je sais, vous allez passer la nuit dans notre charmante ville. Votre hôtel est même déjà retenu. Voyez comme on est efficaces !

— On voudrait le voir maintenant, merci.

— C'est parti ! Collègue ! appelle-t-il. Tu peux aller au rapport, je vais avec eux à la prison !

On le suit à la queue leu leu. La prison ressemble plutôt à un pensionnat qu'à un lieu d'internement.

Shaskeeton est la ville la plus importante du Manitoba après Winnipeg, qui est la capitale. Presque deux cent cinquante mille habitants coincés entre montagne et toundra. Ville relativement tranquille, pas vraiment *trendy*, mais qui depuis quelques années est devenue très business.

Ses habitants aiment les grandes randonnées, les sports nautiques et les inévitables barbecues quand la température qui peut descendre jusqu'à -45 °C l'hiver reprend ses couleurs d'été.

Il nous guide directement vers la prison où deux cerbères sans armes apparentes mais taillés dans du chêne nous ouvrent la première porte pour nous apercevoir avec surprise qu'il n'y en a pas d'autres, et nous débouchons directement dans la cour où déambulent des prisonniers.

On traverse derrière Norett sans que nous ayons l'impression d'intéresser qui que ce soit et pénétrons dans la partie « sérieuse », celle où se trouvent les cellules.

— Vous n'avez que ça comme cellules ? je demande, un peu surprise. Vu le nombre d'habitants, ça me semble peu.

— Celles-là sont les cellules d'interrogatoire des détenus avant qu'ils soient amenés au juge. Aussi, les cellules de ceux en transit d'emprisonnement, d'infirmerie ou de visite au tribunal. La vraie prison est plus loin en ville, m'explique-t-il.

Un gardien nous ouvre une grille, nous fait pénétrer dans un couloir vert cadavre au lino de sol très fatigué et nous arrête devant la porte 24.

— Il est là, indique Norett. On va le voir ensemble, shérif ?

— Ce serait bien.

— Vos gars peuvent se tenir derrière la vitre sans tain de l'autre côté. Comme dans les séries américaines, s'esclaffe-t-il.

— Vous voilà devenue « un gars », Philomène, raillé-je. Allons-y, dis-je sans attendre que Norett pige la vanne.

Le gardien nous ouvre la porte de la 24 et nous fait entrer. Et je me trouve devant un homme tassé sur lui-même, presque chauve, avec un crâne en forme d'obus, vêtu d'un gilet tricoté par sa grand-mère. Les yeux rivés sur la table devant laquelle il est assis, il a les poignets menottés au plateau et ne réagit pas lorsqu'on entre.

Je jette un coup d'œil à Norett. Car je comprends immédiatement que vu son gabarit rachitique cet homme aura été incapable de porter le corps de Sora de la voiture à l'endroit où on l'a trouvé, éloigné d'une centaine de mètres. Norett s'assoit et je tire une chaise à son côté. Le type ne nous a toujours pas regardés. Norett lance le magnéto, indique la date et l'heure et note notre présence.

— Alors, quels sont tes nom et adresse ? demande-t-il au suspect.

L'homme s'éclaircit la gorge, nous jette un coup d'œil furtif, rabaisse vivement la tête et émet un murmure.

— Parle plus fort, on n'a rien entendu.

— Jack Carson…

— Jack Carson… Tu habites où, Jack Carson ?

— …

— Plus fort, on n'entend rien !

— Lefort-Vauban à Trinity, lâche-t-il un poil plus haut.

Norett me lance un coup d'œil satisfait.

— Bon, c'est tout près du camp algonquin, ça, dis donc…

L'homme se recroqueville un peu plus et zézaye :

— Pas tout près, et qu'est-ce que j'irais faire au camp algonquin ?

La phrase a pris du temps pour sortir et, comme il évite toujours de nous regarder, ça pourrait me laisser supposer qu'il se sent coupable. Mais avec l'expérience j'ai appris que la gestuelle d'un criminel n'est pas aussi simple, sinon avec les nouvelles méthodes psychologiques on ne ferait pas d'erreur judiciaire, et surtout on irait plus vite au but. Le mec qui te fixe sans ciller et l'air tranquille vient peut-être d'éventrer sa grand-mère.

Le profilage n'est pas une science, même molle, c'est juste un appui. Et le vrai profilage demande beaucoup de renseignements en amont sur l'individu. Ce qui n'est pas le cas ici, comme l'indique l'épaisseur ongulée de son dossier posé devant nous, et que Norett ne consulte même pas.

Carson me paraît surtout écrasé par nos soupçons. Il est terrorisé, et ce serait facile de le faire avouer n'importe quoi. Je me penche vers lui.

— Qu'est-ce que vous pensez des Indiens, monsieur Carson ?

Surpris, il lève les yeux vers moi et secoue la tête en haussant ses maigres épaules.

— Je ne comprends pas la question. Les Indiens ?

— Oui, ceux qui habitent près de nous, que vous voyez au marché ou ailleurs… vos voisins.

Son regard étonné et vide m'indique qu'il ne comprend pas où je veux en venir.

— Quand vous voyez une jeune femme indienne, qu'est-ce que vous vous dites ? Vous dites-vous, elle n'est pas mal ? Ou au contraire, je ne la trouve pas soignée… mais quand même, si je lui parlais elle m'écouterait… Je suis seul et souvent les autres femmes se moquent de moi…

— Pour…pourquoi je me dirais ça ? balbutie Carson.

— Parce que vous pourriez penser que comme c'est une Indienne elle ne pourra pas refuser…

— Et pour…pourquoi elle refuserait pas ?

— Parce que vous êtes un homme blanc et qu'un homme blanc peut s'imaginer avoir du pouvoir…

Je sens le regard de Norett peser sur moi.

— J'ai été toute ma vie un homme sans pouvoir, murmure Carson. Et les Indiens ne m'intéressent pas.

— Tu préfères violer les femmes blanches chez elles, en les menaçant d'un couteau ! intervient Norett brutalement.

— Je ne les ai pas violées, je les ai… juste bousculées… et je le regrette beaucoup.

— Qu'est-ce que tu racontes ? T'as fait douze ans de prison pour en avoir violé et tué deux !

— Nan, je n'ai pas été accusé de meurtre mais de viol. Et j'étais innocent ! Mais le juge n'a rien voulu savoir ! J'étais innocent !

Il me fait sursauter, car il a repris du souffle. Norett ricane et vrille sa tempe de l'index dans un geste universel.

— T'es bien fou raide, mon gars ! dit-il. T'as avoué !

— Nan, j'suis pas fou raide ! C'est vrai c'que j'dis ! C'est les policiers qui m'ont embrouillé ! Et après, le juge a pas voulu m'écouter ! J'les ai pas violées ! Et sûrement pas tuées !

Je tapote le bras de Norett et me lève en lui faisant signe de me suivre.

— C'est pas lui, dis-je quand on se retrouve dans le couloir.

— Comment ça ? On vient de commencer…

Je ne sais pas comment lui dire sans le vexer qu'il se fourre le doigt dans l'œil et nous fait perdre du temps.

— Qu'est-ce qu'il a comme alibi ?

— Pas grand-chose. Il a dit qu'il était chez lui le jour où selon le légiste Sora a été tuée. Mais il n'a aucun témoin. Et il a déjà violé.

— Ouais… Il a une voiture ?

— J'crois pas.

— Les traces de pneus retrouvées sur le lieu du crime indiquent une voiture lourde. La première chose à savoir, c'est s'il a une voiture genre 4x4, un pick-up, quelque chose du genre. Si oui, il faut immédiatement l'examiner.

— On n'a pas vu de voiture quand on est allés le chercher. Je ne crois pas qu'il en ait. Mais il a pu en louer une.

— À vérifier. La victime pesait une quarantaine de kilos approximativement. Vous le voyez porter un corps de ce poids sur presque cent mètres ? Desserrer les mâchoires du piège à la main ? J'ai eu l'occasion de le faire pour sauver un animal. Croyez-moi, un piège de cette taille, c'est du solide. Et ses vêtements, vous avez examiné ses vêtements ? La façon dont la victime a été tuée aura obligatoirement laissé du sang partout sur lui.

— On a inspecté sa baraque, y avait rien. À mon avis, il s'est changé et a jeté ses fringues avant de rentrer.

— Vous les avez cherchées ?

— Ouais. Dans les containers de sa rue et tout autour.

— Et vous l'avez arrêté hier, et le meurtre a déjà quatre jours. Les camions de nettoiement passent à quel rythme ?

— On y a pensé, on est allés à la décharge, mais malheureusement c'était déjà parti au centre de tri.

— Donc, rien qui confirme ou infirme sa culpabilité quant à ses vêtements. Et il a pu les jeter dans la rivière.

— Elle est en partie gelée.

— D'accord. Mais même pas une trace de sang chez lui ? Je n'y crois pas. Vous savez comme moi qu'il suffit que n'importe quelle fibre en frotte une autre pour laisser sa trace. Il ne s'est pas changé dehors, trop froid.

Norett fait la tête et la moue en même temps, ce qui n'arrange pas son expression un peu floue. Il croyait tenir le coupable, je peux le comprendre. Mais si ce pauvre type a déjà fait de la tôle pour rien, ce n'est pas la peine d'en rajouter.

— Pourrais-je voir son dossier ?

— Vous faites pas confiance à la justice de Shaskeeton, shérif ? réplique-t-il d'un ton sarcastique.

Houlà ! On entre dans le lourd. Les citadins contre les ploucs, dont je suis.

— Je fais tout à fait confiance à la justice de Shaskeeton, lieutenant Norett. Simplement, ce type ne correspond pas. On n'a aucune preuve directe, et si l'on présente son dossier à un juge, on se fera recaler

— Moi, c'est Sander.

— Oh ! pardon, je m'embrouille. Nous ne disposons que de preuves circonstancielles.

— Pour sa première condamnation, on n'avait pas davantage. Ce type est très malin. Il se donne des airs de victimes, mais il a bien été condamné.

Je hoche la tête d'un air dubitatif.

— Il s'est plaint que les flics l'avaient embrouillé et que le juge ne l'a pas écouté. On l'a confronté à ses victimes ?

Il ouvre enfin son dossier et le parcourt.

— Oui, une seule a dit le reconnaître formellement.

— Et les autres ?

— Moins affirmatives. D'après le détective chargé de l'enquête, il leur faisait peur.

— Et on l'a condamné avec un seul témoignage sur trois ? On a retrouvé l'arme avec laquelle il les a menacées ?

Sander poursuit sa lecture.

— Non, c'est pas indiqué.

Il relève la tête vers moi.

— Vous savez, j'ai déjà eu affaire à ce problème de l'arme. Parfois les victimes disent qu'elles ont été violées sous la menace d'une arme simplement pour ne pas avouer qu'elles n'ont pas osé résister.

Il me toise sans aménité. Ce n'est pas un combat de coqs puisque je suis une poule. Mais une poule emmerdante, doit-il penser.

— Je vais faire vérifier pour la voiture, lâche-t-il à contrecœur. Et en attendant, on fait quoi ?

— On continue de chercher le coupable.

XXIII

QUAND ON PENSE QUE TOUT S'ARRANGE...

— Comment ça se passe avec Hachiko ? Il ne t'embête pas trop ?

— Pas du tout, on termine juste une partie d'échecs.

J'éclate de rire, mais Julia m'aurait dit qu'elle courait sous la pluie ou tapait sur son ordi, que j'aurais éclaté de rire aussi. Voilà, c'est ce que fait le sentiment amoureux. Ça rend bête et heureux.

Je lui téléphone de l'hôtel que nous ont réservé nos collègues. Il fait un froid de loup, pire que chez nous. Saint-Vincent n'arrête pas de râler et Sauvegarde de l'engueuler. Je leur ai dit que je dînais avec Sander pour vérifier mon rapport. Mais j'avais seulement envie de penser à Julia.

On raccroche ensemble, enfin presque, parce qu'on joue au jeu idiot de celle qui raccroche en dernier. Je m'assois sur le lit avec un sourire béat et appelle de nouveau Pirelli, sans résultat. Je commence à avoir sérieusement les boules. Je ne comprends pas ce qui se passe et je m'apprête à rappeler Harper quand mon téléphone sonne.

Le son n'est pas bon et je me déplace dans la chambre.

— Allô… allô…

— Shérif Grynspan ?

— Allô ? Oui… shérif Grynspan… Je vous entends mal…

— Attendez… OK, c'est mieux ?

— Oui… un peu. Qui êtes-vous ?

— Brigadier Moreauvich, je vous appelle du poste de Greenknife… Vous m'entendez ?

— Oui… Greenknife ? Avez-vous des nouvelles de mon équipe qui devait vous rejoindre ce soir ?

— Non, c'est pour ça que je vous appelle.

Je sens une lame de froid me descendre dans l'estomac.

— Ils ne sont pas venus ?

— Non. Écoutez, shérif, une de nos patrouilles vient de nous signaler un… enfin, il s'est passé un drame dans une ferme de notre juridiction et…

— Et mon équipe est dans le coup ?

— Non, pas exactement, mais ce serait bien… Où êtes-vous ?

— À Shaskeeton, j'ai une autre affaire à régler.

— Vous ne pouvez pas vous dégager ?

— Heu… si… pourquoi ?

— J'aimerais votre avis. Vous n'avez pas plus d'une heure de route. Arrêtez-vous au Motel des ours à la sortie d'un patelin appelé Saint James. Je vous y attendrai.

— Il s'agit de mes hommes ?

— J'en sais rien. Mais ce serait bien que vous veniez.

— Je pars tout de suite.

Je raccroche et appelle mon équipe.

— Habillez-vous, dans dix minutes dans le hall en bas.

— Mais qu'est-ce qui se passe ? veut savoir Saint-Vincent.

— Dans cinq minutes en bas !

Ils y sont. À moitié furieux, à moitié curieux.

— Dans la bagnole ! Grouillez !

— C'est Pirelli ? me demande Sauvegarde alors que je démarre sur les chapeaux de roues.

— Peut-être.

Nuit noire comme mon moral. Je sens qu'il s'est passé quelque chose de grave. Un drame dans une ferme. Qu'est-ce que foutaient mes gars dans une ferme ? Greenknife, c'est là qu'ils devaient dormir. Chez les *rozzers* du coin.

Par chance, la route n'est pas trop mauvaise et j'appuie grave sur le champignon. J'ai un mauvais pressentiment, et paradoxalement je ne suis pas pressée d'arriver. Ma mère disait « Tant que la tête ne sait pas, le cœur n'en est pas malade ».

Les deux autres équipes ont rejoint le refuge que je leur ai attribué, m'a appris Harper. Alors, quoi ? Où est passé Pirelli ?

Saint-Vincent, ballotté sur la banquette arrière, grogne. De temps en temps, je sens que Sauvegarde me lance des coups d'œil, mais aucun ne moufte. Ils sont aussi inquiets que moi. En quelques années, on a réussi à faire une équipe soudée dans laquelle chacun se sent solidaire des autres. Ils passent souvent ensemble les évènements et les fêtes, un peu comme une famille. C'est grâce à Pirelli que j'ai pu m'incorporer si vite. C'est le leader, et les autres le suivent le plus souvent.

Cinquante minutes plus tard, j'aperçois l'enseigne au néon rouge du Motel des ours. Je vire et me gare derrière une voiture de police, gyrophare tournoyant.

On descend en voltige et rejoint le motel où deux gendarmes nous attendent au comptoir.

— Brigadier Moreauvich, se présente le plus grand, coiffé du fameux Stetson de la police montée, mais sans l'uniforme rouge éclatant qui fait courir les filles.

— Shérif Grynspan, bonsoir.

— Vous avez fait vite.

— Que s'est-il passé ?

— Un truc très moche, répond-il en fixant le sol.

Et il se tait, se mord les lèvres, me regarde.

— Des gens, des amis, les Parker, ont été retrouvés massacrés chez eux.

Il se tait et je vois ses yeux s'embuer.

— Des gens bien, ajoute-t-il dans un murmure.

J'attends. Je ne comprends pas. Qu'est-ce que vient faire Pirelli là-dedans ? Devant sa détresse, j'hésite à le lui demander. Il se redresse, me fixe. Il semble dévasté, ce gros costaud.

— Accompagnez-nous. On passe devant.

— Brigadier… J'ai besoin d'explications.

— Vous en aurez sur place.

Il nous tourne le dos et, suivi de son partenaire, sort et monte dans sa voiture.

— Qu'est-ce qui se passe, chef ? me demande Saint-Vincent.

Je secoue la tête.

— J'en sais rien, on le suit.

Vingt minutes à rouler très vite sans qu'aucun de nous trois ouvre la bouche. L'angoisse est si forte qu'elle plombe nos lèvres et nos cœurs.

Je vois enfin la voiture du brigadier amorcer un large virage à gauche et s'engouffrer dans une cour où grâce aux phares éblouissants de trois voitures de police on aperçoit dans le fond un hangar où sont garées des voitures, et sur la droite une maison à un étage dans laquelle toutes les fenêtres sont allumées.

On sort et suit le brigadier qui ne nous a pas attendus. La porte d'entrée de la maison est grande ouverte sur une salle à manger de belle taille garnie de meubles peints à la façon indienne. Des projecteurs baignent la pièce d'une lumière blanche qui hache les ombres, et j'aperçois sur le sol, contre le mur du fond, une bâche roulée de la taille d'un homme. Moreauvich se tourne vers moi.

— Sean Parker. Sa mère, Marie, est au premier.

Son visage est décoloré. Ses lèvres, blanches, comme s'il les avait maquillées.

— Vous les connaissiez ?

— Tout le monde les connaissait. C'étaient vers eux qu'on allait quand on avait besoin de n'importe quoi. Marie… Marie enseignait l'anglais aux Indiens, les soignait. Elle aidait tout le monde. C'était notre juge de paix. Et son fils… son fils Sean…

Il s'arrête, retient avec peine un sanglot. Ses mains pétrissent son chapeau. Personne ne parle. Un flic descend l'escalier, aussi pâle que le brigadier.

— Le légiste a dit de prendre des photos de tout. Il ne peut pas venir. Il est trop loin.

Je m'avance vers Moreauvich.

— Pourquoi on est là ?

Il me regarde comme s'il nous avait oubliés.

— Venez.

Je fais signe aux deux autres. Il sort, traverse la cour, se dirige vers le hangar, gagne le fond, allume sa torche et la braque devant lui. Je me bloque, le souffle coupé. Il se tourne vers moi.

— C'est la voiture de vos hommes, non ?

XXIV

VILLAGE DE SAINTE-AGATHE, SUD-EST DE WOODFOLL, 15 AVRIL

Maintenant que c'est passé, je peux dire que ç'a pas été facile de revenir chez moi. J'ai roulé comme un zombie, au point que je me suis retrouvé devant ma porte sans savoir comment j'y étais arrivé.

Il était tard, nuit noire, et je suis resté un sacré bout de temps avant de pouvoir sortir de mon char. Heureusement, je l'avais lavé dans une station-service où je m'étais esquinté à nettoyer le sang partout. Mais quand je suis rentré dans la maison et que, gagnant la cave, j'ai allumé, j'ai failli tourner de l'œil quand je me suis vu.

Ce que j'avais enlevé dans la bagnole était sur moi. Là, je dois dire que j'ai failli gerber. Je suis remonté aussitôt et malgré le froid glacial je suis allé au fond du jardin où je me suis complètement déshabillé, chaussures comprises, et j'ai tout enterré. Un cauchemar ! Il faisait moins je ne sais combien et j'ai bien failli crever de froid jusqu'à ce que, force de creuser, je prenne un peu de chaleur. Transi, je me suis précipité dans la baraque en faisant gaffe à ne pas réveiller ma femme et j'ai pris une douche brûlante sans arriver à arrêter mes tremblements. J'ai cru me casser les dents à force de les claquer ! Putain, quelle saleté de souvenir ! Ça me fait apprécier que maintenant je puisse écrire l'histoire, assis bien au chaud avec un verre de gnôle à la main.

Je suis comme ça, je rebondis vite. Un coup, ça va pas, un coup, ça va. Mais quelle histoire que cette fille ! Pourquoi je suis allé jusque-là ? Jamais j'aurais cru pouvoir le faire. Comme disent ces connards de psys, j'étais dans un état second. Comme quand plus tu bois, plus t'as envie de boire. T'attends de perdre la tête, et alors là, t'es cool. Je pouvais pas m'arrêter. J'aurais pu continuer si j'avais eu de quoi le faire. Une scie, une tronçonneuse, j'sais pas. Ça glissait entre mes doigts tellement ils étaient pleins de sang. Là, je crois vraiment que j'ai perdu la tête. J'étais un autre. Je ne me souviens même pas comment je suis reparti. Je l'ai laissée derrière moi et, putain, j'aurais pu me faire chiquer dix fois ! J'ai jamais été autant dans le coaltar ! Et sans boire encore ! Peut-être que je suis malade. Peut-être que je suis un monstre. Et peut-être que je m'en fous. Si je suis comme ça, c'est parce qu'on m'a fait comme ça. Parce que, nom de Dieu, voir rouler sa tête à cette guidoune, ç'a été le super pied !

XXV

DANS LA CABANE

Il savait qu'il n'était pas mort. Il n'aurait pas eu si mal, sinon. On ne sent plus rien quand on est mort. Du moins, c'est ce qu'avait toujours dit sa mère. Mais elle pouvait se tromper parce qu'elle était encore vivante quand elle disait ça.

Il comprit qu'il tournait en rond et qu'il ne pourrait pas aller plus loin dans le raisonnement. Il devait avoir les yeux dans un drôle d'état parce qu'il voyait rien quand il soulevait les paupières. Faut dire qu'ils l'avaient salement cogné. Il se rappelait même les avoir suppliés d'arrêter parce qu'ils cognaient pour rien.

Pareil pour les autres. Ah ! les vaches ! Quand il se rappelait ! À dégueuler ! Malgré l'anesthésie des coups, il sentit des larmes lui brûler les yeux.

Mais, bon Dieu, qu'est-ce qui s'était passé ? Il tenta de se mettre sur le côté, sentit un truc dur lui entrer dans les côtes et se contracta. Mais la douleur aiguë l'avait un peu dévappé. Il respira doucement à cause de ses côtes. Serra les paupières. Étendit ses doigts et comprit qu'il en avait plusieurs de cassées.

Il allongea ses jambes avec précaution, pétant de trouille qu'elles ne réagissent pas. Mais si. Un peu, et douloureuses. Tant mieux.

Il n'était pas paralysé, bien qu'il fût incapable de bouger. Il tourna doucement la tête et derrière le boudin de ses paupières aperçut une lueur, puis un cadre, comme une fenêtre. Il força sur son bras droit et sa main accrocha de la terre, des saloperies. Il avait du mal à bouger la main. Il voulut tourner la tête de l'autre côté. Coincée. Il respira tout doucement. Il avait peut-être des vertèbres cassées ? La peur le saisit, fulgurante. Puis il se calma. S'il avait des cervicales cassées, il ne pourrait pas bouger du tout. Ni doigts ni rien. Il essaya de détendre les épaules. Il voyait un peu mieux, il s'habituait sûrement à l'obscurité. Ils l'avaient jeté là comme un sac et sa tête avait salement cogné le sol. Et puis plus rien. Il força pour mobiliser sa nuque. Son regard attrapa un truc en longueur sur le sol, pas très loin. Il s'obligea à reprendre son calme, à éclaircir ses idées noyées dans sa tête, força son regard. Ce n'était pas une bûche, c'était un corps. Criss ! Un corps ! De qui ? Sûr que c'était un corps, il était sur le dos, les bras légèrement écartés. C'était qui ? Il aurait voulu se rapprocher, mais en était incapable. C'est comme s'il était en bois. Il se mit à pleurer, enfin, il crut. Juste parce que ça lui brûlait les yeux et qu'il n'y voyait plus rien. Il tenta aussi de décoller ses lèvres pour crier, mais, là, impossible. Collées ! Il voulut mourir.

À ce moment, il entendit le grincement vague d'une porte qu'on ouvre et sentit une odeur si fétide de cadavre ou de crasse que là il voulut vraiment mourir.

XXVI

DISPARITIONS

Le poste de Greenknife n'est pas grand. Une première salle en longueur avec un comptoir où les flics reçoivent les gens ; derrière, un espace avec trois bureaux, des ordinateurs et tout ce qui concerne la paperasse ; et encore derrière, séparé par une cloison en verre, le bureau de Moreauvich. Il est en train de téléphoner et n'a pas enlevé son chapeau.

J'entre avec Sauvegarde sur mes talons. Saint-Vincent est resté dehors pour prévenir notre commissariat de Woodfoll et le directeur de la 3AP de l'évolution de la situation.

Moreauvich raccroche et me regarde.

— J'étais en ligne avec le chef de la police de Winnipeg, Danny Smyth, et le responsable de l'unité 40 qui est leur bureau des Affaires criminelles. Je leur ai signalé les meurtres des Parker et la disparition de vos trois policiers, et ils ont décidé, compte tenu de la gravité de l'affaire, de prévenir l'honorable Heather Stephanson, la procureure responsable.

— Vous avez fait ce qu'il fallait, merci. Je suis inquiète pour mes policiers.

— C'est quoi cette histoire d'évasion ? Quatre prisonniers évadés de la 3AP ? La nouvelle prison ? Et que faisaient-ils ici à plus de trois heures de route de chez vous ? Y a pas de frontière avec d'autres États. Après nous, c'est la baie d'Hudson. Et c'est qui ces types ?

— Je peux m'asseoir ?

— Oui, bien sûr, excusez-moi, mais c'est vrai que là je suis secoué.

— Ne vous excusez pas, chef, perdre des amis… de cette façon… enfin, je sais ce que c'est. Avant Woodfoll, j'étais à la police de Montréal, à la criminelle. Je suis désolée pour vous.

— Merci, j'ai connu Marie quand on allait ensemble à l'école. Une sacrée bonne femme !

— Désolée, vraiment. On va leur mettre la main dessus, je vous le promets et par la même occasion récupérer les miens. Vous avez entendu parler de la 3AP ?

— Vaguement. Une prison haute sécurité, c'est ça ?

— Les frères Bernatchez, quatre tueurs psychopathes, y étaient enfermés sous haute surveillance. On a eu une terrible tempête, un cyclone, quelque chose d'exceptionnel. Dans cette prison ultramoderne, tout est réglé par un ordinateur central. Et il s'est passé ce qui n'aurait jamais dû se passer : un court-circuit a ouvert les portes des cellules.

— Hein ?

— Et ils en ont profité pour tuer leurs gardiens et filer.

Moreauvich se penche vers moi.

— J'y crois pas ! Ouvrir les portes des cellules ? Il n'y a pas de circuit secondaire ? En cas de panne justement ? Et c'est quoi cette tôle haute sécurité qui est mise hors circuit à cause d'une tempête ?

Je hoche la tête sans savoir quoi répondre.

— Écoutez, chef, pour le moment, le problème le plus important, c'est de retrouver ces tueurs avant qu'ils tuent encore.

— Tous les postes de police ont été prévenus. La presse aussi, bien sûr. La télé, pour ceux qui ont du courant, diffuse l'info en permanence avec les portraits de vos hommes. Des barrages ont été établis sur tous les axes routiers et on n'en a pas beaucoup. Le chef Danny Smyth m'a dit qu'il y mettait le maximum de monde. Heu, vous pensez que ce sont les mêmes qui ont tué nos amis et enlevé vos hommes ? Pourquoi Sean et Marie ? Ils ne les connaissaient pas.

Je ne lui réponds pas, car je comprends que j'ai affaire à un homme logique, pas à un flic habitué à gérer ce genre de drame. Un flic chevronné sait que les tueurs dans le genre des Bernatchez n'ont pas besoin de raisons pour tuer.

— Dans notre coin, le problème, c'est qu'il n'y a pas tant que ça de postes de police, reprend Moreauvich. Les gens gèrent eux-mêmes leurs problèmes de voisinage, sauf évidemment si c'est grave. Je dois prévenir qui à part les autorités ?

— Tous ceux qui dans le comté peuvent convaincre leurs voisins d'être vigilants et prudents, ou qui ont une responsabilité dans leur village. Les gens ne doivent pas ouvrir à des inconnus et sortir à la nuit tombée.

Il me regarde les yeux ronds.

— Attendez, j'peux pas faire ça. Y vont m'envoyer promener en me disant qu'ils ont ce qu'il faut pour se défendre, et sinon, que c'est mon job de le faire.

— D'accord. Alors, diffusez en même temps l'annonce de l'assassinat des Parker. Vous me dites qu'ils étaient très connus et appréciés, ça peut les inquiéter. Quand des voisins et amis se font tuer de cette façon, ça rapproche le danger pour tout le monde. Vous comprenez ?

Il me regarde d'un air pensif. Ça doit chauffer sous le chapeau Stetson à « quatre bosses ».

— Je comprends, shérif. Je pensais… je pensais comment un édifice si moderne que votre 3AP, j'ai vu des photos et lu des articles, a pu se retrouver avec ses portes ouvertes sans que personne réagisse ?

— C'était tellement improbable, ce genre d'accident, que les gardiens ont sans doute réalisé avec un temps de retard. Les Bernatchez ont tué leurs gardes (je ne lui dis pas de quelle façon), se sont emparés de leurs armes et de leurs passes digitaux, et se sont rués vers la grille de sortie où ils se sont débarrassés des gardiens. Ils ont disparu avant même que l'alerte soit donnée puisque tout le système était en carafe.

— Mais combien de temps a duré… cette panne ?

— Un petit moment.

— Et ils auraient ensuite enlevé trois policiers armés ?

— Oui, je le pense. Ils étaient à leur poursuite et vous avez vu leur voiture chez les Parker. Ils ont dû se faire coincer là-bas.

Il hoche la tête. Il n'y croit pas, je le vois. Il pense à des complicités. Beaucoup de ces voyous ont assez d'argent à l'extérieur pour acheter des gardiens ou même des flics. Mais sûrement pas les Bernatchez. Moi aussi, j'ai eu des doutes au début. J'ai pensé à des complicités intérieures. Puis il y a eu l'épisode Istinak Shaw.

Mais là, je crains de raisonner comme Moreauvich. Comment un vieil aborigène à moitié analphabète, qui habite un village au bout du monde de moins de trois cents âmes, où certes l'on trouve des ordinateurs jusque dans les mains des gamins, pourrait intervenir sur la technologie high-tech d'un système parmi les plus fiables du monde, et déclencher une tempête démoniaque en hululant des chants rituels ?

Arrête de déconner, shérif.

XXVII

ÉPUISEMENT NOCTURNE

Après avoir quitté Moreauvich, je pars retrouver Saint-Vincent et Sauvegarde chez l'habitante qui va nous loger cette nuit. Une vraie Canadienne des plaines, bâtie à chaux et à sable, qui vit seule dans une ferme où elle élève des cochons avec pour seule compagnie cinq huskys de belle taille et un fusil Beretta de calibre 16, accroché à portée de mains au-dessus de sa porte.

Elle nous fait à manger, mais il n'est pas loin de trois heures du matin et on est trop angoissés pour avoir faim. En plus, notre hôtesse ne fait rien pour alléger l'atmosphère, elle ne desserre pas les lèvres et nous regarde à peine.

— Allons nous coucher, je décide. Demain, on va s'en voir.

— Que croyez-vous qu'il soit arrivé à Vincente ? demande Sauvegarde.

— Je ne sais pas.

— Vous pensez ?

— Quoi ?

Philomène me regarde, et ses gros yeux bleus se remplissent de larmes.

— Ben quoi, Philomène ? Vous le connaissez notre rital, c'est pas le genre à se laisser coincer ! Même s'ils ont été embarqués, les autres savent que descendre un *rozzer*, ça ne pardonne pas !

Et en même temps, je SAIS que, pour des cinglés du calibre des quatre frères, tuer des flics ou n'importe qui d'autre n'est pas plus grave que d'écraser un mégot sur le trottoir.

Ils ont assassiné Marie et Sean Parker qui leur ont probablement ouvert leur porte, qui n'a pas été forcée, et ces gens connus pour leur empathie n'étaient pas du genre à laisser dehors des voyageurs par mauvais temps.

— Allez, on monte. Il est trois heures. Demain matin en bas à cinq heures trente. Tâchez de vous reposer. Bonsoir, madame, dis-je à notre hôtesse qui ne me répond que par son bref mouvement de tête déjà connu.

Aussi glaciale que son climat, cette guidoune.

Trois des huskys dorment dans la salle à manger, deux autres sont dehors, dans le voisinage de la porcherie. Mais même eux ne pourraient rien contre les Bernatchez. Ça me fait penser à Hachiko, et de là à Julia, et j'ai drôlement envie de rentrer.

Je suis tellement épuisée que j'ai du mal à monter l'étage qui mène à nos chambres. Réduit serait plus approprié. J'avise l'étroite paillasse collée contre le mur et m'y laisse tomber de tout mon poids sans qu'elle frémisse d'un iota. Je ferme les yeux, allonge les jambes avec un soupir de plaisir et attends. Rien, il ne se passe rien.

Après deux heures d'un combat acharné avec le sommeil, qu'il gagne en me fuyant, je me relève, me déshabille sans me soucier de la température glaciale de la pièce, avise dans un coin de mur un tub en métal surmonté d'une pomme de douche, me déshabille en frissonnant, ouvre le jet, m'y colle dessous, grelottante parce qu'il met des heures à se tiédir, et me savonne férocement comme si je pouvais enlever la rage et l'inquiétude qui m'habitent.

Comment n'ai-je pas évalué le risque que je faisais courir à mes flics en les envoyant à la poursuite de ces tueurs ? Pirelli et les autres n'ont rien de commandos Delta Force.

Je sors de la douche, prends du linge propre dans mon sac, enfile une paire de chaussettes froid extrême, ajoute un sous-pull spécial grand froid et descends à la salle à manger où je trouve mes compagnons affalés devant un bol de café. Notre hôtesse a coupé de larges tranches de pain sur lesquelles elle a posé du lard, mais rien que de les voir j'ai le cœur qui se soulève. Dans la toundra, on dit que la fatigue nourrit. Et c'est comme ça qu'on meurt.

— Allez, mangez. Après, on s'en va.

Et mon téléphone sonne.

— Oui, Grynspan… salue Harper.

— Quittez pas, chef, je vous passe O'Kelly.

— Chef ? C'est Linda O'Kelly.

— Oui, ça va, O'Kelly ? Vous êtes où ?

— Avec Meredith Gallup et les autres de l'autre patrouille au poste de Dunbaw Lake. On les a rejoints tard hier soir et ils nous ont appris ce qui s'est passé pour nos collègues.

— Oui… pour le moment, nous ne savons rien. Vous n'avez pas trouvé trace des fugitifs ?

— Hélas, non, chef. Mais je vous appelle pour vous dire que mes collègues et moi, on voudrait rester pour chercher les nôtres.

— Vous seriez de trop. Le chef de la police du Manitoba, Danny Smyth, a mis la quasi-totalité des flics de la région sur le coup et tous les postes de police sont alertés. Ils ont disposé des barrages sur chaque route, l'info passe en continu sur les chaînes radio et télé avec les portraits des nôtres et des Bernatchez. Et je n'ai pas l'habilitation pour vous autoriser à participer aux recherches dans une autre juridiction. Ce que je veux, c'est que vous retourniez à Woodfoll en suivant un itinéraire différent de l'aller pour couvrir le plus possible de terrain. Repartez avec vos collègues. Vous avez de quoi tenir au point de vue équipement ?

— Oui, chef, mais on veut rester. On peut être utiles. Je connais bien Pirelli et les autres.

— Les connaître n'avancera pas beaucoup, officier O'Kelly. Ils sont plus de deux cents à les chercher, avec deux brigades cynophiles, et demain matin un hélicoptère se joindra aux recherches.

— Oui, mais vous savez bien que nous, on les cherchera mieux ! Eux, ce ne sont que des collègues ; nous, ce sont nos amis. C'est notre famille, quoi ! Chef, je vous en prie.

Sauvegarde et Saint-Vincent m'observent par-dessus leur bol de café.

— Laissez tomber. À Woodfoll, il ne reste que les auxiliaires et malgré leurs compétences ils ne peuvent pas faire face en cas de problème grave. Avec Sauvegarde et Saint-Vincent, je me charge de retrouver les nôtres. Nous devions enquêter sur le meurtre de la jeune Indienne, mais compte tenu de l'évolution de la situation et pour vous rassurer, nous participerons ici aux recherches. Quand vous serez rentrés au poste, mettez-vous en relation avec le brigadier-chef Oka et l'adjoint Témiscouata qui sont sur l'affaire.

— Mais, chef !…

— Lâchez-moi, O'Kelly, je ne vais pas discuter avec vous cent sept ans. Chargez-vous de l'enquête sur l'autre meurtre, c'est aussi important que ce qui se passe ici.

Je raccroche avant d'être obligée de céder.

— Bon, on se bouge, dis-je à mes compagnons.

— C'étaient les autres ? demande Sauvegarde. Ils veulent rester, c'est ça ?

— Oui. Mais j'ai besoin d'eux ailleurs. Allez, on se bouge.

Sauvegarde et Saint-Vincent se lancent un regard qui en dit long sur ce qu'ils pensent de ma décision. Mais je ne concours pas pour le shérif le plus populaire du Manitoba.

XXVIII

NÉGOCIATIONS SECRÈTES

Le chef Istinak Shaw débarque sur le tarmac de l'aéroport James-Armstrong-Richardson de Winnipeg après un vol d'une heure depuis Shaskeeton. Il est encadré de son avocat, maître Eyota, et de deux hommes en costume croisé impeccables avec cravate ethnique autour du cou, se nommant pour le plus jeune, Coon Com, qui dans le langage cri signifie « raton laveur qui vient », de taille moyenne, les cheveux coupés court près du crâne encadrant un visage rond et vaguement asiatique, accompagné de son collègue nommé Sioui, qui en langue huronne signifie, « porteur de lumière », plus sec, un visage émacié supportant un nez fortement busqué, coiffé à la mode indienne, les cheveux lissés en arrière dégageant une natte pendante sur le côté, tous deux avocats au cabinet juridique des Affaires autochtones de Fortworth.

Une berline les attend, commandée par le Secrétariat aux affaires autochtones et destinée à les conduire au palais de la gouverneure, Janice Felton, avec qui ils ont rendez-vous.

En milieu de matinée, la circulation est fluide à Winnipeg, et ils arrivent à destination après une course de vingt-cinq minutes. Ils sont reçus par le secrétaire particulier de la gouverneure qui après une attente de moins de dix minutes les conduit à son bureau.

Janice Felton est une femme de cinquante-huit ans qui, entrée à vingt-trois ans comme secrétaire de direction trilingue au Parti conservateur, en a gravi tous les échelons avant d'être nommée gouverneure de la province du Manitoba deux ans plus tôt.

Comme dans tous les milieux où chacun et chacune peuvent faire de l'ombre aux autres, elle a autant d'ennemis que d'amis. Mais tous s'accordent pour lui reconnaître un caractère trempé, de l'entêtement et une puissance de travail hors norme. Elle se lève à l'entrée de ses visiteurs.

— Chef Shaw, et vous, messieurs, soyez les bienvenus dans notre ville.

Elle est largement souriante et s'avance bras écartés vers eux comme pour tous les embrasser.

Les trois avocats s'inclinent et lui tendent la main.

— Madame la gouverneure…

Seul Istinak Shaw, la mine renfrognée, reste à l'écart. Mais c'est à lui qu'elle s'adresse en l'invitant, ainsi que ses amis, à prendre place sur les chaises disposées devant son bureau qu'elle contourne avant de s'asseoir à son tour.

— James, s'il vous plaît, soyez aimable de nous faire servir du café, du thé et des donuts, dont je sais notre ami le chef Istinak Shaw friand.

Les avocats sourient et remercient leur hôtesse d'un signe de tête. Pas Shaw qui continue à faire la gueule. Elle s'entretient avec eux de la pluie et du beau temps tandis qu'arrive l'en-cas.

— Je vais servir, dit-elle à son secrétaire. Merci, James.

Elle tend évidemment la première tasse accompagnée d'une assiette de pâtisseries exhalant une délicieuse odeur chocolatée à Istinak Shaw, puis tout en bavardant avec bonne humeur, elle sert les trois autres.

L'ambiance est détendue, enfin devrait l'être, mais comme Istinak Shaw n'a pas encore ouvert la bouche, elle s'impatiente, et, après qu'il s'est servi deux beignets qu'il a trempés dans sa tasse de thé, la gouverneure s'adresse directement à lui :

— Chef Istinak Shaw, je suis ravie de vous voir, bien que vous ne m'ayez pas clairement exposé le but de votre visite…

Le chef se redresse de toute sa taille qu'il a assez courte, se penche vers Eyota, qui sort de sa serviette de cuir fauve une carte géographique qu'il tend à la gouverneure.

— Madame la gouverneure, commence-t-il en l'aidant à la déplier, ceci est la carte de la région de Woodfoll où a été établie, à environ vingt-cinq kilomètres au sud-est de la ville, une prison dont bien sûr vous avez entendu parler, puisque je crois que vous avez fait partie de la commission tripartite qui a autorisé sa construction…

Janice Felton se penche sur la carte, regarde les mêmes dessins rupestres vus auparavant par le shérif Grynspan, suit du doigt les méandres de la rivière Rouge, sourit et relève la tête vers Shaw.

— C'est une très jolie carte ancienne de notre région. Je ne l'avais jamais vue. J'ignorais que le Secrétariat aux affaires autochtones avait de tels trésors en sa possession… Je comprends que vous y teniez, chef. C'est un important témoignage de l'histoire des Premières Nations… car, si je vois bien, aucun Canadien blanc n'y est représenté. Elle date de quand, le savez-vous ?

L'avocat Sioui se penche sur le bureau.

— Madame la gouverneure, je suis étonné que votre service de secrétariat ne vous ait pas fait part de la raison de notre visite… En tout état de cause, si le chef Istinak Shaw et nous-mêmes sommes là, c'est pour vous soumettre un grave problème de profanation d'un site sacré de la nation crie, profanation, répète l'avocat en retenant de la main la protestation qu'il pressent de l'attitude de Janice Felton qui s'est redressée sur son fauteuil, non volontaire, nous voulons bien le reconnaître, mais qui met néanmoins en péril la mémoire de notre peuple, quand je vous aurai dit que cette prison que les autorités ont appelée la 3AP, initiales qui signifient « troisième asile pénitentiaire du pays », a été érigée sur le cimetière ancestral des Braves de la nation crie.

Janice Felton comprend pourquoi c'est cet homme-là qui sert de porte-parole à la troupe. Son timbre de voix, à la fois tranchant et souple, autant que son physique de guerrier avec son visage mat en lame de couteau, son nez busqué et sa natte insolente, en ferait un figurant familier de westerns. Elle se sent ramenée un siècle en arrière quand ses ancêtres ont eu affaire aux tribus indiennes et ont négocié avec elles la possession des terres.

Son cerveau moule à toute vitesse. Non seulement les abrutis de son secrétariat ne lui ont pas donné la raison de la venue des autochtones, mais l'ont prévenue du rendez-vous la veille au soir par un simple SMS sur son portable après une réunion extrêmement barbante avec des responsables des projets industriels. C'est vrai, elle n'y a pas pris garde, l'esprit encore occupé par la négociation concernant la construction d'un pipeline dont elle venait de débattre une grande partie de l'après-midi avec des industriels, évidemment pour, et des riverains, évidemment contre.

Elle s'adresse à Istinak Shaw qui, entre-temps, s'est tourné sur sa chaise, s'asseyant sur une fesse, les jambes repliées sous le siège et rivant sur elle les pointes acérées de ses yeux noirs.

— Chef, vous savez que nous avons parlé, pendant les deux années précédant la décision de la construction de ce bâtiment, avec toutes les parties concernées, y compris, bien sûr, les assemblées des chefs des Premières Nations du Manitoba. Nous avons examiné avec eux et le gouvernement fédéral représenté par le gouverneur général Holstein la possibilité d'établir dans notre région cette prison-asile.

— En négligeant les anciennes possessions des terres détenues par les autochtones, intervient l'avocat Eyota.

— Je ne pense pas, rétorque la gouverneure Felton, transformant son sourire aimable en sourire contraint. Les services de répartition des terres ont été chargés, sous la direction de madame Annette Desmarais, titulaire de la chaire de recherche du Canada sur les droits de la personne, et que le responsable des Affaires autochtones, Derek Nepinak, a rencontrée à cette occasion, de vérifier les propriétés des différentes parties.

— Cette vérification des répartitions ne concernait que les terres agricoles, intervient à son tour Coon Com.

Janice Felton se tait et semble réfléchir. Puis elle appuie sur un bouton de son interphone.

— James, apportez-moi, s'il vous plaît, le document établi en 2015 sur l'autorisation donnée par le gouvernement fédéral d'ériger la 3AP. Oui, maintenant… Je ne sais pas, sûrement Peter Feller, c'est lui le chef archiviste… bien sûr… Merci. Voilà, dit-elle en coupant. On va nous apporter la copie du document signé par toutes les parties au moment de la décision.

— Nous ne doutons pas, intervient à son tour l'avocat Eyota, que ce document aura été parfaitement établi par vos services. Nous savons le soin que prennent les instances officielles du Canada dans ce genre d'opération, mais, comme vient de le souligner notre confrère Coon Com, il ne s'agit pas en l'espèce d'achats ou de ventes de terres agricoles par tel ou tel, mais d'un cimetière indien datant de plusieurs siècles, où ont été enterrés des générations de Braves, et qui maintenant est enfoui sous le sol d'une prison où sont retenus, d'après ce que nous savons, les pires criminels de notre pays.

Il s'interrompt pour fixer la gouverneure qui n'a pas bronché.

— Et que pensez-vous que nous puissions faire ? demande-t-elle enfin. Le bâtiment est à présent occupé par des détenus…

— Dont quatre se sont échappés… grasseye Istinak Shaw qu'on entend pour la première fois.

La gouverneure a un sourire.

— Établissez-vous un lien entre cette évasion et le fait que la prison soit établie dans un lieu que vous regrettez, chef ? s'enquiert-elle avec ironie.

À ce moment, on frappe à la porte, et le secrétaire entre avec un dossier.

— Ah ! merci, James, voilà qui va éclaircir la situation et, j'espère, donner satisfaction à nos amis, dit-elle en le saisissant. Voilà, dit-elle en l'ouvrant pour le parcourir, quarante-quatre pages avec tous les détails de l'accord… les dédommagements accordés aux différentes parties… les devis prévus et qui, un détail qui ne vous aura pas échappé, auront été respectés autant en ce qui concerne les importantes infrastructures que l'évaluation des frais engagés… les recherches de…

— Madame la gouverneure, pouvons-nous vous parler franchement et en privé ? coupe Eyota.

— En privé ? Mais…

L'avocat lance un coup d'œil vers le secrétaire resté près du bureau.

— James ? Oh ! comme vous voulez, maître, mais il n'y a pas de secrets pour mon…

Elle s'arrête, surprise de l'expression de l'avocat.

— Bon, James, voulez-vous bien nous excuser ?

— Bien sûr, madame, dit le secrétaire en s'esquivant.

— Alors, je vous écoute, maître Eyota, reprend-elle d'un ton irrité dès la porte refermée.

— Vous savez ce qui s'est passé dans la région de Woodfoll ? Cette incroyable et soudaine tempête qui a causé des dommages importants ? Jamais on n'a connu dans la région un tel déchaînement des éléments, comme pourraient vous le confirmer les services météo établis depuis plusieurs années, commence l'avocat.

— Nous savons que le monde subit les graves conséquences d'un dérèglement climatique qui n'est pas près de cesser, répond Janice Felton en haussant les épaules d'un geste fataliste. L'Homme avec une grande hache a fait ce qu'il fallait pour le provoquer… mais je ne vois pas le rapport…

— Il n'y en a pas…

La gouverneure tourne la tête vers Istinak Shaw qui vient de s'exprimer d'un ton si caverneux qu'elle retient un sourire amusé.

— Ah ? Je m'en doute bien, chef…

Eyota s'interpose :

— Ce que veut dire le chef Istinak Shaw…

Il se tait, comme manquant soudain d'arguments.

Coon Com avance alors vers le bureau, se plaçant entre celui-ci et Shaw.

— Il serait opportun…

Il baisse la tête, la redresse et plonge le regard dans celui de Janice Felton.

— Nos ancêtres, les Hommes-Sachant, ceux que vous appelez des sorciers avec, admettez-le, une certaine condescendance, mais qui sont nos maîtres de la connaissance, possèdent des pouvoirs que ni vous ni nous ne pouvons expliquer, mais qui existent bel et bien.

— Sûrement… tente la gouverneure qui à ce moment-là se sent un peu étrangère à ces gens évoquant la sorcellerie comme naturelle.

— Cette tempête ne s'est pas produite par hasard.

Tous se tournent vers Istinak Shaw qui s'est levé et planté devant le bureau.

— C'est la colère de nos dieux qui l'a créée. Vous devez le savoir !

La gouverneure se sent de plus en plus larguée. Que veut dire ce vieux débris resté au temps des grandes chasses aux bisons de ses ancêtres, avec sa « colère des dieux » ? Ça lui remet en mémoire, mais elle chasse aussitôt l'image, une bande dessinée d'Astérix le Gaulois dont elle ne se lasse pas. Ou était-ce *Le Domaine des dieux* ?

Istinak Shaw se penche sur le bureau, se rapprochant de la gouverneure à lui souffler dans le nez.

— Si rien n'est fait pour démolir ce domaine du diable, les esprits de nos ancêtres le feront à votre place ! martèle-t-il, tapant du poing sur le bureau. Et si ce ne sont pas les esprits de nos ancêtres, ce seront nos avocats et avec eux toute la nation indienne !

Janice Felton s'est instinctivement reculée, mais se reprend vite. Du chantage ? pense-t-elle fugacement.

Mais il se croit où ce sauvage ? Aux temps ou Blancs et Rouges se battaient, flèches contre carabines Sharp ?

— Ah bon, chef, vous pensez être capable de démolir cette prison de haute sécurité dotée des dernières avancées électro… ?

— Madame la gouverneure…

C'est encore Coon Com qui s'avance, bousculant Istinak Shaw au passage.

— Madame la gouverneure, ce que veut dire le chef Shaw, c'est qu'il serait souhaitable dans l'intérêt de tous, à présent que cette satanée prison est construite sur le territoire sacré d'un de nos cimetières, peut-être le plus ancien, en tout cas le plus vénéré par notre peuple, qu'il serait bon, connaissant les problèmes dans lesquels vivent nos frères, que le Conseil du Manitoba envisage sérieusement un dédommagement substantiel, mais justifié, leur permettant d'accéder au minimum de confort auquel ils ont droit en tant qu'êtres humains, mais aussi, comme ayant été les premiers occupants du Manitoba dont ils ont été chassés.

» Le chef Istinak Shaw connaît parfaitement les pouvoirs de nos Hommes-Sachant, et je sais que lui comme son peuple préféreraient que ne se reproduise pas la dramatique évasion de quatre criminels blancs qui sèment la terreur dans notre région. Il est prêt à calmer le courroux de nos sorciers, la juste colère revendicatrice de nos instances judiciaires, si notre peuple est considéré comme un peuple à part entière à égalité avec ses compatriotes canadiens blancs. Il n'est jamais bon, madame la gouverneure, de rallumer des querelles dont personne ne sort vainqueur.

— Mais… que demandez-vous exactement ?

— Des dédommagements, madame la gouverneure, des subsides à nos tribus pour que nos maisons ne ressemblent plus à des taudis où nos enfants subissent le froid et la faim, où nos filles sont obligées de se prostituer pour survivre et nos fils devenir des voyous. De quoi rendre à notre peuple sa dignité. Voilà ce que nous voulons, madame.

— Mais pourquoi Istinak Shaw nous menace-t-il des représailles des… Hommes-Sachant concernant l'évasion de ces quatre criminels ?

— Parce que ce sont leurs pouvoirs qui ont ouvert les portes de votre prison, achève Eyota en entourant fraternellement de son bras les épaules d'Istinak Shaw et en toisant avec détermination la gouverneure. Leurs pouvoirs, madame la gouverneure, répète-t-il.

XXIX

MALAISE

Oka arrêta sa voiture devant la dernière maison du village de Sainte-Agathe, agglomération d'une cinquantaine d'habitations et de fermes, possédant un bureau d'état civil, une église, un bowling et quelques commerces de proximités, dont trois pubs.

Lui et son adjoint Témiscouata viennent de passer plus d'une journée à interroger sur l'assassinat de Sora les habitants de cette partie de territoire particulièrement rude des Grandes Plaines. La région est froide, sans attrait, de l'avis même de ses habitants, et éloignée des centres d'intérêt. Inutile d'y chercher la moindre raison de s'y installer si l'on n'y est pas né.

Et ce fut beaucoup de temps de perdu pour nos deux policiers. Habitants absents ou muets. Rien vu, rien entendu. Il faut dire à leur décharge que compte tenu de la configuration des lieux personne n'a envie de se mettre mal avec son voisin, étant donné qu'ils passent quasiment toute leur vie terrestre ensemble. Ce qui apparemment génère des consanguinités dont les années aidant ils en viennent même à oublier qui est le cousin de qui ou le beau-père de l'autre.

Oka observe avec attention cette maison différente de ses voisines, plantée du même côté de la remontée de terre, mais pas à proximité. Car, comme le terrain ne vaut rien, elles se sont éloignées les unes des autres.

Ce n'est pas une ferme, pas davantage une maison de famille avec sa cour encombrée de vélos cassés, de socs de charrues pourries, de pneus entassés, de canettes de bière écrasées et parsemées de crottes de chien, comme la plupart de celles qu'ils ont visitées. Celle-ci pourrait figurer dans des endroits mieux habités, avec sa portion d'herbe gelée s'étendant autour et son allée de pins blancs conduisant à une maison qui paraît confortable.

Témiscouata observe également, mais à son habitude, en silence. L'adjoint d'Oka, avec qui il forme équipe depuis presque quatre ans, n'a pas dû pendant tous ces jours lâcher plus de cent mots. Témiscouata est un taiseux dans les grandes largeurs. Lui et Oka se supportent parce que, quand Oka interroge, Témiscouata écoute les réponses et le soir remet à son chef le rapport de la journée.

Quelle que soit l'humeur de son chef, il garde son indifférence, même quand celui-ci, enragé par sa mutité, le traite de tous les noms.

— Qu'est-ce que t'en penses ? lui demande Oka, n'espérant aucune réponse. Ils ont pas l'air mal, ceux-là. Au moins, leur maison ne ressemble pas à une décharge…

Il regarde encore un moment.

— Bon, on y va, décide-t-il tout à coup, et après on ira manger. J'ai vu une gargote pas trop loin.

Ils descendent de voiture et se rapprochent de la grille du portail à laquelle Oka sonne. Deux fois, trois fois, le faisant grimacer sa déconvenue au bénéfice de son adjoint, quand ils voient s'ouvrir la porte de la maison éloignée de la grille d'une bonne trentaine de mètres et un homme en sortir.

Taille et corpulence moyennes, âge entre les deux. Petite barbiche grisâtre. Vêtements de ville. Pas un gars du coin, juge Oka.

— Bonjour, monsieur ! crie-t-il. Je suis le brigadier Oka et voici mon adjoint Témiscouata des forces de police autochtones. Excusez-nous de vous déranger, mais on aimerait vous parler.

— À quel sujet ? relance le bonhomme en forçant la voix.

— Pourriez-vous nous laisser entrer pour que nous vous en parlions ?

Le type hésite, pesant visiblement le pour et le contre.

— On ne vous prendra pas beaucoup de temps, monsieur, insiste Oka.

Ce qui visiblement ne convainc pas le quidam qui ne réagit pas. Oka sent l'agacement monter. Ils seraient en uniforme rouge, avec leur casserole cabossée sur la tête comme ceux de la police montée, qu'on leur aurait déjà ouvert. Est-ce que les gens savent que les forces autochtones ont les mêmes pouvoirs judiciaires que ceux de la Gendarmerie royale canadienne ?

— C'est au sujet de l'assassinat d'une jeune Algonquine dans le comté, lâche-t-il, à bout d'arguments.

A-t-il rêvé ou a-t-il vu le bonhomme tressaillir, jeter un coup d'œil vers la maison derrière lui, et enfin venir vers eux ?

— Oh ! quelle horreur ! Excusez-moi, j'étais occupé et je ne savais pas à qui j'avais affaire.

Mauvaise pioche, pense Oka. Ils se sont annoncés. Il observe le bonhomme derrière ses paupières plissées, lui trouve l'air patelin d'un employé de mairie, mais un employé de mairie un peu trop méfiant à son goût.

— Je vais vous ouvrir, se décide le clampin.

Oka jette un coup d'œil à Témiscouata, aussi impassible que les blocs de glace qui parsèment la route.

— Merci.

— Excusez-moi, répète l'autre, je fais attention de ne pas ouvrir à des personnes inconnues, vous me comprenez, monsieur ?

— Brigadier-chef, rectifie Oka en entrant, suivi de Témiscouata.

— Brigadier-chef.

Le type les précède jusqu'à la maison, mais au lieu de les faire entrer à l'intérieur, ouvre une porte découpée dans le rideau de fer du garage.

— Entrez, messieurs. Excusez-moi de vous recevoir ici, mais ma femme est souffrante et tous les bruits la dérangent.

Il leur désigne des tabourets à l'écart de la voiture garée, qu'Oka examine avec intérêt, car c'est un très solide 4x4 noir.

— Je peux vous servir quelque chose ? propose son propriétaire.

Et l'on posera nos verres sur quoi ? pense Oka, qui a l'impression qu'on lui manque de considération. Il a toujours souffert d'une susceptibilité excessive.

— Merci, ce ne sera pas long, coupe-t-il sèchement. Voilà, vous êtes monsieur ?

— Ronald Paterson. J'habite ici depuis quelques années.

— Avec votre épouse ?

L'autre acquiesce.

— Si ce n'est pas trop vous demander, quelle est votre activité ?

— Rentier, mais je rends aussi des services à mes voisins, répond l'homme aimablement.

— Comme quoi ?

— Oh ! je répare une clôture, je leur donne un coup de main quand ils ont trop de travail au moment des récoltes. Voyez-vous, brigadier, le Seigneur m'a donné des mains habiles, et je les mets volontiers au service des autres.

— Bon, et votre épouse ?

— Hélas, de santé fragile, je m'en occupe beaucoup.

— Cette voiture est à vous ? interroge brusquement Oka, changeant à dessein de sujet.

— Oui, une belle occasion qui rend service autant à moi qu'à mes amis.

— Vous êtes très généreux, dit Oka en le fixant.

— Vous savez, brigadier, la région est rude, alors, si on ne s'entraide pas…

— Oui. Où étiez-vous le 13 avril dernier ?

L’homme ouvre de grands yeux et sourit.

— Le 13 avril dernier ? Mais… comment le saurais-je ? Le 13 avril dernier… Qu’est-ce qui s’est passé le 13 avril dernier, brigadier ?

— C’est ce que je vous demande. Le 13 avril était un vendredi.

— Alors là, brigadier, vous me posez une colle !

L’homme arbore une mine réjouie comme s’il venait d’entendre une bonne blague.

— Excusez-moi, mais je vis sans calendrier. Vous savez, dans ma situation, tous les jours se ressemblent. Peut-être ai-je dépanné la chaudière d’un voisin, remplacé une roue au vélo d’un gamin ou bien été chercher des provisions… Vraiment… que vous dire de plus ?

L’homme, très à l’aise, répond franchement et ne semble pas le moins du monde embarrassé par la question.

Presque pas assez, songe Oka. N’importe qui interrogé par la police au sujet d’un meurtre présenterait des signes de fébrilité, voire d’inquiétude ou au moins de curiosité. Celui-là s’en amuse.

— Que lui est-il arrivé à cette malheureuse Indienne dont vous m’avez parlé ? demande-t-il.

Oka le fixe sans répondre. Il cherche dans sa mémoire un cas similaire où on l’aurait promené ; et se souvient d’un compatriote qui avait massacré par vengeance le troupeau de buffles d’un voisin, et semblait tellement à l’aise, tellement étranger à cette tuerie, que la police indienne qui avait été la seule à s’en occuper avait mis plusieurs mois à le soupçonner.

— Alors, vous ne vous souvenez pas ? Le 13 avril ? insiste Oka. Un vendredi 13. Un jour qui porte malheur, comme disent les Français.

— Ah, je ne savais pas. C'est vrai que si cette pauvre jeune fille a été tuée ce jour-là…

Oka sent Témiscouata s'agiter sur son tabouret, le voit se lever et entreprendre discrètement le tour du garage.

— Je suis désolé, mais je n'ai pas de carnet, car je n'ai pas besoin de noter. En revanche, j'ai une excellente mémoire et ne rate jamais un rendez-vous. Mais franchement, le 13 avril… Un vendredi, dites-vous ? Ah, ça y est, ça me revient ! Je suis allé à Grandview acheter des bardeaux, car c'était le marché ! Vendredi 13 !

— Vous êtes sûr ?

— Ah oui, maintenant, oui !

— Quelqu'un vous y a vu ?

— Holà, vous connaissez le marché mensuel de Grandview ? Je ne saurais même pas vous dire à quel marchand je les ai pris !

— Et votre femme ne saurait pas ?

— Ma femme, la pauvre, elle ne s'occupe de rien. Elle souffre de terribles migraines qui la clouent au lit les trois quarts du temps !

Oka serre les lèvres de contrariété.

— On pourrait la voir votre femme ?

— Pas maintenant, je le crains. Quand vous êtes arrivés, je venais de lui donner ses médicaments et elle dort profondément. Revenez plus tard.

— C'est ça, dit Oka en se levant et en allant vers la voiture. Elle est drôlement propre, dites donc.

Comment vous faites avec la boue, la neige et toute la saleté des routes ?

— Je suis très maniaque. Dès que je rentre, si elle est sale, je la nettoie à fond.

— À fond ?

— Absolument. Je n'aimerais pas prêter une voiture sale.

— Et vous la prêtez souvent ?

— Ça dépend, brigadier, ça dépend.

Oka sent qu'il est davantage crispé qu'à leur arrivée. Quand on ment longtemps, il est difficile de garder la même contenance. Peut-être s'inquiète-t-il qu'Oka s'intéresse à sa voiture ?

— Bon, dit Oka, eh bien, on repassera peut-être un peu plus tard. Quand votre femme sera réveillée.

— À votre guise, brigadier, à votre guise, à présent que je sais à qui j'ai affaire…

Oka regarde autour de lui. Beaucoup d'outils comme on en possède quand on a une maison où il y a toujours quelque chose à réparer. Des scies, des tenailles, des marteaux, des clés diverses. Il avise une porte.

— Cette porte, là, elle mène où ?

— Cette porte ? Dans la buanderie. Chaudière, machine à laver, voyez…

— Bien. Merci de nous avoir consacré un peu de votre temps, monsieur, dit Oka sans amabilité excessive. À une autre fois, peut-être.

— Avec plaisir. J'aime aider la police, qu'elle soit canadienne ou autochtone. Je sais que vous faites tous du bon travail.

Oka ne répond pas et sort du garage avec Témiscouata. Tout en remontant l'allée, il se dit que cet homme, par sa dernière remarque, indique qu'il ne prend pas au sérieux les policiers indiens, sinon, il n'aurait pas mentionné la police canadienne ou autochtone. Oka sent une aigreur lui remonter de l'estomac.

XXX

CAUCHEMAR

Il sent qu'il est soulevé du sol après qu'on l'a traîné jusque-là. Il tente d'écarquiller ses paupières, si gonflées, qu'il pense qu'elles ne s'ouvriront plus jamais. Sa langue a cherché ses dents et a trouvé beaucoup de trous. Il ignore où il est, et surtout où sont ses compagnons.

On le remet sur ses jambes, qui cèdent, avant de brutalement l'asseoir. On lui lie les poignets avec de l'adhésif. On lui attache les chevilles aux pieds du siège.

— Qui êtes-vous ? gargouille-t-il. Où sont… mes… mes amis ?

Il reçoit une réponse inaudible qui tient plus du grognement que des mots.

— Je… je ne… tente-t-il encore… Je voudrais…

Mais une gifle suivie d'un rire cahoteux le fait taire, tandis qu'une porte se referme sèchement.

Il a peur. « Peur » n'est pas suffisant pour dire ce qu'il ressent. Panique, frayeur, effroi. Dans sa tête en vrac, il veut quand même chercher le bon mot. Pourquoi ? Il ne sait pas. Peut-être pour se croire encore vivant. On l'a tellement battu, si longtemps, si fort, accompagné de grognements, de halètements, comme si c'étaient ses bourreaux qui souffraient.

Ses bourreaux ? Leurs bourreaux. Ils se sont arrêtés sur la route, sont entrés dans une sorte de garage, de ferme, se sont garés sous un auvent pour protéger la voiture et se donner le temps d'aller voir les gens de la maison d'où venaient des cris et des bruits de meubles traînés. Puis, alors qu'il prenait son fusil dans la voiture pour suivre ses amis qui marchaient devant, une masse lui est tombée sur le crâne. Après, longtemps après, il s'est retrouvé là où il est encore maintenant. Seul dans le noir depuis le début. Évitant de penser à ses souffrances. Il est si mal, qu'il pourrait croire s'être fait écraser par une voiture. Peut-être est-ce ça ? Il s'évanouit de nouveau. Mais, juste avant de sombrer, pense à ses amis.

XXXI

INDICES ?

Oka et Témiscouata mangent en silence le plat qu'on vient de poser devant eux. Autour, quelques hommes parlent bruyamment, assis à une table ou debout au comptoir. La salle est sombre, seulement éclairée par la lumière du jour qui traverse l'imposte de la porte et celle des lampes à huile posées çà et là. Les murs nus dont la peinture s'écaille par plaques et l'ameublement disparate témoignent du peu de cas que font les propriétaires du décor.

— L'ont pas l'électricité ici ? grogne Oka qui aime bien voir ce qu'il mange.

Ils finissent leur plat qui s'est avéré assez bon sans qu'ils sachent exactement de quoi il était composé. Témiscouata sort son téléphone de sa poche et montre l'écran à son chef.

— Qu'est-ce que c'est ? dit Oka en s'approchant.

Mais sans lunettes il ne voit rien et les tire de sa poche.

— C'est quoi ?

— Paterson, lâche son adjoint.

— T'as pris sa photo ?

Il met l'appareil sous la lampe. Témiscouata l'a photographié de face et de profil sans que le type l'ait vu. C'est ça qu'Oka apprécie chez son adjoint : l'initiative.

— Attends-moi là, dit-il en se dirigeant vers le comptoir. Vous connaissez cet homme ? demande-t-il au patron, qui, accoudé, écoute la conversation décousue de deux clients.

L'homme regarde, hausse les sourcils, hoche la tête.

— Nan, j'vois pas.

— Il habite pas loin, insiste Oka. Il a un 4x4 noir, style Nissan ou Subaru. Un modèle japonais. Il s'appelle Ronald Paterson.

— Ouais… pt'ête. Qu'est-ce qu'il a fait ?

— Rien. Il vient souvent ?

Nouveau branle du chef.

— Parfois… y vient quelquefois boire un coup ou manger. Pas souvent.

— Ouais. C'est un gentil voisin qui aime bien aider les autres…

L'homme hausse les épaules.

— Moi, y m'a jamais aidé.

— Ouais. Tiens, vous avez sûrement entendu parler du meurtre de la jeune Indienne du camp algonquin voisin ?

— Faudrait être sourd.

— Ouais… Vous la connaissiez ?

— Non… les filles chez eux viennent pas au café…

Il remarque à ce moment-là l'aspect de son client.

—Enfin, j'veux dire, ils les tiennent. Mais je l'ai vue avec l'ancien qui vient acheter des trucs, parfois.

—Oui. On m'a dit que le fils du chef voulait l'épouser.

Haussement d'épaules.

—Un bon à rien, çui-là. Pas comme son père qui est un bosseur.

—Ah ? Vous vous rappelez quand vous les avez vus la dernière fois ?

Le cafetier ricane.

—Alors là, facile ! C'était un vendredi 13, j'avais acheté comme chaque fois un billet de tombola ! Et comme d'habitude, bal'pot ! J'étais tanné ! J'ai rien gagné ! Et par-dessus le marché ma femme m'a engueulé de foutre l'argent par les fenêtres !

—Et vous avez vu le fils du chef et la jeune fille ?

Le cafetier fronce les sourcils, réfléchit dur et lâche :

—J'crois bien… Le gars est venu prendre… ouais, un cageot de pommes. J'me rappelle.

—Ah, et ce monsieur, là, votre voisin gentil, il était là ? celui de la photo ?

—Alors là, vous m'en d'mandez trop ! J'ai pas qu'ça à faire de me rappeler qui est là ou pas là.

—Excusez. Tiens, patron, servez-nous donc trois verres, un pour vous, de votre gnôle, là, que je vois derrière.

—Ah, ben, vous choisissez du bon. C'est de la qualité, ça ! C'est pas donné, mais c'est bon !

Oka fait signe à Témiscouata de les rejoindre au comptoir et lui tend le verre de gnôle.

— Tiens, goûte-moi ça ! La gnôle du patron !

Témiscouata dissimule son étonnement parce qu'il a rarement vu son patron boire de l'alcool dans un café.

— Alors, qu'est-ce t'en dis, compère ! s'exclame Oka. Y a de quoi partir sur une balloune (s'enivrer) ! À la vôtre, patron !

— À la vo't !

— Y avait du monde quand il est venu chercher ses pommes ? demande Oka, une fois qu'ils ont vidé leurs verres.

— Ben, j'crois ben qu'c'était le matin ! Pas grand monde, j'me rappelle plus.

— Et le voisin de la photo, il était là ? Y m'a dit que c'était le jour du marché de Grandview.

— C'est bien possible.

Le bistrotier le regarde en cherchant visiblement à comprendre ce qui intéresse cet emplumé dans cette histoire. Y sont pas comme les autres, ces gens-là. Quand ils ont quelque chose dans la tête, ils l'ont pas ailleurs. Mais oui, c'est vrai, il était là le voisin. Même qu'il y avait passé la nuit, il s'en souvenait maintenant. C'est sa guidoune qui l'avait servi à manger le soir.

— Ouais, j'crois ben qu'il était là. Même qui les a regardés partir dans leur carriole.

— Les Algonquins ?

— Ouais, les Algonquins. Avec la fille qui s'est fait tuer. Ah, merde ! Ouais, j'crois bien qu'c'est ce jour-là qu'j'l'ai vu !

XXXII

GUERRE DES POLICES

J'aperçois de loin en arrivant à Greenknife les paraboles et les antennes sur les toits des vans des chaînes télé, garés n'importe comment, chevauchant les trottoirs et la chaussée, pendant que la horde journalistique s'est déversée dans le patelin en tendant leurs micros aux habitants qui se réjouissent visiblement de ce quart d'heure de gloire.

Les médias, en diffusant dans tout le pays l'info de la présence des tueurs dans la région, ont déclenché cette invasion de criquets affamés.

Bloquée par les embouteillages, je me gare de guingois sous un porche providentiel.

— C'est quoi ? Qu'est-ce qui se passe ? marmonne Saint-Vincent.

— Normal, bougonné-je. Quatre tueurs cinglés en cavale qui laissent des cadavres derrière eux et trois flics kidnappés ! Qu'est-ce qu'il te faut de plus ?

— C'est pas bon, ça, grommelle-t-il.

— C'est pas bon, je confirme en sortant de la voiture. Ça va foutre la trouille à nos quatre cinglés et qui sait ce que ça déclenchera ?

Sauvegarde et Saint-Vincent se lancent un coup d'œil inquiet tandis qu'on joue des coudes pour se rapprocher du poste de police assiégé par la foule.

On trouve le brigadier Moreauvich enfermé dans son bureau pendant que ses hommes retiennent les journalistes à l'extérieur.

— Tabarnak ! s'exclame-t-il. On peut plus bosser avec ces enquiquineurs !

— Vous avez eu des nouvelles ? je lui demande après lui avoir serré la main.

— Peut-être. Des gardes forestiers de Davidson ont relevé des traces de voiture près des restes d'un feu qui doit dater de deux jours.

— Ce qui indiquerait ?

— Que des gens ont campé là et peuvent pas être allés tellement plus loin. Car après, c'est le grand vide. Mais quand je dis grand vide, c'est tout le contraire.

Je le regarde, cherchant à comprendre.

— C'est plutôt trop plein. Cette foutue forêt est tellement dense que pour s'y rentrer faut des chars à tronçonneuses !

— Bon, dites-moi où c'est, et on y va.

— Hé, y a déjà du monde là-bas ! J'suis pas sûr que vous soyez les bienvenus.

— Sergent, ce sont mes flics qui ont été kidnappés ! Ce sont des évadés de notre prison qui les gardent, on en est certains. Alors, où voyez-vous qu'on n'est pas habilités à participer à la traque ?

Duel de mirettes avec Moreauvich. Un flic reste un flic. On ne donne pas ce qu'on peut garder. Puis il cède avec un soupir, ouvre un tiroir, sort une carte.

— Vous êtes habitués à la montagne ?

Je me contente de sourire.

— Comme vous voudrez.

Il prend un stylo, suit une route qui s'enroule, monte, descend et s'arrête sur un massif forestier gigantesque qu'il entoure.

— Là, la 245, pas trop bonne, plus une piste qu'une route, enfin macadamisée en partie. La seule qui mène à ce foutoir. Des arbres et des grottes, des ravins et des loups. Pas aut' chose. Si, des grizzlis. Dans le temps, j'vous parle en début de siècle, y avait des mines de charbon et d'étain. Mais tout ça, c'est fini.

Il nous regarde.

— S'ils sont là, vos tordus, ils ont l'avantage du terrain et pour les retrouver faudra tomber dessus ! Tabarnak !

— Vous nous dites que vous y avez envoyé des hommes ?

— Ouais. N'empêche. Ils fouillent depuis hier et n'ont toujours rien trouvé. Pas plus les cabots parce que des odeurs, y en a trop !

— Sauf des restes de feu. Et la voiture dont on a retrouvé les traces. Quel genre de voiture ?

— Ch'ais pas. L'ont dû la planquer, y a de quoi faire là-bas. Pas près d'la retrouver s'ils veulent pas. Sacré coin.

Je le regarde un peu de travers. Il me la joue comment le brigadier ? C'est quoi cette forêt ? Celle du Petit Chaperon rouge ? Ils ont peur du loup, les flics du coin ?

— Bon, on va aller voir sur place.

— Ouais. J'sais pas trop comment vous serez reçus.

— Ne vous en faites pas, je jouerai de mon charme.

Coup de froid dans le bureau. Je souris de toutes mes dents.

— C'est formidable que vous les ayez repérés, le caliné-je.

— On n'est pas sûrs que ce soit eux. Y a des chasseurs dans le coin.

— À cette saison ? Vous avez prévenu Winnipeg que vous avez réussi à pister les assassins des Parker et que nous sommes allés donner un coup de main à vos collègues pour récupérer les nôtres ?

Mais ou mon sourire a perdu de son éclat, ou vraiment ça l'emmerde que l'on s'immisce « dans son monde », car il reste froid comme un Inuit congelé.

— Allons-y avant qu'il nous enferme avec lui, murmuré-je à Sauvegarde.

On fonce vers la voiture. C'est le premier indice que nous recevons de la réapparition des frères Bernatchez. Pourtant, avec leurs gueules, ils ne devraient pas passer inaperçus. Leurs portraits-robots ont été diffusés partout, c'est peut-être pour ça que personne ne s'en approche. Ils foutraient la trouille à un régiment de morts-vivants.

On grimpe tous les trois sur la banquette avant et j'embraye, forçant les journalistes à s'écarter et répondant à leurs insultes par des majeurs dressés.

À part ça, aucun de nous trois ne moufte. On a tellement peur d'une fausse nouvelle que par superstition on se refuse d'évoquer la possibilité de coincer ces tordus et de récupérer les nôtres.

À la sortie du patelin, je mets les gaz. Mon téléphone se manifeste alors que j'entreprends de négocier une série de virages tordus à peine après avoir quitté Greenknife. De chaque côté de la route, large comme une langue de chat, le vide se creuse, et j'aimerais autant rester au milieu.

— Oui ? Shérif Grynspan.

— Oka, à l'appareil. Je peux vous parler ?

— Oui, une seconde, je vais essayer de me garer, car là, ça tourne un peu.

Je dégotte une portion de chaussée un peu plus large et m'arrête.

— Va mettre une balise chapeau sur la route, dis-je à Saint-Vincent. J'aimerais pas qu'on nous rentre dedans. Allez-y, Oka, je vous écoute.

— Je crois qu'on tient un bon suspect pour Sora.

— Ah bon, où êtes-vous ?

— À Portage-la-Plaine, dans un patelin nommé Sainte-Agathe, vingt-cinq kilomètres du camp algonquin. Au nord-est.

— Pourquoi le pensez-vous ? Il a un casier ?

— Pas encore vérifié. Mais le nez.

— Le nez ? Quel nez ?

— Le mien.

Je lève les yeux au ciel.

— Et ça vous suffit ?

— Où êtes-vous ? me rétorque-t-il.

— En route pour un coin merdeux où l'on a peut-être repéré les Bernatchez.

— J'ai besoin de vous. On peut rien faire à deux, et y a personne dans le coin pour nous aider.

— Désolée, mais les miens d'abord. L'officier O'Kelly est rentrée avec les autres policiers à Woodfoll. Je la préviens de vous contacter. Vous êtes où exactement ?

— À la sortie de Sainte-Agathe sur la route de Portage, je dirais… soixante kilomètres de Woodfoll. On a parlé à un patron de café qui a vu Sora avec le chef et son fils le jour où elle a été tuée.

— Et alors, vous pensez qu'il est dans le coup ?

— Qui ? Le cafetier ? Non, mais un autre type qui m'a paru pas clair, qu'on a interrogé ce matin et qui a dans son garage une voiture qui pourrait bien être celle qui a servi à transporter le corps. Le cafetier a dit l'avoir vu dans son café le même jour.

Je réfléchis. L'instinct de certains flics n'est pas une légende, et Oka peut être de ceux-là.

— Comment il s'appelle ?

— Heu… comment il s'appelle le gars de ce matin ? je l'entends demander à son adjoint. C'est pas Peter Paterson ?

— Ronald Paterson, rectifie Témiscouata.

— J'ai entendu. Ne bougez pas, je demande une recherche sur le fichier. Pourquoi il vous a paru suspect, brigadier ?

Je regarde en même temps Sauvegarde s'affairer sur l'ordi de bord.

— Il n'est pas du coin, il ne travaille pas, on n'a pas pu voir sa femme sous prétexte qu'elle a des migraines, et cette voiture très propre dans son garage, pas normal. D'ailleurs, il nous a pas amenés ailleurs que dans son garage. Et il est devenu nerveux quand je lui ai parlé de Sora. Un homme entre deux âges qui ne ressemble pas aux gens du coin et qui habite là depuis cinq ans.

Il n'y a rien dans le récit d'Oka qui implique que ce type soit un assassin sadique. D'autant qu'ils n'ont pas pu inspecter la maison ni vérifier l'intérieur de la voiture. Avec si peu d'éléments, il n'y aura pas un seul juge pour délivrer un mandat de perquisition.

— Il n'est pas dans le fichier des délinquants ou des gens recherchés, m'annonce Sauvegarde à ce moment-là.

Je transmets l'information à Oka.

À son silence, j'imagine qu'il est déçu.

— Il a pu changer de nom, avance-t-il au bout d'un moment.

— Peut-être, mais on n'est pas plus avancés. Vous savez, Oka, je dois y aller. Si vous avez des soupçons, je vous…

— Plus que des soupçons.

— Ce que vous m'avez dit n'indique pas sa culpabilité. Il n'y a pas l'ombre d'une preuve.

— Je n'ai pas besoin de preuves. Je sais que c'est lui.

Je m'efforce de maîtriser l'impatience qui me gagne. Les Indiens commencent à me courir avec leurs croyances. À ce compte-là, on n'a plus besoin de police ni de preuves, on n'a qu'à se fier au marc de café pour arrêter les assassins !

— Bon, Oka, désolée, mais je dois y aller. Demandez au sergent O'Kelly de vous envoyer des renforts si vous trouvez autre chose. On reste en contact.

— C'était quoi ? demande Sauvegarde.

— Le brigadier Oka croit qu'un type qu'ils ont interrogé ce matin pourrait être le suspect du meurtre de la jeune Indienne, réponds-je en démarrant.

— Ronald Paterson ?

J'acquiesce sans répondre, car les deux pentes super raides et fâcheusement profondes qui bordent la route retiennent toute mon attention. Je suis sujette au vertige et ne suis pas à l'aise sur cette bande étroite qui s'enroule sur elle-même et serpente comme une ligne de crête. Pour ceux qui apprécient le coup d'œil, c'est top, mais moi, je pense à mes amis retenus par les tueurs et j'ai envie d'arriver entière.

Le voyage dure plus d'une heure, avec de nombreuses manips au GPS, car les satellites ne se bousculent pas au-dessus de nos têtes. Il fait presque nuit quand on aperçoit sur la route l'effervescence policière qui indique que l'on est arrivé au bon endroit. Je me gare et on descend, carte professionnelle tendue bien haut, en se dirigeant vers les collègues qui nous regardent arriver. Ils sont armés comme pour la guerre d'Irak et aussi accueillants.

Je nous présente et demande à parler au chef de groupe. Un homme jeune, blond et pâlot, coiffé d'une chapka soviétique et engoncé dans une doudoune épaisse et trop grande, s'avance et me salue de la tête.

— Bonjour, monsieur. Shérif Grynspan de la GRC de Woodfoll. Je suis à la poursuite des quatre fugitifs qui se sont évadés de notre prison et qui retiennent peut-être trois de mes officiers en otage. Ils ont peut-être été repérés ici.

— Ça fait beaucoup de « peut-être ».

Je hoche la tête. Sympa le gars. Il a le teint d'un poisson mort et la chaleur confraternelle du yeti.

— L'on m'a dit que des gardes forestiers avaient repéré un feu de deux jours à côté d'empreintes de voiture sur ce versant de massif.

— Qu'est-ce qui vous fait penser que c'est eux ?

— Parce qu'il ne faut pas avoir d'autres possibilités pour camper en plein hiver dans cette forêt, et que c'est la première piste sérieuse que l'on ait.

— Vous êtes d'où, vous m'avez dit ?

Je grimace un sourire. Il commence à me plaire, le gars.

— Woodfoll. Et vous ?

Il hésite.

— Agent Ruskin, du bureau du FBI de Fargo.

— Que faites-vous ici, agent Ruskin ? demandé-je, décidée à ne pas lâcher de terrain.

— Échange de services criminels entre nos forces de police.

— Ah ? Très bien. Le FBI a une excellente réputation.

Il me toise pour chercher le lézard et je lui balance mon sourire cinéma… pour me rendre compte que, ou mes dernières années me plombent beaucoup, ou il n'est pas sensible à mon genre de beauté, car ça ne le déride pas.

— Et que faites-vous ici ? Vous n'êtes pas dans votre juridiction.

— Exact, mais nous, les Canadiens, on est moins formels là-dessus, et si on peut se donner un coup de main entre collègues… Ceux qu'on traque sont probablement les mêmes qui ont enlevé trois de mes officiers, comme je vous l'ai dit.

— Je dirige les hommes de la police de Winnipeg et ne peux pas être responsable des vôtres.

— Ah, mais vous ne le serez pas, agent Ruskin. Ils seront sous ma responsabilité. Je vous assure, on ne vous gênera pas. Bon, on peut y aller ? Les types qu'on poursuit sont des hommes très dangereux, habitués à vivre comme des sauvages. Des tueurs sadiques. On ne sera pas de trop. Le terrain à fouiller est immense.

Il ne répond pas et moi je bous d'impatience. On va discuter combien de temps pendant que Vincente et les autres se font peut-être bouffer tout crus !

— Je ne peux pas vous autoriser, claque enfin sa voix.

J'avance sur lui, épaules et dents en avant, quand je me sens retenue et me retourne furibarde pour croiser le regard de Sauvegarde.

— Je crois que l'agent Ruskin n'a pas le choix, chef. Ne le retardons pas, si vous êtes d'accord.

Je m'apprête à lui dire ce que je pense de son intervention, quand je surprends un bref clignement de sa paupière gauche.

J'hésite, foudroie du regard Ruskin, qui visiblement n'en a cure, et feins d'acquiescer à contrecœur.

— S'il arrive quoi que ce soit à mes officiers par votre faute, vous le regretterez, craché-je.

Il se tourne vers son chef de groupe.

— Allez-y, officier.

Puis me regarde de son œil délavé.

— Vous avez fait ce que vous avez pu, mais il y a des règlements même pour la police canadienne, shérif.

Et il se dépêche de monter dans son command-car, sûrement gelé jusqu'à la moelle des os, me dis-je avec un sourire gourmand. Puis, rendant son clin d'œil à Sauvegarde, je me dirige vers notre voiture.

— Partons.

Je fais un demi-tour acrobatique, reprends la route dans l'autre sens et m'arrête cent mètres plus loin hors de la vue de mon nouveau copain.

— Prenez le matériel, n'oubliez rien. Ça va être rude de grimper là-dedans. Vous êtes d'accord pour le faire ?

Ils se contentent de hausser les épaules et de s'équiper plus vite que je ne les ai jamais vus le faire.

Devant nous, la forêt s'étend comme une marée noire sur des dizaines de milliers d'hectares, et je ne peux m'empêcher d'être pessimiste quant à nos recherches. J'étale la carte que m'a donnée Moreauvich, repère l'endroit où a été vu le campement, sors ma tablette et entre les paramètres géostationnaires et approximatifs de la voiture repérée.

— Douze degrés est, est, vingt… non… vingt-quatre degrés nord. Par là, dis-je en désignant du doigt un point perdu dans l'immensité qui nous entoure.

XXXIII

CAUCHEMAR

Quand on avait emmené l'autre, il n'avait pas osé tourner la tête. Trois jours avaient suffi pour briser en lui tout esprit de rébellion. Il l'avait assis et attaché sur le deuxième tabouret. Le dos dans le vide. C'était ça le plus dur. Rester droit sans appui sous peine de prendre encore des coups.

Puis il avait déduit que c'était Vincente à cause des sanglots qui étaient ceux d'un homme. Qu'avaient-ils fait de Betty ? Il s'autorisa à le regarder bien longtemps après qu'ils les eurent laissés seuls.

Quand ils les avaient capturés, ils les avaient séparés en échangeant des borborygmes qui ressemblaient à des cris de joie. Il avait osé leur demander qui ils étaient et ce qu'ils voulaient.

Il n'avait pas fini sa phrase qu'une avalanche de coups lui était tombée dessus, accompagnée de crachats et d'insultes incompréhensibles. Puis ils l'avaient jeté à terre et bourré de coups de pied. Il s'était évanoui et quand il avait repris connaissance il était seul. Pas tout à fait, car un rat grimpait sur sa jambe et il avait hurlé en essayant de s'en débarrasser. Mais le rat avait eu le temps de le mordre.

Il avait si mal à ce moment-là qu'il aurait voulu mourir avant qu'ils reviennent. Mais quand ils étaient revenus, il n'était pas mort et ils l'avaient encore battu. Ceux qui les gardaient avaient le vice dans la peau.

Il tourna très lentement la tête vers l'autre prisonnier. Pourquoi pensait-il « l'autre prisonnier » puisqu'il savait que c'était Vincente ? Il agissait comme si les « autres » pouvaient entendre ses pensées et le punir.

Vincente avait la tête pendante sur la poitrine. Le corps affaissé. Il ne faisait pas assez clair pour voir son visage, mais il se doutait à quoi il ressemblait. Il l'avait entendu hurler quand il avait repris connaissance, et d'horreur avait fait sous lui. Depuis, il mijotait dans ses déjections.

Où était Betty ? S'ils avaient été capables de torturer Vincente et lui de cette façon, qu'avaient-ils fait à Betty ? Depuis combien de temps ces monstres n'avaient-ils pas vu de femmes ?

Il s'arrêta de penser et se mit à pleurer et à balbutier des mots sans suite. Il ignorait que c'étaient ses sanglots qu'entendaient ses geôliers de l'autre côté de la porte. Car s'il l'avait su, il aurait préféré se couper la langue avec les dents.

XXXIV

REFUGE

Ils étaient assis tous les quatre autour d'un panneau de bois posé sur des parpaings. En bout de table, Faustin, le contrefait, au bout opposé, Abel, l'aîné, une force de la nature ; et de chaque côté, Oscar à moitié aveugle parce qu'albinos, et Denis qui avait six doigts à chaque main.

Ils mangeaient un lapin à peine cuit qu'ils avaient chassé et dépouillé, s'essuyant la bouche du revers de la main, et les mains sur les guenilles qui les habillaient.

Comme à leur habitude, ils ne parlaient pas ; seuls les animaient les grognements de satisfaction de la nourriture. Ils avaient fait du feu dans une bassine qu'ils avaient trouvée, car ils étaient capables de vivre là où d'autres seraient morts. Ils connaissaient la faim et le froid parce qu'ils étaient nés dans un monde où famille, père, mère, foyer n'avaient pas de signification. Abel, né une dizaine d'années avant ses frères, s'en était occupé depuis qu'il les avait retrouvés seuls dans la cabane familiale un jour qu'il revenait de la chasse aux hérissons.

Faustin était le plus éveillé. Il connaissait mieux la nature et plus de mots. Mais le plus souvent il les gardait pour lui, car il ignorait quoi en faire.

Les fois où les frères étaient obligés de se déplacer dans un lieu habité pour acheter des choses qu'ils ne pouvaient ni pêcher ni chasser, c'était lui qui s'adressait aux commerçants en se forçant à ignorer leurs grimaces de dégoût, de peur et de mépris.

Abel planta son vieux couteau ébréché dans le plateau en le faisant vibrer. Ce n'était pas le plus méchant, mais il aimait faire étalage de sa force. Le plus méchant était Faustin. Oscar, l'albinos, était leur souffre-douleur, et Denis était chargé des corvées, les frères croyant que ses doigts supplémentaires l'aidaient.

Leurs claquements de langue s'arrêtèrent en même temps comme une mécanique bien réglée. Il y eut encore des bruits de bouche et des grognements de satisfaction. Ils n'étaient pas muets, mais se comprenaient sans se parler. Comme ils marchaient du même pas, ils n'avaient pas besoin d'en faire plus.

Faustin tourna la tête vers la porte qui donnait dans la cabane. C'est lui qui avait repéré la cabane. Enfin, ce bout de cabane. Parce qu'il n'y avait plus grand-chose qui tenait debout. Mais ils avaient arraché des restes de bouts de bois et avaient fait du feu. C'est comme ça qu'ils survivaient depuis trois jours.

Il se leva et se dirigea vers la porte. Il entendait des bruits, mais ça ne l'inquiétait pas. Il savait ce qu'il y avait derrière. Il fit signe à ses frères de le rejoindre. Le dernier à se lever fut Abel. C'était le plus lent.

Il les encouragea à coller leur oreille sur la porte, fermée par une targette qu'un bébé de six mois aurait pu pousser. Mais les deux types qui étaient derrière n'avaient plus la force d'un bébé de six mois.

Les gémissements qu'il entendit lui écartèrent les lèvres dans un rictus de satisfaction qui découvrit deux rangées mal plantées de chicots. Ses frères se touchèrent les poings de rire.

Quand, tout à coup, il se figea. Tourna brusquement la tête vers l'autre mur si déglingué qu'on pouvait voir entre les lattes et se précipita pour éteindre le feu qui brûlait dans la bassine.

Dehors, il avait entendu des marcheurs. Pas leurs pas sur le sol boueux, mais son ouïe très fine avait perçu le faible craquement d'une branche et des bruits de voix lointains que seuls des gens comme eux, vivant à l'écart du monde et de ses pollutions sonores, percevaient tels les prédateurs.

Ses frères s'étaient immobilisés, habitués à lui obéir au moindre geste. Retenant leur souffle, ils le regardèrent écouter. Faustin se tourna vers eux, l'index sur les lèvres.

On était venu jusqu'à eux.

XXXV

MORTELLE RANDONNÉE

J'ai l'impression de me noyer dans cette forêt qui semble n'avoir ni début ni fin. Nous avançons en file, attentifs à éviter les chausse-trappes que nous tendent les racines entremêlées des arbres, serrés au point d'être enlacés, et qui nous enferment dans un huis clos qui rend épuisante notre progression. Les branches des épicéas secouées par le vent nous balancent des tonnes de neige qui nous inondent. Depuis une heure que nous sommes entrés dans cet univers glacé, nul signe des fugitifs ou des nôtres. Nous grimpons sans savoir si nous sommes dans la bonne direction ou irrémédiablement perdus. Le GPS reçoit mal ou pas du tout les signaux des satellites, et mes efforts consistent principalement à garder en point de mire la route qui nous a amenés et est notre seule issue.

J'entends derrière moi les souffles épuisés de mes compagnons, car à l'intense effort physique qu'exige cette progression en aveugle s'ajoute l'appréhension de se retrouver brutalement face aux tueurs que l'on ne verrait ni n'entendrait arriver dans les conditions actuelles.

Je m'arrête enfin, à bout de souffle.

— Bon, on n'ira pas plus loin ce soir. On ne voit plus rien, on risque juste de se retrouver au fond d'une crevasse…

Je n'ai pas terminé ma phrase que j'entends derrière moi un cri assourdi accompagné d'un bruit de branches cassées et de pierres qui roulent.

— Hé ! que se passe-t-il ? je crie en me retournant et en fouillant les ténèbres des yeux.

J'aperçois en contrebas la silhouette de Saint-Vincent, mais sa partenaire n'est plus là.

— Oh ! Sauvegarde, où êtes-vous ?

Elle a disparu, absorbée par la forêt, et j'ai beau hurler son nom, elle ne revient pas. Je fais deux pas en arrière et me retrouve sur le bord d'une fosse que j'ai obligatoirement traversée puisque je la précédais.

Mais dans laquelle JE NE SUIS PAS TOMBÉE.

— Nom de Dieu, Sauvegarde ! Où êtes-vous ?

Saint-Vincent me rejoint et m'attrape le bras.

— Où elle est ?

J'éclaire le sol de ma torche, qui a perdu une grande partie de sa luminosité à cause de la densité de l'environnement, et sursaute en l'apercevant.

— Sauvegarde !

Elle est suspendue, les bras écartés au-dessus du vide de la fosse, accrochée par les mains à deux branches fichées dans chaque paroi, à deux-trois mètres du bord, le visage levé vers moi, les yeux fous de terreur.

— Bon Dieu, Sauvegarde ! Bougez pas ! On va vous tirer de là !

— Elle est tombée ! s'écrie son partenaire, horrifié. Oh mon Dieu !

— Arrête de brailler et passe-moi les cordes ! Philomène, tenez bon, dans une minute vous êtes dehors !

Mais son regard me fait craindre le pire. Qui peut tenir longtemps les bras en croix et les jambes dans le vide ? Je me couche sur le bord, imitée par Saint-Vincent qui paraît aussi affolé que sa partenaire, et fais tomber une grosse pierre par-dessus bord. Je compte machinalement les secondes avant qu'elle touche le fond. Cinq. Ce gouffre fait plus de cinquante mètres de profondeur.

Allongés l'un à côté de l'autre, on laisse glisser les cordes devant ses mains.

— Dès que vous le pouvez, Philomène, lâchez les branches et attrapez les cordes l'une après l'autre !

Pour toute réponse, elle me fixe d'un regard que je ne lui ai jamais vu. Je comprends alors qu'elle est sûre qu'on ne la tirera pas de là. Et comme pour lui donner raison, les cordes, au lieu de tomber droites devant elle, semblent ensorcelées et se tortillent en arrivant à sa hauteur pour lui échapper.

Affolée, je vois une des branches fichées dans la paroi plier au point de rupture.

— Lâchez-la, je hurle. Attrapez la corde ! Celle de droite !

Mais la branche se plie plus, et Saint-Vincent et moi, impuissants, voyons sa main gantée glisser.

— Tiens bon, Philo ! sanglote son partenaire. Attrape la corde gauche maintenant ! Grouille, Philo !

Philomène n'a pas prononcé un mot depuis qu'elle est suspendue au-dessus du gouffre noir, elle se contente de nous regarder comme pour nous dire adieu, semblant prête à mourir, et, de voir dans cette position de crucifiée cette femme si courageuse, j'enjambe le bord de la crevasse, me penche à la limite du déséquilibre, empoigne cette foutue corde, hurle à Saint-Vincent :

— Attrape-moi les jambes, bordel !

Ce qu'il fait en se couchant dessus pendant que Philomène réussit à saisir la corde au moment où la branche casse, et je la hèle en allant chercher des forces je ne sais où.

— Tiens-moi, putain ! je hurle à Saint-Vincent, me sentant glisser avec ma charge vers le gouffre.

Philomène tente de nous aider en s'accrochant des pieds à la paroi, mais, comme si cette foutue crevasse refusait de la libérer, d'abord son pied, puis sa parka se coincent. Mes bras me brûlent tant que j'en pleure de douleur, je m'arc-boute sur les genoux et, en lâchant une bordée d'injures à faire pâlir le diable lui-même, finis par lui attraper la main. Me rejetant en arrière, je réussis à la hisser par-dessus bord pendant que Saint-Vincent, toujours cramponné à mes genoux, lui crochète le col. J'ignore combien de temps je suis restée couchée dans la neige et la boue, incapable de reprendre mon souffle. Chaque muscle de mon corps est douloureux comme s'il avait été piétiné par un taureau. C'est Philomène qui s'est relevée la première.

Elle s'est penchée sur moi et son visage était si livide que j'ai cru voir un fantôme.

— Merci, Lou, a-t-elle dit.

J'ai dégluti, très inquiète.

— Comment vous sentez-vous ? Vous êtes blessée ?

— Non, je n'ai rien, je veux juste qu'on s'en aille avant que l'un de nous y reste.

Saint-Vincent s'est coulé vers nous, a pris son amie dans ses bras et lui a caressé la tête.

— Putain, Philo, ne me refais plus jamais ça. J'ai cru que tu allais tomber.

Je regardais ce gouffre noir qui avait failli la perdre, et moi qui ne crois à rien, j'ai cru y voir l'enfer. On s'est relevés et on a repris notre équipement. Je nous ai encordés et, en file, le GPS en main, on est redescendus. Je regardais la route en bas comme si c'était notre Terre promise.

Et même si la forêt se resserrait autour de nous, même si elle allongeait ses racines pour nous faire tomber, même si elle agrandissait ses fossés, j'ai levé les yeux et j'ai crié :

— Va te faire voir, salope !

XXXVI

MALENTENDU

Oka raccrocha, pensif, en regardant Témiscouata. Il venait d'expliquer la situation à l'officier O'Kelly juste arrivée au poste de Woodfoll avec ses collègues, et s'étonnait de sa réaction.

— Qu'est-ce que vous a dit le shérif Grynspan, brigadier-chef ?

Il soupira. Il venait de le lui dire.

Elle dut sentir son agacement, car elle ajouta :

— Je veux bien vous envoyer des renforts puisque le shérif est d'accord, mais on vient à peine de rentrer et tout le monde est fatigué.

Elle attendit un commentaire qui ne vint pas.

Elle n'avait rien contre les autochtones, elle avait même des amis parmi eux, mais force était de constater qu'ils ne pensaient pas pareil. Par exemple, les Blancs se servaient de la logique tandis que les Amérindiens suivaient plutôt leurs impulsions.

— Je vais demander au procureur un permis de perquisition, mais je serais étonnée qu'il l'accorde. Ce Paterson n'a aucun casier, pas même une contredanse, et le fait qu'il ne travaille pas et qu'il ne veut pas qu'on dérange sa femme souffrante n'est pas un délit.

Oka prit son temps pour répondre. Détachant les mots, il répéta que cet homme avait été remarqué au relais où était passée la jeune Sora le jour de sa mort ; que sa voiture était une Land Rover Defender surélevée qui n'était pas le véhicule habituel des gens de la région parce que trop gourmand en carburant ; qu'elle avait de gros pneus, qu'elle était propre comme un sou neuf – ce qui n'était pas courant – quand il l'avait vue avec son adjoint dans le garage.

O'Kelly brancha le haut-parleur, se demandant si elle était la seule à ne pas comprendre les arguments de l'Indien.

— Vous savez quoi, brigadier ? Il faudrait au moins confronter les traces laissées sur la scène de crime avec les pneus. Vous avez trouvé une trace suspecte dans ou sur la voiture ?

Oka jeta un coup d'œil exaspéré à Témiscouata.

— Je vous ai déjà dit : non. On n'avait aucun droit de l'inspecter à ce moment-là. Et pour comparer les pneus aux traces, il me faut une autorisation.

On en revenait toujours à la même chose, pensa O'Kelly. Mais entre la chasse aux tueurs, l'enlèvement et peut-être l'assassinat (elle eut un frisson d'horreur) de ses trois amis, et celui d'une jeune Amérindienne, on savait quels chats le procureur choisirait de fouetter.

Les forces de police aussi bien techniques que de terrain n'étaient pas extensibles. Et pour le moment tous s'occupaient du drame le plus grave.

— Obtenez-moi une autorisation de perquisition de la maison, du garage et de la voiture ! cracha Oka d'un ton claquant.

— Je vais essayer, mais c'est perdu d'avance. Délivrer un mandat de…

Elle se tut, le combiné en main. Le policier avait raccroché. Elle regarda Meredith Gallup assise de l'autre côté de son bureau. Celle-ci se pencha vers elle.

— Ils n'ont rien vu dans la forêt et sont rentrés à Greenknife, lui apprit-elle. J'ai eu Saint-Vincent. Il m'a dit que c'était impossible de les retrouver sans y mettre des milliers de flics. Sauvegarde est tombée dans une crevasse et a failli y rester. Ç'a été moins une.

— Criss ! cracha O'Kelly. Et alors, qu'est-ce qu'ils comptent faire ?

— M'ont pas dit. Il voulait quoi l'Indien ?

— Il croit avoir un suspect pour le meurtre de la jeune Algonquine.

— Eh ben, au moins, celui-là, il avance.

XXXVII

WOODFOLL, QUAI MONTCALM

Julia s'énerva à composer une nouvelle fois le numéro du portable de Lou et de tomber sans cesse sur sa boîte vocale. Elle revient du commissariat avec Hachiko, et les nouvelles sont si mauvaises qu'elle s'étonne à peine de ne rien recevoir de son amoureuse. Elle a compris que Lou est plutôt du genre à cacher qu'à exposer quand la bonne vie lui tourne le dos.

Elle s'assoit sur le canapé en regardant Hachiko planté devant la porte. Depuis que Lou est partie, à part pour ses promenades, il n'a pas bougé de là. Ses petites oreilles tressaillent dès qu'un bruit inconnu les frappe. Elle sait qu'il attend le bruit de ses pas. Il néglige même des friandises dont habituellement il est gourmand, comme s'il ne voulait pas être distrait. Pourtant, il n'est pas domestiqué. Le véto croit qu'il a perdu ses parents et que depuis il s'est débrouillé seul. Est-ce qu'on trouverait chez les humains pareil amour fidèle ? Non, bien sûr. Des enquêtes ont prouvé que l'on tombe amoureux des gens qui vous ressemblent plus ou moins. Parce qu'avant tout, l'on s'aime soi-même. Pas les chiens. Les chiens aiment leur maître. Inconditionnellement. Jusqu'à la mort. Comme l'ancêtre d'Hachiko qui a attendu le sien sa vie durant devant la gare de Tokyo.

Comment aime-t-elle Lou ? Et l'aime-t-elle ? Oui, même si ça la surprend. Leur histoire est si récente et, avec les évènements, elles se sont si peu vues… Est-ce qu'elle l'aime parce qu'elle est contente de ne plus être seule ? Non, se répond-elle. Depuis sa dernière liaison, dont la fin date de trois ans, être seule ne lui a pas pesé. La solitude, peut-être.

Être seule ou vivre dans la solitude est différent. Être seule laisse la possibilité de ne plus l'être un jour et peut être reposant. On vit à son rythme sans être obligé de se forcer. La solitude, en revanche, vous enfonce dans le néant et bouche l'horizon. Et Lou ? Lou l'aime-t-elle ? A-t-elle eu seulement le temps de se poser la question ? À quarante ans, ce n'est pas comme à vingt. À quarante ans, on doit se poser la question. Encore faut-il trouver le temps. Et depuis qu'elles se connaissent, Lou n'en a pas eu.

Et c'est tout de même un fichu hasard de rencontrer dans un bourg de moins de vingt-cinq mille habitants, au milieu d'une contrée à demi sauvage, quelqu'un qui vous fait craquer. Car c'est exactement ce qui est arrivé.

Quand Lou a poussé la porte de la boutique et lui a demandé à voir la montre en vitrine, elle a ressenti une secousse. Oui, une secousse. Ce mot est tellement bête qu'elle a du mal à le formuler. Coup de foudre ? Elle hausse les épaules. Ça ne lui est jamais arrivé, alors, ça n'allait pas commencer maintenant à quarante-six ans ! Donc, si ce n'est pas un coup de foudre, c'est quoi ? Le sentiment d'avoir fait une rencontre importante ? Elle hausse une nouvelle fois les épaules. Qu'est-ce qu'elle va chercher ! La vérité est que Lou lui a immédiatement plu. Voilà. Pourquoi vouloir se gratter l'oreille gauche avec la main droite ?

Et Lou ? Qu'a-t-elle ressenti ? Elle se souvient qu'après être entrée elle s'est arrêtée devant le comptoir et l'a regardée quelques secondes sans prononcer un mot. Et c'est elle qui lui a demandé en quoi elle pourrait l'aider, et Lou a seulement répondu par un large sourire. Visiblement, la séduisante shérif était singulièrement troublée au point d'en perdre la parole. Elle sourit. Pourquoi la vie n'est-elle pas faite que de ces petits instants de bonheur volé ?

Elle regarde Hachiko qui a redressé la tête. Est-ce possible que plus tard ils puissent vivre tous les trois ensemble ? Aucun d'eux ne connaît vraiment l'autre, à part peut-être le chien qui d'instinct fait confiance. Parce que si les humains ont gardé la raison, ils ont perdu l'instinct.

Est-ce que Lou est une femme solitaire ? Non. Elle lui a raconté comment elle a rencontré Hachiko et les efforts qu'elle a faits pour le ramener. Et elle aime être avec ses policiers. N'empêche.

À ce moment, elle voit Hachiko se redresser en grondant et les poils de son cou se hérisser. On frappe à sa porte, et elle se fige. Qui peut venir à cette heure ? Elle consulte sa montre : onze heures.

Elle se sent inquiète. Tous battent la campagne à la poursuite des Bernatchez. Et s'ils étaient restés dans le coin ? Et s'ils ont appris qu'elle est l'amie de celle qui leur court après ?

Hachiko roule des menaces dans sa gorge. Elle se lève.

— Qui est là ?

En même temps, elle s'assure d'un coup d'œil de la fermeture des verrous. Mais la maison est isolée et si ce qu'on dit de ces hommes est vrai…

— Le chef Istinak Shaw, répond une voix sourde au bout d'un moment.

Elle respire doucement. Elle connaît l'Indien. Il est venu une fois à sa boutique pour regarder un révolver Remington 1958 qu'elle avait acheté à un collègue. Il l'avait regardé, soupesé, mais le prix ne lui convenait pas. Elle avait failli devant son désappointement lui céder à prix coûtant. Mais il était brusquement ressorti.

— Vous… vous êtes tout seul, chef ?…

— Non, je suis avec le policier Dekawawido.

Ça la rassure sans qu'elle comprenne pourquoi. Pas qu'il soit avec un policier, mais qu'il ne lui cache pas qu'il était accompagné. Elle va ouvrir.

— Bonjour, chef, dit-elle.

Shaw incline la tête et entre sans autre forme de procès, suivi du policier.

Hachiko s'est déplacé et se tient entre Julia et eux. Son cou est toujours horripilé, bien qu'il connaisse le chef indien.

— Bon chien, dit Shaw, le désignant du menton. Un chien pour la chasse à l'ours.

Elle attend sans les prier de s'asseoir, ce qu'elle n'a pas besoin de faire, car ils s'installent sur le canapé qu'elle vient de quitter. Et soudain, elle a peur qu'il lui annonce de mauvaises nouvelles.

— Un problème, chef ? demande-t-elle d'une voix altérée.

Il hoche la tête.

— Ils ne les ont pas encore retrouvés… lâche-t-il brusquement en plantant ses yeux d'agate noire dans ceux de Julia.

— Les… les fugitifs ?

Il acquiesce.

— Ils sont protégés par les mauvais esprits.

— Les mauvais esprits ? …

— Ceux qui les ont fait évader…

À côté de son chef, Dekawawido reste figé.

Elle ne répond pas. De quoi parle-t-il ? Elle ignore les rapports qu'il entretient avec Lou, mais pense qu'ils ne doivent pas être mauvais. Lou lui a parlé de ses efforts pour rapprocher les deux communautés. Mais ce qui l'intéresse ce soir, c'est de savoir s'il a de ses nouvelles. Et elle ne sait pas comment le lui demander, car Lou lui a aussi confié que c'était un homme susceptible.

— Le shérif croit qu'en leur courant après elle va les attraper, dit Shaw au bout du même long moment qui sépare chacune de ses phrases.

— Elle n'est pas seule à le faire, répond-elle. Ils sont nombreux à les chercher. Ce sont des hommes dangereux.

Il se penche en avant.

— Les Esprits sont devenus mauvais, car on les a trompés, dit-il gravement.

— Qui a trompé les esprits, chef ? demande-t-elle avec un léger sourire.

Elle ne veut pas le vexer, seulement détendre l'atmosphère.

— Les Blancs. Les Blancs et leurs fausses promesses.

Il se redresse, les yeux fixés sur le mur devant lui.

Elle ne sait quoi répondre. Lou ne lui a pas particulièrement parlé de lui, et elle l'a vu une seule fois quand il est venu examiner le révolver. Mais elle sait que les autochtones croient aux esprits. On le dit paisible mais attaché aux traditions, et très politique. Son groupe est un des plus prospères. Les autres Amérindiens le craignent et le respectent, car il sait manipuler les autorités pour obtenir d'elles ce qu'il veut. Enfin, c'est ce qu'elle a entendu dire.

— Je ne suis pas au courant, finit-elle par lâcher dans un demi-sourire, comme une excuse.

Et puisqu'ils n'ont rien à lui apprendre, elle a envie qu'ils partent. Elle ne comprend pas le but de leur visite. Elle se dirige vers la porte.

— Je vous remercie d'être venu, chef, mais j'ai eu une rude journée et je suis fatiguée. Puis-je vous demander de m'excuser ?

Comme il ne bouge pas, elle pense qu'il n'a pas compris.

— Je suis inquiète pour les policiers, ajoute-t-elle.

Il se lève, reste un instant debout devant elle.

— Quand vous verrez le shérif, dites-lui que tant que les Blancs n'apaiseront pas les mauvais esprits, les évadés resteront dehors.

— Ils savent quoi faire pour les apaiser ?

La question est sortie sans qu'elle y pense.

— Je l'ai dit à la gouverneure qui le lui dira.

Il fait un pas vers elle, déclenchant de nouveaux grondements d'Hachiko.

— Les miens sont là depuis des millénaires et maintenant nos Braves ne peuvent plus reposer en paix. Nous voulons justice.

Avant qu'elle ait pu faire un geste ou poser une autre question, il lui tourne le dos et se dirige vers la porte, le policier sur ses talons.

— Nous voulons justice, répète-t-il en sortant, sinon les Blancs connaîtront l'enfer.

XXXVIII

SUR LA ROUTE

Linda O'Kelly, accompagnée de Meredith Gallup et Ray LeBlanc, un sergent métis de mère algonquine du clan des Attikameks, fort de quatre mille trois cents âmes, et de père français, arriva au rendez-vous donné par Oka à quatre heures de l'après-midi. Le jour avait déjà presque disparu et dans le ciel roulait d'inquiétants nuages gonflés de pluie et de neige.

Dire qu'elle avait obéi à son chef avec enthousiasme serait mentir. Elle n'avait eu, pour faire un saut chez elle et voir sa famille, qu'une petite heure qu'elle avait passée à recueillir les doléances de ses deux enfants qui se plaignaient d'avoir mal mangé avec leur père, et les reproches dudit père qui s'était trouvé débordé par ses nouvelles obligations.

Pour se calmer et les calmer, elle confectionna en moins d'une demi-heure une tarte au sucre qu'ils avalèrent avec gourmandise, bien qu'à son avis elle manquât de cuisson, mais dans l'esprit de la maisonnée elle avait repris sa place essentielle.

Pendant qu'ils se gavaient, elle s'était douchée, changée et, profitant des quelques minutes qui lui restaient, elle avait pensé que la vie d'épouse était bien plus chiante que celle d'époux, mais qu'il était aussi trop tard pour changer.

— T'as vu le ciel ? dit Meredith en constatant qu'un couvercle ténébreux envahissait peu à peu l'horizon, transformant au fur et à mesure qu'ils avançaient la nuance bleu pigeon du ciel en aile de corbeau.

— Oui, j'ai vu le ciel. Et qu'est-ce que j'y peux ?

Meredith regarda d'un air surpris sa collègue qui était aussi sa bonne copine. Bon, Linda n'était pas réputée pour avoir le meilleur caractère du monde, mais là elle sentait autre chose.

— Qu'est-ce que t'a dit le chef ?

— De retrouver Oka et l'autre, répondit O'Kelly après un coup de volant destiné à éviter un profond nid-de-poule.

— Ils sont sûrs de leur coup ? s'inquiéta Meredith qui trouvait que si le suspect en question était l'assassin sadique de la jeune Indienne, il aurait fallu plus de monde. Un type qui n'a plus rien à perdre peut se retrancher chez lui et tenir une armée à distance. Et sur ce coup-là, l'armée en question consistait en deux femmes plus habituées à dresser des PV pour ivrognerie, d'un mec à six mois de la retraite qui, même jeune, n'avait jamais été un foudre de guerre, et de deux flics indiens dont le principal boulot consistait à régler des contentieux de voisinage ou de mauvais sorts.

O'Kelly vit de loin la jeep verte des autochtones rangée presque au milieu de la route. Elle hocha la tête.

— Il avait un coup dans la tuque quand il s'est garé... bougonna-t-elle.

Elle s'arrêta derrière et ils descendirent tous les trois. Oka et Témiscouata les regardèrent débarquer, l'air impavide.

— Bonjour, brigadier, bonjour, sergent, salua O'Kelly. Vous avez eu du mal à vous garer ? dit-elle en désignant la jeep.

— C'était pour que vous la remarquiez, répondit Oka et que vous n'alliez pas trop loin.

O'Kelly se contenta de soulever les sourcils.

— Bien, brigadier. Alors, où est-ce qu'il est votre suspect ?

— Par là derrière, répondit Oka en tendant le bras. Attention, c'est pas un niaiseux, va falloir être habile.

O'Kelly soupira et lança un coup d'œil à Meredith.

— Vous le connaissez déjà, c'est vous qui nous guiderez, répondit-elle.

Il acquiesça. Il avait craint que les policiers blancs prennent la main.

— Alors, allons-y, décida-t-il.

Ils se dirigèrent vers la maison de Paterson sans se cacher. Lorsqu'ils furent arrivés à la grille, Oka appuya sur la sonnette. Deux fois, trois fois.

— Vous êtes sûr qu'il est là ? s'inquiéta O'Kelly.

Mais à cet instant la porte de la maison s'ouvrit et une silhouette se matérialisa sur le seuil. Cependant, il faisait trop sombre à cette distance pour reconnaître quelqu'un.

La silhouette parut hésiter et enfin s'engagea dans l'allée. Lorsqu'elle fut à quelques mètres, ils constatèrent que c'était une femme.

— Pardonnez, dit Oka, je suis le brigadier Oka de la police indienne, et voici les policiers de la GRC de Woodfoll. Pourrait-on voir votre époux ? Je l'ai prévenu ce matin.

Elle rajusta son châle. C'était une femme assez maigre, pâle, qui effectivement ne semblait pas en très bonne santé, pensa Oka.

— Il n'est pas là, lâcha-t-elle avec une certaine mauvaise humeur.

Oka se raidit. Qu'est-ce qu'elle racontait ? Ils surveillaient la maison depuis des heures.

— Vous êtes sûre, madame ? Vous êtes sa femme ?

Elle acquiesça.

— Nous sommes là depuis un moment et nous ne l'avons pas vu sortir.

— Il est parti par l'autre côté.

— L'aut' côté ? Quel aut' côté ! s'insurgea Oka qui se sentit pris pour un méchant brochet (personne stupide). Et pourquoi il serait parti par l'aut' côté ? On devait revenir lui parler !

Elle ne répondit pas, se contentant de hausser les épaules.

— Et il revient quand ? intervint O'Kelly, sentant qu'il s'énervait.

Ils s'étaient farci deux heures de route et le mec s'était barré !

— Y m'a pas dit.

— Il est parti en voiture ? demanda Oka.

Elle le regarda sans comprendre. Et il serait parti comment, en hélicoptère ?

— Oui, en voiture.

— On peut entrer ? On aurait quelques questions à vous poser , intervint O'Kelly.

— Sur quoi ?

— On vous le dira à l'intérieur.

L'éventualité ne parut pas séduire madame Paterson.

— Mon mari n'aime pas que des étrangers viennent quand il n'est pas là.

— On n'est pas des étrangers, s'énerva O'Kelly, on est de la police et on aimerait vous parler.

La femme hésita, regarda autour d'elle comme pour chercher un appui.

— Bon, entrez, mais il ne sera pas content, répondit-elle d'un ton inquiet qui n'échappa pas aux policiers.

— Merci, dit O'Kelly qui profita que la femme ouvrait enfin la grille pour entrer rapidement avec les autres.

Ils suivirent l'allée et s'arrêtèrent devant la maison.

— Vous avez un mandat ? demanda brusquement la femme comme si elle venait tout à coup de se souvenir d'un détail important.

— On n'a pas besoin de mandat, on veut juste parler avec vous, dit O'Kelly qui se planta devant la porte.

La femme ouvrit à contrecœur et ils entrèrent. Le corridor était sombre, mais menait rapidement à une salle éclairée par une suspension. Ils se dispersèrent à l'intérieur tandis que la femme, les bras croisés sur la poitrine, tenait son châle comme un bouclier.

— Vous savez où est parti votre mari et quand il va revenir ?

La femme haussa les épaules.

— Mon mari ne me le dit jamais. Il va, il vient.

— Qu'est-ce qu'il fait votre mari ?

La femme regarda O'Kelly comme si elle ne comprenait pas la question.

— Qu'est-ce qu'il fait ? Il travaille ? s'énerva O'Kelly qui ne digérait pas la balade.

— Oui… enfin … non, il s'occupe.

— De quoi ? De quoi il s'occupe ?

La femme haussa les épaules et secoua la tête.

— J'sais pas, y m'dit pas. Il fait des choses.

— De quoi vous vivez si ni votre mari ni vous ne travaillez ? intervint Meredith Gallup.

La femme parut réfléchir à la question.

— J'ai une petite pension et mon époux a fait un héritage.

Les flics se regardèrent. Ils mouraient d'envie de visiter la baraque qui semblait assez importante. Cette femme ne savait rien ou ne dirait rien. Facile de voir qu'elle craignait son mari. Mais comment perquisitionner sans mandat ? O'Kelly se tourna vers Oka.

— Brigadier, qu'est-ce que vous a dit monsieur Paterson quand vous l'avez vu ce matin ?

— Y m'a dit… y m'a dit que je revienne si j'avais besoin.

Elle s'adressa à leur hôtesse :

— Vous permettez, j'ai pas une bonne mémoire, dit-elle en sortant calepin et stylo. Alors, nous sommes au village de Sainte-Agathe et vous êtes madame Paterson, commença-t-elle.

Elle releva la tête.

— Excusez, vous êtes mariée depuis combien de temps à monsieur Paterson ?

— Six ans, je crois…

— Six ans… et ni l'un ni l'autre n'avez d'occupations rémunérées…

O'Kelly répétait ce qu'elle écrivait pour rassurer la femme. Vieille technique des interrogatoires non formels.

— Avant de vous marier, vous avez travaillé ?

— Oui, j'étais au Bureau des affaires civiles… C'est d'ailleurs là que monsieur Paterson et moi, on s'est rencontrés.

— Ah ? À quelle occasion ?

— Il venait d'acheter la maison et voulait la faire enregistrer.

— Très bien, dit O'Kelly en écrivant sur son carnet. Donc, la maison est plutôt à lui ?

La femme secoua affirmativement la tête.

— Plutôt à lui, répéta O'Kelly. Pas d'enfants ?

— Non…

La femme hésita.

O'Kelly releva la tête vers elle.

— Pas d'enfants, c'est ça ?

— Mon mari dit qu'il en a eu, mais je ne sais pas.

Meredith lança un coup d'œil à sa collègue.

— Vous ne les avez jamais vus ? intervint-elle.

— Non…

— Ce qui m'étonne, voyez-vous, dit soudain O'Kelly, c'est que vous ne nous demandiez pas pourquoi on est là à vous interroger.

La femme resta coite.

— Votre mari vous a parlé de quelque chose, peut-être ?

La femme secoua négativement la tête.

— Il vous a peut-être parlé de l'assassinat de la jeune Algonquine du camp voisin ?

La femme secoua négativement la tête.

— Vous ne saviez pas ?

Elle faillit recommencer son geste.

— Si, enfin… on en parle…

— Vous la connaissiez ?

La femme secoua négativement la tête.

— Vous auriez pu, insista O'Kelly. Le camp algonquin n'est pas si loin de chez vous.

— Votre mari a dû vous en parler, intervint Oka nerveusement.

— Peut-être, je ne m'en souviens pas. Je l'ai entendu à la télé, sûrement. Vous notez tout ce qu'on dit ? demanda-t-elle à la policière.

— Oui, je préfère. Comme je vous disais, je n'ai pas beaucoup de mémoire et comme on interroge aussi vos voisins, je ne mélange pas.

La femme resserra son châle sur elle.

— En tout cas, nous, on sait rien.

— Ah bon, vous permettez, je note. Madame Paterson dit que son mari et elle ne savent rien. Mais comme le mari est absent, nous devrons revenir, continua-t-elle. Voilà. Bien. Brigadier, vous avez d'autres questions à poser à madame Paterson ?

Oka parut chercher, puis :

— Votre mari m'a dit que vous souffriez de migraines… Souvent ?

— Assez, oui.

— Votre mari était là le 13 avril. Je veux dire, il était avec vous ?

— Comment je pourrais m'en rappeler ?

— Parce qu'il a dit être allé ce jour-là au marché de Grandville.

Elle haussa les épaules avec une moue d'ignorance.

— Bien, décida O'Kelly, on va en rester là pour l'instant si vous ne voyez rien d'autre, brigadier… On reviendra pour parler à votre mari. Brigadier, voulez-vous donner à madame Paterson votre numéro de portable pour que monsieur Paterson vous appelle quand il rentrera ?

Oka, le visage fermé, tendit à la femme sa carte qu'elle prit sans la regarder.

— Vous avez une voiture, madame Paterson ? demanda O'Kelly en reprenant son stylo.

— Oui, bien sûr.

— De quelle marque ?

Elle haussa les épaules.

— J'connais pas les marques…

— Mais vous vous en servez ?

— Non, c'est pour mon mari.

— Vous restez toujours ici ?

— Non, parfois, je l'accompagne…

— Vous savez conduire quand même ?

— Pas bien.

— Bon, ben, cette fois, on va y aller. Merci, madame Paterson, de nous avoir donné de votre temps. On va continuer à interroger le voisinage, car, voyez-vous, cette jeune fille, Sora, avait dix-neuf ans et a été tuée sauvagement. Alors, on voudrait bien mettre la main sur le sadique qui a fait ça. Si vous entendez quoi que ce soit, madame Paterson, n'hésitez pas à contacter le brigadier Oka. Même si ça vous semble un détail, tout peut nous aider. Merci, madame.

O'Kelly fit signe aux autres et sortit. Ils remontèrent l'allée sans parler. Oka, l'air sombre, semblait visiblement contrarié. Ils arrivèrent aux voitures.

— Brigadier, désolée, mais la conversation s'est emmanchée comme ça, dit O'Kelly, remarquant l'air furieux de l'Indien, et j'ai vite compris comme vous que cette femme, même si elle sait quelque chose, ne nous dira rien. Elle est terrorisée par son mari.

Elle attendit un commentaire qui ne vint pas.

— Bon, nous, on va rentrer parce que je vois que se prépare un sale temps. Tenez-nous au courant de ce que vous apprendrez et surtout quand vous pourrez parler au mari.

— C'est lui qui l'a tuée, dit soudain Oka. Et elle le sait.

— C'est bien possible, brigadier, c'est bien possible. Mais il nous faut des preuves ou des aveux, vous savez bien. Bon, en route, les gars. On en a une sacrée devant nous, dit O'Kelly à ses collègues.

À l'est, le temps était redevenu fort menaçant.

XXXIX

SCÈNE DE VIE CONJUGALE

Ronald Paterson regarda les policiers monter en voiture et s'éloigner chacun dans un sens. Il serra les lèvres. Ces *rozzers* pensaient vraiment qu'il avait une poignée dans le dos[1] ?

Dès que l'Indien était reparti le matin, il savait qu'il reviendrait. Il avait surveillé la route et ça n'avait pas manqué : moins d'un quart d'heure après, il l'avait vu radiner et se coller dans les buissons en croyant être invisible ! Et ces cons étaient restés toute la journée dans leur voiture à se les geler !

C'est quand les autres étaient arrivés qu'il avait sorti sa voiture du garage et fait le tour du terrain pour filer de l'autre côté.

Il attendit encore un moment pour être sûr qu'ils ne reviennent pas. Rassuré, il alla ouvrir la grille, gara sa voiture dans le garage, puis remonta chez lui. Il trouva

1- Ils le prenaient vraiment pour un imbécile.

sa femme dans la cuisine attablée à boire une de ses tisanes habituelles.

Elle le regarda débarquer sans dire un mot.

— T'as eu de la visite, hein ? demanda-t-il en enlevant sa grosse veste.

Elle acquiesça.

— Qu'est-ce qu'y te voulaient ?

— Te parler.

— De quoi ?

Elle le fixa.

— Tu sais bien : le meurtre de l'Indienne.

— Ah, et qu'est-ce t'as dit ?

— Que t'étais parti et qu'on ne savait rien.

— C'est tout ?

— Ouais.

Il alla prendre un verre d'eau qu'il but en entier. Elle le regarda faire.

— Y sont pas restés si longtemps pour seulement échanger trois paroles.

— Ils voulaient savoir si y avait longtemps qu'on était mariés.

— Qu'est-ce ça peut leur foutre !

Elle haussa les épaules.

— Et qu'est-ce t'as dit ?

— J'ai dit six ans. Et j'ai dit aussi qu'on s'était connus quand t'étais venu faire enregistrer l'acte d'achat de la maison.

— Pourquoi t'as dit ça ?

— Parce que c'est vrai.

Il s'assit en face d'elle et posa ses poings serrés sur la table.

— T'as pas dit des trucs que tu saurais pas, pour faire l'intéressante ?

Elle vida sa tasse de tisane et se resservit.

— Tu vas pisser comme une truie à boire tout ça !

— Ils ont dit aussi qu'ils reviendraient et m'ont dit que tu téléphones à l'Indien pour dire quand t'étais là. Y m'a donné son numéro.

— Occupe-toi de tes fesses, je sais c'que j'ai à faire !

Elle le fixa avec une telle férocité qu'il en fut ébranlé.

— J'ai un carnet, dit-elle.

— Hein ? Un carnet de quoi ?

— Un carnet où je note.

— Tu notes ? Tu notes quoi ? Les fois où je te baise ! s'esclaffa-t-il.

— Je note tout ce qui se passe.

— Tout ce qui se passe. Tout ce qui se passe où ?

— Tout ce qui se passe ici.

— Tout ce qui se passe ici ? Ah ouais, ce doit être super intéressant ! Et où il est ce carnet ?

— En lieu sûr !

Il faillit la cogner, mais se rendit compte que cette charogne ne dirait rien, même si elle prenait des coups. Elle était comme ça. N'empêche, il devait savoir. Même s'il ne la croyait pas trop.

Ils restèrent à s'observer en silence, tels deux boxeurs avant un round.

— Tu peux m'dire à quoi te sert ce carnet, s'il existe ?

Elle alla s'adosser à l'évier. Il fut étonné de son calme.

— Alors ?

Dehors, le vent s'était levé.

— Une sécurité, lâcha-t-elle en le fixant.

— Une sécurité !

Il s'esclaffa.

— Une sécurité pour quoi ?

Elle pivota vers la fenêtre et regarda à l'extérieur. Ce mouvement fit voler son châle autour d'elle, rappelant à Ronald une scène du film *Manolete* qu'il avait vu à la télé. Manolete toréait dans les arènes de Madrid, et, avant la dernière mise à mort, avait, sous les acclamations des aficionados, délibérément tourné le dos au monstre de quatre cents kilos qui piaffait avant de charger. Était-elle si sûre d'elle-même ?

— Au cas où il m'arriverait quelque chose.

— Putain, qu'est-ce qui peut t'arriver ? Que tu te noies dans tes tisanes ?

Il eut un rire grinçant.

— Ma parole, tu lis trop de romans merdeux !

Il laissa passer une poignée de secondes.

— Et il est où ce carnet ?

Elle répondit avec du retard :

— Chez une amie.

Il s'esclaffa.

— Parce que t'as une amie, toi ? J'la connais cette amie ?

— Non.

— Tu te fous de moi, espèce de charogne !

— Pense ce que tu veux.

Elle se retourna et le fixa.

— Pourquoi la police veut t'interroger sur le meurtre de cette fille ?

— C'que j'sais !

— Eux avaient l'air de savoir.

Il se releva brusquement, mais elle continua à le défier du regard.

— Si tu me fais du mal, je leur donne le carnet !

Il eut envie de la tuer.

— T'es qu'une salope ! Une putain de salope ! T'as pas intérêt à déconner avec moi ! Fais-moi à manger, je crève de faim.

— T'as pas fait de courses, y a rien.

Il serra les poings à s'enfoncer les ongles dans la paume. Elle le remarqua et s'éloigna. Il la suivit des yeux. Il ne savait pas quoi faire. C'était quoi cette histoire de carnet ?

— Bon, si y a rien, j'vais bouffer dehors. Et toi, t'as qu'à te sucer les doigts.

Il enfila sa veste, hésita sur le seuil de la porte.

— T'as pas intérêt à m'emmerder, lâcha-t-il encore avant de sortir.

XL

CAFARD

J'ai renvoyé il y a deux jours à Woodfoll Philomène Sauvegarde et Saint-Vincent. Moreauvich a eu la courtoisie de les faire raccompagner par… sa femme. Tous ses hommes étaient sur le terrain. Philomène ne s'est pas vraiment remise de sa terreur d'avoir failli disparaître dans la crevasse, et Saint-Vincent de la croire perdue. Moi, je reste parce que, si l'on ne retrouve pas mes flics, ce sera ma dernière mission. Je quitterai la GRC.

Un chef est responsable avant tout de la vie de ceux qui le suivent. C'est à lui d'évaluer les risques qu'il leur fait courir, et moi par deux fois je n'ai pas su le faire.

Danny Smyth, le chef de la police de Winnipeg, m'a téléphoné pour me féliciter d'avoir sorti mon officier de la crevasse. Ça ne m'a pas consolée, on a eu de la chance. Philomène a trois enfants, je ne veux même pas imaginer le drame.

Quant à Vincente, Felix et Betty, je n'ai plus beaucoup d'espoir de les retrouver vivants. Burns m'a appelée pour m'informer de l'ambiance à la prison.

— Ça ne se passe pas bien, m'a-t-il appris. L'évasion des frères Bernatchez, sans que l'on sache le motif de la panne des ordinateurs, a fait naître aux autres l'espoir de rééditer l'exploit. Ils guettent le moindre incident et sont devenus ingérables. Trois sont au mitard pour avoir roué de coups un gardien qui leur faisait une réflexion et qui a dû être évacué par hélico à l'hôpital de Winnipeg. Du coup, la 3AP est en isolement total et des hommes de l'armée sont arrivés en renfort. L'enterrement des deux jeunes gardiens, Willy Wanza et Tom Wiener, a donné lieu à des manifestations de colère de la part de la population, qui se sont transformées en émeutes quand les journaux ont dévoilé la façon dont ils avaient été tués. Et le directeur Gardner qui a l'Administration sur le dos s'en prend à nous.

Toute la région est au courant, car c'est remonté jusqu'au gouvernement, et le Premier ministre Trudeau a été mis en accusation devant la Chambre des communes par l'opposition conservatrice. Il a ensuite interpellé la lieutenante-gouverneure de la province, Janice Felton, et lui a refilé la patate chaude.

Ce que m'apprend le sergent-major Burns me conforte dans ma décision de ne pas avoir laissé la responsabilité du commissariat aux seuls auxiliaires, mais d'y avoir renvoyé O'Kelly et ses collègues, plus à même de faire face aux difficultés. La population de Woodfoll n'est plus celle des pionniers qui réglaient leurs problèmes à coups de carabine, mais ce ne sont pas dans l'ensemble des gens très patients. Leur vie est rude et chaque dollar est gagné à la force du poignet. S'ils ont pensé bénéficier de retombées économiques lors de la construction de la 3AP comme on le leur avait fait miroiter, ils ont compris à présent que non seulement il n'y en aurait pas, mais qu'en plus la sécurité avec un tel voisinage devenait précaire.

La presse s'est mise de la partie et déchire à pleines dents cette Gendarmerie royale canadienne qui non seulement n'est pas capable de garder dans une prison haute sécurité des malfrats parmi les plus dangereux du pays, mais n'a pu éviter l'assassinat de leurs deux gardiens, celui d'une mère et de son fils qui se trouvaient sur leur route et enfin ont kidnappé trois policiers de cette GRC. Car notre statut de gendarmes nous fait aussi obligation de veiller à la sécurité dans les prisons de notre secteur. Ce dont nous n'avons pas été capables.

Dire que le pays est sens dessus dessous est un euphémisme. C'est une traînée de poudre qui ne s'arrête pas. James Lookwood, le maire de Woodfoll, Harold Gardner, le distingué directeur de la 3 AP, ont été, pour le premier, sommé de s'expliquer devant la gouverneure Filmon au cours d'une session extraordinaire du Parlement du Manitoba, et pour le second, appelé devant la Commission juridique de la province.

Jennie Harper, l'officier que j'ai nommée responsable de l'informatique, me donne des nouvelles du poste et des collègues. Julia a voulu me rejoindre, mais je l'en ai empêchée. La discussion n'a pas été tendre et je m'en suis voulu. Mais j'aime lécher seule mes plaies, et de veiller à sa sécurité m'aurait distraite de ma mission.

J'habite toujours chez l'aimable Canadienne impassible et ses cinq chiens. Elle garde les femelles à l'intérieur et les deux mâles dorment dehors dans une niche. Elle a saisi la distribution des rôles. Ma seule distraction quand je rentre le soir après avoir crapahuté toute la journée avec la police nationale, une brigade de l'armée et les flics régionaux dans cette foutue forêt qui nous dévore les jambes, c'est de jouer avec l'une des femelles, Orphie. Ce qui ne plaît pas à mon hôtesse, car Orphie, grogne-t-elle, ne pense justement qu'à jouer et elle n'a pas besoin de ça.

J'arrive comme d'habitude au poste de Moreauvich à huit heures. En général, je rejoins les autres dans une caserne qui a été mise à la disposition des différentes forces de l'ordre venues de Winnipeg ou même de plus loin, où nous établissons ensemble le briefing du jour.

Mais ce matin, c'est le pâle et blondin agent Ruskin du bureau du FBI de Fargo qui s'empare des manettes.

— Shérif Grynspan, me salue-t-il, fait pas chaud ce matin, n'est-ce pas ?

Remarque inutile, car depuis que je suis dans ce foutu bled la température n'est jamais remontée au-dessus de -18 °C, et le vent de cesser de vous couper en deux.

— Fargo, répliqué-je, c'est bien le nom du bled de ce film des frères Coen où une shérif enceinte vient seule à bout de deux criminels complètement chargés, n'est-ce pas, agent Ruskin ? Il faisait pas chaud non plus là-bas.

— Affirmatif. Le film a eu beaucoup de succès et du coup Fargo est devenu célèbre, sourit-il. (C'est la première fois que je le vois sourire.)

— Peut-être que Woodfoll connaîtra le même sort, à condition, bien sûr, que je réussisse comme elle, dis-je en grinçant.

Ma réflexion le rend presque joyeux.

— On y arrivera, shérif. On fait tout pour. À ce propos, si vous préférez, au lieu de marcher avec les rabatteurs, je voulais vous proposer de vous joindre à mon équipe. Qu'en dites-vous ?

Je réfléchis à sa proposition. Elle est aimable, les fédéraux ont le sens du confort, et la troupe d'une dizaine d'hommes qu'il a réunie bénéficie d'après ce que j'ai appris d'une meilleure bouffe et de boissons chaudes dès qu'ils en manifestent le désir.

— Je vous remercie, agent Ruskin, mais ne craignez-vous pas que votre hiérarchie n'apprécie pas la collaboration d'un membre de la GRC ?

— Non, à cause du mauvais temps comme vous l'avez remarqué, ni l'hélico ni les drones n'ont pu prendre l'air jusqu'ici, et le chef Danny Smyth veut qu'on force notre chance. Nous devons rattraper ces salopards et en même temps délivrer vos hommes. Vous ne serez pas de trop, shérif, vous connaissez la région.

Pas du tout, et il le sait. Je ne suis jamais monté aussi haut. Nous sommes à la lisière du Nunavut, un territoire constitué de presque autant d'eau que de terre, et dont la part terrestre repose en grande partie sur la cordillère arctique, qui culmine au mont Barbeau à deux mille six cent seize mètres d'altitude, ce qui explique nos difficultés à fouiller cette effrayante forêt située sur le bouclier canadien, appuyé d'après ce que j'ai appris de Moreauvich sur un substrat rocheux traversé de nombreux effleurements nus de roches. Et nous, on est exactement là, au lieu d'avoir eu la chance que ces tordus de Bernatchez aient choisi la toundra arctique pour se planquer, même si cette toundra qui recouvre presque toute la surface du Nunavut, et dont la végétation se compose d'herbes dures, de lichens et de saules arctiques, ne ressemble pas non plus à une salle de bal.

C'est vous dire comme le coin est riant, et pourquoi il y a moins de quarante mille habitants qui y vivent sur une surface qui à l'ouest se baigne dans l'océan Arctique, à l'est dans la mer de Baffin, et est grande comme l'Europe occidentale.

Ajoutez que la température les trois mois d'été ne dépasse pas le zéro, que celle de l'hiver peut s'affaler jusqu'aux moins cinquante, ça explique que je n'y ai jamais mis les pieds, ni autre chose, comme la plupart de mes compatriotes.

— Alors, qu'en dites-vous ? Si vous avez votre équipement, je vous embarque pour rejoindre la caserne où attendent nos hommes.

Qu'est-ce qu'il lui est arrivé cette nuit ? C'est sûrement pas le remords, les feds ne connaissent même pas le mot.

— Eh bien, d'accord, dis-je. Merci, agent Ruskin.

Il sourit une nouvelle fois. À mon avis, il a dû mélanger à son café du matin des champignons délirogènes, style l'amanite tue-mouche.

Le briefing est vite expédié. Ruskin prévient ses hommes que je me joins à eux et qu'ils doivent suivre mes recommandations étant donné, s'obstine-t-il, que je suis du coin. Je ne rectifie pas.

Au moment où l'on va se mettre en route, un sergent de la police montée vient nous prévenir qu'on a retrouvé la voiture ayant vraisemblablement servi au périple des quatre tueurs. Après que la *forensic* l'aura « auscultée » sommairement, elle sera descendue pour être désossée en laboratoire.

— Où et comment l'a-t-on retrouvée ? demande Ruskin.

— À moins d'un quart de mile au sud-ouest, monsieur. Elle était dissimulée sous des branchages sur lesquels la neige s'est accumulée. Sans les chiens, on ne l'aurait jamais vue. Ils ont été sûrement obligés de l'abandonner, car après, c'est impraticable. Les chiens ont relevé des traces de pas, mais se sont retrouvés devant un lac glacé et les ont perdues. Cependant, notre commandant pense qu'ils ne peuvent s'enfuir et se cacher qu'en continuant de monter pour franchir le sommet, et veut procéder à un encerclement de la colline.

— Je veux voir cette voiture avant qu'elle redescende, je dis.

Ruskin et les autres décident de m'accompagner et l'on se tape une grimpette à perdre le souffle. On tombe sur une camionnette Ford qui n'est pas de la première fraîcheur, et je la reconnais. C'est bien celle de Sean et Marie Parker dont m'a parlé Moreauvich, et que les frères Bernatchez ont utilisée après les avoir massacrés. Je me souviens de m'être étonnée qu'ils n'aient pas pris celle de mes hommes, bien plus récente, mais ils avaient dû craindre d'être plus repérables dans un véhicule de la police. N'empêche, de voir le pick-up de ces pauvres gens m'a replongée dans l'angoisse et le stress du moment.

— La scientifique a relevé des empreintes qui sont en cours d'analyse. Cependant, ils n'ont trouvé aucun fluide ni dessus ni dedans, nous apprend encore le sergent.

— Bon, on va continuer, dit Ruskin. Ils ne peuvent pas être très loin.

— Attendez, interviens-je. Si les fugitifs s'aperçoivent de notre présence, ils risquent de se débarrasser de mes flics s'ils sont encore en vie.

— S'ils les gardent comme otages, ils ne vont pas les tuer, objecte le sergent de la police montée.

— Ce ne sont pas des gens prêts à négocier, sergent. Ce sont juste des tueurs. Ils se débarrasseront d'eux sans envisager de s'en servir comme monnaie d'échange. Ils ne pensent pas exactement comme nous.

Le policier regarde Ruskin pour confirmation.

— Je crois que le shérif a raison, sergent. Nous avons une chance, si nous les prenons par surprise. Voilà ce que nous allons faire, messieurs. Nous allons nous déployer sur deux lignes distantes d'une trentaine de mètres. Silence total entre les groupes, nous communiquerons par texto. Que personne ne tente rien sans mon ordre.

— Monsieur. Si vous le permettez, j'aimerais être de la première vague : le gardien Wanza était le neveu de ma mère, dit le Red Coats qui a trouvé la voiture.

Ruskin l'examine.

— Entendu, prévenez votre commandant et dites-lui de ne faire avancer les autres troupes que lorsque j'enverrai le signal.

— Oui, monsieur, merci.

Pendant que le policier rapporte les ordres de Ruskin, celui-ci finalise les consignes à ses hommes en étalant la carte où se trouve l'étroite bande de terrain que nous allons fouiller en priorité.

— Les Bernatchez ont probablement trouvé un abri et seront sur leurs gardes, car ils savent qu'on les recherche. Notre avantage, c'est qu'ils ignorent que nous avons leur voiture et que nous sommes sur leur piste. Mais ils ont l'avantage du terrain, se moquent du froid et ignorent la peur. Alors, soyez très attentifs. Des questions ?

Ils n'en ont pas, mais pas besoin d'être fin psychologue pour constater leur nervosité. Ce qui les attend, ils l'ignorent, à part que ceux qu'ils poursuivent sont des fous sadiques de qui on ne peut espérer aucune pitié et que les otages rajoutent au problème.

— Vérifiez votre armement, ajoute Ruskin. Pensez au froid. Faites jouer la culasse et graissez-la.

— Et ne touchez pas les canons de fusils sans gants, ajouté-je. Vos doigts risqueraient de rester collés.

— Bon, on y va ! lance Ruskin. Vous venez, sergent ?

— À vos ordres, monsieur.

Ruskin, moi et le sergent qui nous dit s'appeler Duvalier et être d'origine française, nous mettons en route tandis que se déploie derrière nous le reste du groupe. Avec les pisteurs, les brigades cynophiles et les groupes d'intervention montagnards qui interviendront plus tard, nous serons une bonne soixantaine à fouiller ce pan de montagne, mais nous savons que c'est loin d'être suffisant dans un tel environnement.

La pente devient rude presque immédiatement, et l'on avance en s'aidant de tous les appuis que l'on trouve. Le sol est tantôt boueux, tantôt glissant et, malgré l'ordre d'avancer en silence, j'entends fuser des jurons étouffés.

J'ignore si les hommes de Ruskin viennent de Fargo ou d'ailleurs, mais quoi qu'il en soit, ce n'est pas une promenade de santé. Un vent sournois nous prend bientôt de travers, nous obligeant à nous accrocher à tout ce qui se trouve à portée de main. On progresse en s'aidant autant des genoux que des pieds. Et quand je relève la tête, je constate que ça monte toujours plus.

Ruskin grimpe sec, mais je vois bien qu'il souffre comme moi. On doit avoir à peu près le même âge, et cet exercice nous est plus coûteux que pour le sergent Duvalier qui court comme un chamois.

— On souffle, murmure Ruskin avec un demi-sourire en s'arrêtant contre un arbre chétif. Bon Dieu, c'est pire que le mont McKinley en Alaska !

— Vous y êtes allé ?

Il rit silencieusement.

— Je suis pas fou, je tiens à ma peau. Ce McKinley, c'est le recordman des bouffeurs d'alpinistes !

Il regarde autour de lui.

— Ils sont bien planqués, dit-il. Je ne vois aucun de mes gars.

— Tant mieux. Allez, on y va ? Si j'attends trop longtemps, je ne pourrai pas repartir.

On se remet en route et on atteint bientôt un bourrelet de terre et de roches qui forme au-dessus de nous une visière de boue gelée, de glace, d'herbes coupantes, et je m'apprête à le franchir, quand j'entends des bruits de voix et je m'aplatis en faisant signe à mes deux compagnons d'en faire autant.

Sans poser de questions, ils s'écrasent au sol, et Ruskin m'interroge du regard.

Je touche mes oreilles en articulant silencieusement, mais à cet instant on entend une sorte de rire haché, et je vois Ruskin se raidir et se cramponner à un bout de branche pour s'immobiliser. Duvalier va pour jeter un coup d'œil par-dessus le remblai, et, effrayée, je lui fais signe de se cacher. Mais il m'ignore, ôte quand même son ridicule chapeau-bassine qu'il pose soigneusement à côté de lui, et se hisse sur le surplomb, cramponné du bout des doigts.

Ruskin et moi retenons notre souffle. Derrière nous, la troupe s'est figée comme un seul homme. Entraînés, les lascars, pensé-je. Duvalier redescend silencieusement et lève trois doigts. Pourquoi trois ? Ils devraient être quatre. Où se trouve le quatrième ? Est-ce lui qui garde les otages ? J'ai à cette idée l'estomac qui se révulse. Au-dessus de nous, on entend des allées et venues et des bruits de voix. On se regarde, Ruskin et moi. Et dans son regard, je sens une vraie détermination. Je me suis trompée sur lui. C'est un bon. Il se retourne et fait signe à ses hommes de se tenir prêts. Je vois pointer des canons de fusils entre les fourrés.

Je n'aime pas trop ça être entre deux feux, mais au même instant, on entend une voix crier :

— Lâche-le, c'est le mien, lâche-le !

Prononcés avec un tel accent que je ne suis pas certaine de ce que j'ai entendu, mais un coup de feu retentit, suivi d'un cri et d'un rire aussi grinçant qu'une craie sur un tableau. Puis des phrases incompréhensibles, mais dont le ton ne trompe pas. Ils s'engueulent ou chahutent.

Et soudain, je vois notre sergent de la police montée bondir par-dessus le parapet, un browning Long Rifle en main, et hurler de toute la force de ses poumons de jeune montagnard :

— Police montée, levez les mains, lâchez vos armes ! Vous êtes encerclés !

Ruskin, à ces mots, se redresse, effectue un rétablissement, et, tandis que derrière les autres flics cavalent vers nous en criant, je me lève à mon tour, mon pistolet à bout de bras, et trouve un des frères dans ma ligne de mire.

Un grand costaud vise Duvalier qui en tient un autre en joue en lui criant de se rendre. Le gros tire à cet instant, et je vois le Stetson s'envoler du crâne de Duvalier. Je tire et le touche, car il titube. J'en profite pour me hisser par-dessus le remblai et hurle :

— Lâche ton arme, lève les mains !

Mais loin d'obéir, il m'aligne avec son fusil que je reconnais comme l'un des nôtres et appuie sur la détente. Par chance, il ne sait pas viser, car la balle me manque de trente centimètres. Je plonge au sol et tire à mon tour.

Autour de moi, c'est une frénésie de coups de feu qui partent dans tous les sens, tout ce que je craignais. Le sergent tire en l'air, et je ne comprends pas pourquoi, car celui qu'il visait lâche une rafale de coups dans sa direction.

Je vois le grand gars fléchir et porter la main à sa jambe où s'étale une large tache de sang. Je vise son adversaire qui tombe comme une bûche en braillant, mais du seuil de la baraque un troisième homme nous arrose et un flic près de moi pousse un cri et culbute. J'entends Ruskin hurler d'arrêter le feu. Il craint comme moi les tirs croisés, mais ça continue à gicler dans tous les sens.

Mon œil est attiré à cet instant par un mouvement sur ma droite, et je vois l'espèce de géant dont je croyais m'être débarrassée se relever en rugissant, et, bien que couvert de sang, se précipiter vers moi en faisant tournoyer son fusil comme une massue. Je recule, mais me prends le pied dans une racine, tombe sur la hanche en me faisant un mal de chien, vois la massue levée au-dessus de moi et tire au jugé, ayant par chance conservé mon arme en tombant.

La balle l'atteint cette fois en plein visage qui en une seconde se transforme en une purée sanguinolente. Il s'écroule sans plus bouger.

Autour de moi, des flics courent dans tous les sens, mais je ne reconnais ni Ruskin ni Duvalier. Je me relève, enfourne un nouveau chargeur dans la crosse de mon Glock et fonce vers la baraque tellement déglinguée que je vois tout l'intérieur au travers des murs.

Au moment où je surgis sur le seuil, je me sens crochetée à la jambe et tombe à côté de Ruskin planqué derrière une table renversée, et qui m'a évité de me prendre une balle tirée de derrière un amoncellement de bois et de ferraille. Je reprends mon souffle, remercie d'un clin d'œil Ruskin qui m'a sauvé la mise, me relève et décharge mon arme contre le tireur embusqué qui pousse un beuglement et roule à terre.

— Il en reste un ! crié-je à Ruskin. Celui-là était le troisième !

Je m'aperçois seulement à cet instant que sa parka est ensanglantée à la hauteur du ventre.

— Nom de Dieu, Ruskin, vous êtes blessé !

Il agite la main pendant que je fais signe à l'un des flics de venir l'aider.

— Appelez l'infirmier !

— Ça va, Grynspan, ça va, halète Ruskin. Occupez-vous du dernier.

L'infirmier qui accompagne notre groupe surgit près de Ruskin, ouvre sa parka, examine la plaie en grimaçant. Il doit faire -15 °C et ses gestes sont malhabiles. Il ouvre sa boîte de premiers soins, déplie une épaisse bande de gaz qu'il applique contre la plaie et qui devient rouge immédiatement.

— Tiens-la en place, ordonne-t-il au flic. Appuie fort.

Il sort une seringue, l'enfonce dans la cuisse de l'agent Ruskin qui reprend connaissance à ce moment.

— Appelle un hélico, dit l'infirmier à celui devenu son assistant.

Autour de leur chef, quelques-uns de ses hommes se sont groupés, la mine inquiète.

— Va pécho le quatrième, me souffle Ruskin. Retrouve tes gars !

J'hésite à le laisser. Il souffre visiblement, mais arrive à desserrer les lèvres dans un vague sourire.

— Putain... ils étaient durs, croasse-t-il.

— Pas tant que nous, agent Ruskin, pas tant que nous !

Je garde un moment sa main dans la mienne, cherche ses yeux voilés par la souffrance, me relève et, pistolet braqué à deux mains, cavale vers une porte inscrite dans le mur devant moi tandis que trois flics me filent le train.

Je donne un coup de botte dans la porte qui éclate sous le coup pour me trouver devant une pièce petite et obscure, seulement éclairée par le jour venu de la porte, qui me fait deviner en écarquillant les yeux deux silhouettes affalées sur des chaises.

Je comprends à l'instant qui sont ces silhouettes écrasées sur elles-mêmes et me précipite vers la plus proche.

— Vincente ! Felix, on est là ! C'est fini !

Mais alors que je vais toucher Vincente, une voix nasillarde, écorchée, grince derrière lui.

— Si t'approches plus, je coupe !

Je me bloque. Celui que j'ai entendu m'est invisible, pas à cause de l'obscurité à laquelle mes yeux se sont habitués, mais par sa taille qui ne dépasse pas celle assise de mon ami, et dont j'aperçois juste le sommet de la tête. Son bras trop court entoure le cou de Vincente contre lequel il appuie un poignard. Je jette un coup d'œil vers Felix qui a tourné la tête vers moi.

— Attention, chef, gargouille-t-il, celui-là... celui-là est le plus mauvais.

J'entends derrière moi respirer bruyamment les flics et leur fais signe de ne pas bouger. D'autres arrivent qui se massent à l'entrée et bouchent la lumière.

— Dégagez l'entrée ! je leur crie. Occupez-vous d'évacuer les blessés !

— On attend l'hélicoptère, répond l'un d'eux. Il vient de décoller.

Je respire, soulagée. Mais maintenant je dois gérer cette situation inextricable de convaincre un être malfaisant, dont je ne suis pas sûre qu'il a ce qu'il faut pour me comprendre, d'épargner mon ami.

— Écoute-moi, tu ne peux plus te sauver, tu es tout seul. Si tu laisses partir le policier, le juge sera indulgent avec toi.

J'hésite à lui dire que ses frères sont morts ou au moins agonisant pour l'un d'entre eux que j'ai vu la poitrine ouverte et crachant des bulles de sang et de salive, signe que ses poumons étaient touchés. J'ignore s'il va vouloir les venger en égorgeant un flic ou sauver sa peau en l'épargnant.

— T'approche pas, j'te dis, sinon je tue !

Je n'ai jamais entendu une telle voix venant d'un adulte. C'est celle d'un ado qui la forcerait pour la rendre plus menaçante. Elle n'a ni sexe ni âge. Elle est sale.

— Je n'approche pas, mais ôte ton couteau de la gorge du policier.

— Si tu approches, je tue ! répète-t-il.

Je me penche en avant pour tenter de percer l'obscurité qui plonge tout l'arrière de la pièce dans le noir. Je sais bien sûr qui il est. Faustin le gnome, le contrefait, le joueur de banjo du film de Boorman. Le chef de ces dégénérés qui l'étaient un peu moins que lui d'après ce que j'ai entendu. Soudain, il relève violemment en arrière la tête de Vincente et de son poignard trace une estafilade sur la gorge de mon ami qui grogne de douleur.

— Arrête ! je crie. Arrête ! Qu'est-ce que tu veux ?

Il ne répond pas et je sens une agitation autour de nous. La porte est dégagée, les flics attendent à distance.

Les trois policiers se sont déployés. Mais pas plus eux que moi n'avons une fenêtre de tir. Ce gnome est peut-être dégénéré, mais il n'est pas fou. Il attend qu'on cède, car la situation est bloquée. Je n'ai qu'une crainte : que la fatigue ou la rage le pousse à égorger Vincente.

Felix suit la scène avec peine. Maintenant que je le vois mieux, je constate ce que ces salopards lui ont fait. Ses yeux sont enfoncés dans les bourrelets de ses joues, il a les lèvres fendues et des ecchymoses sur toute la face. Ils n'avaient rien à obtenir de lui, simplement le goût de faire souffrir.

Souvent, les gens croient que le mal n'existe pas. Que l'humain n'est pas mauvais, qu'il a des circonstances atténuantes, que ce sont les autres, la société, la famille, qui sont responsables de ce qu'il est devenu. Possible dans certains cas, mais il y a aussi ceux qui choisissent le mal parce que ça semble plus facile, avec un bénéfice plus immédiat. Plus aisé de dealer que de travailler. Plus rentable de cambrioler que de s'échiner. Plus rapide de tuer un rival, un concurrent, votre femme ou votre mari qui vous trompe, que de partir ou négocier. J'ai toujours pensé que le mal faisait partie de notre ADN. Certes, dans l'histoire des frères Bernatchez, la responsabilité de la famille est évidente. Bon, une fois que l'on a dit ça, on peut aussi ajouter que d'autres dans la même situation ne seraient pas devenus de tels assassins.

La situation s'éternise et je déteste ça. J'ai perdu la main et c'est ce salopard qui a les cartes. Ça ne peut pas durer, sinon on est perdant. Mon père disait que l'on n'est jamais sûr de gagner en prenant une décision, mais si l'on n'en prend pas, on est sûr de perdre.

Et c'est en y pensant que je tire. Presque sans le décider, comme si résonnait encore dans ma tête la phrase de mon père. Et concomitamment, j'entends un râle inhumain et vois tomber sur le côté le gnome couvert de sang.

Je me précipite vers Vincente, craignant de l'avoir touché, mais il relève la tête comme si elle pesait dix tonnes, ses yeux amochés s'accrochent aux miens et il balbutie :

— Bon Dieu, t'as pris ton temps !

Et tout se remet en marche. Les flics courent vers le cadavre de Faustin, fusil à hauteur des yeux comme s'il pouvait renaître du royaume des morts. Je me jette sur Vincente que j'écrase dans mes bras, pivote vers Felix à qui je fais subir le même sort en larmoyant et en balbutiant des mots idiots de joie, pendant que les flics ont l'idée de couper leurs liens et de recevoir leurs corps torturés dans leurs bras.

— Infirmier ! hurlé-je ! Infirmier, par ici !

Deux types surgissent avec des brancards, suivis de l'infirmier qui s'est occupé de l'agent Ruskin et qui décidément ne chôme pas. Il aide les brancardiers à les allonger, leur colle un masque à oxygène sur le nez, prend leur tension, examine leurs plaies en moins de temps qu'il n'en faut pour le dire et fait signe qu'on les emmène, mais avant je les arrête et les engueule :

— Espèce de crétins, on était morts d'inquiétude ! Où est Betty ?

Ou le masque les empêche de me répondre ou ils ne savent pas, car ils restent muets.

Je les regarde s'éloigner et crie aux flics qui envahissent les lieux :

— Il manque un de mes officiers, une femme, cherchez-la partout. Le caporal-chef Betty Ludlow. Il faut la retrouver. Elle a dû être séparée de ses collègues, mais elle est quelque part et nous attend.

Je les laisse et sors en trombe au moment où l'hélico est en approche. Quatre brancards sont en position d'attente que rejoignent ceux de Vincente et Felix. Je vais vers l'agent Ruskin, allongé près du sergent Duvalier qui semble en meilleure forme que lui.

— Comment ça va, compagnon ? je lui demande.

Il me regarde, ses yeux sont un peu plus clairs. Une perf' est fixée dans son bras, un masque lui donne de l'air, mais même ainsi accoutré, il me prend faiblement la main et murmure :

— Tu avais raison : on était plus forts qu'eux.

On est redescendus en s'encordant et en marchant comme des pingouins enivrés, car entre-temps la température est encore tombée et une épaisse couche de glace, le pergélisol, qu'ils appellent ça, qui s'enfonce jusqu'à trente centimètres dans la terre, recouvre tout. Entre-temps, on m'a prévenue par texto que les blessés étaient bien arrivés à l'hôpital Saint-Boniface de Winnipeg, qualifié de plus mauvais hôpital du Manitoba.

Mais ce qui m'accable et me rend dingue n'est pas la médiocrité du personnel médical – ces hommes meurtris sont forts et s'en sortiront –, ce qui me poigne les tripes, c'est qu'on n'a pas retrouvé mon sergent-chef, mon amie, Betty Ludlow.

Des dizaines d'hommes avec moi ont pendant des heures fouillé le périmètre sur des centaines de mètres autour de la cabane sans rien découvrir. Forant la glace, déplaçant des troncs morts, soulevant des roches, sans retrouver ne serait-ce qu'un bouton de son uniforme. La montagne meurtrière et la violence de ses bourreaux ont fait disparaître et englouti à jamais notre officier *forensic*.

Peut-être que Vincente ou Felix m'expliqueront plus tard ce qui s'est passé, mais je devine déjà ce que ces monstres ont pu faire subir à une femme livrée à leur sadisme. Le troisième frère Bernatchez que j'avais vu agoniser est mort avant que j'aie pu l'interroger. C'est une chance pour lui.

Betty Ludlow était mon second officier et on travaillait ensemble depuis que j'étais arrivée. J'avais tout de suite apprécié son sens des responsabilités et sa façon d'obtenir le meilleur de ses collègues. Elle était divorcée avec une mère à charge, mais ne se plaignait jamais. Les flics étaient sa famille, autant que sa sœur et son beau-frère, et elle savait s'y prendre pour les faire sourire.

Elle n'avait pas sa pareille pour confectionner des gâteaux de sa province natale de la Saskatchewan, qu'elle apportait les matins quand l'air dehors s'était transformé en blanc gelé, blanchissant l'environnement d'une brume fantomatique que n'aurait pas reniée la créatrice d'Harry Potter et qui enfermait hommes et bêtes dans un linceul.

J'arrive à la nuit à Greenknife et file directement chez mon hôtesse de qui je prends congé en lui relatant ce qui s'est passé. Mais rien ne la fait réagir. Elle est depuis trop longtemps seule à se battre pour survivre.

Puis je me rends au petit aéroport où attend l'hélicoptère qui a conduit mes amis à l'hôpital. Je n'irai pas les voir, je n'en ai pas la force, je ne veux voir personne. Le visage de Betty flotte devant mes yeux et je veux l'emporter. Mais je dois attendre l'autorisation de la section criminelle de Winnipeg pour qu'on me ramène à Woodfoll.

— Comment, shérif, vous ne voulez pas rester jusqu'à demain ? L'hélico vous ramènera chez vous à la première heure. J'ai promis aux journalistes de faire ce soir la conférence de presse avec vous. Ne me faites pas ça ! Tous les flics vont faire la fête, vous êtes obligée de rester ! Vous l'avez amplement méritée ! J'ai appris que votre logement n'était pas top, vous dormirez chez nous à Winnipeg, nous avons une grande maison ! a tenté de me convaincre le chef Danny Smyth.

Mais j'ai décliné son invitation pressante. J'ai autant envie de faire la fête que de plonger dans l'océan Arctique. J'en veux presque aux autres d'en avoir envie quand l'une d'entre nous est morte sans sépulture et dans de telles conditions

Un jour peut-être, dans des années, quand les glaces fonderont, elles rendront le corps de cette policière pour qui protéger et servir étaient les fondements de sa vie. Mais qui se souviendra de son rire, de la chaleur de son regard, de son amitié quand ceux qui l'auront connue l'auront oubliée ?

L'hélico obtient enfin l'autorisation de décoller, mais le pilote me fait comprendre qu'on prend des risques. Un vent debout s'est levé, l'obligeant à des manœuvres dangereuses. Je n'ai pas voulu en démordre et ne suis pas certaine de m'être fait un ami cette nuit-là.

XLI

AT HOME

Le pilote me dépose en lisière de Woodfoll, mais sur la bonne rive de la rivière Rouge. Il n'attend pas mes remerciements pour redécoller et je manque m'affaler dans la neige. M'en fous, je suis là et ma maison est à moins de deux kilomètres.

En dessous, dans le creux de la colline, je vois briller quelques rares lumières. Davantage sur la rive droite où travaillent de nuit quelques artisans. Il est trois heures du matin et le thermomètre de ma montre affiche -14 °C.

Je marche d'un bon pas pour ne pas me refroidir, mais je ne peux éviter que des plaques de glace craquent sous mon poids et trempent mes bottes.

Je passe à proximité de la maison de Julia, mais ne m'arrête pas. Je ne pourrais pas lui parler et maîtriser mes émotions. J'ai beau savoir que le sergent Betty Ludlow est morte, j'espère encore. Les policiers qui servent dans la brigade cynophile m'ont dit que leurs chiens peuvent faire des miracles et qu'ils n'abandonneront les recherches que lorsqu'ils auront tout tenté. Peut-être que si Hachiko avait été avec nous…

J'arrive chez moi, ouvre ma porte, dédaigne l'interrupteur et me laisse tomber dans mon fauteuil de cuir en ôtant juste mes bottes.

Et je reste dans le noir à revivre les dernières heures, à me demander à quel moment je me suis trompée. Aurais-je dû lancer une alerte générale dès que j'ai appris que l'équipe de Vincente n'était pas arrivée au poste le premier soir ? Remonter la piste de la Ford à partir de la maison des Parker ? Prévenir la brigade de secours aérienne de quadriller le périmètre ? Il faisait nuit noire, on m'aurait refusé les hélicos… Et où nous diriger dans cette toundra sans repères ? Mais ai-je agi ainsi par négligence ou parce que j'étais accaparée par mes histoires personnelles ?

Une nausée me secoue. Si je suis responsable de la disparition de Betty Ludlow… plus encore, si je ne lui ai pas assez dit combien je l'appréciais, de quoi d'autre et de combien d'omissions ai-je été responsable dans ma vie ?

J'avais dix ans, et lui dix-neuf, quand mon frère William a décidé de partir en Israël. Sans préavis, sans presque d'explications, plongeant mes parents et moi dans un profond désarroi.

Mon frère aîné, celui que je prenais comme exemple. Qui m'apprenait tant de choses.

Une seule lettre disant qu'il était bien arrivé, et, au fil du temps, des guerres, surtout, qu'il faisait en tant que capitaine des gardes-frontières, des mots brefs disant qu'il était heureux et vivant.

Je l'ai revu à l'enterrement de notre mère. Son mince corps d'adolescent devenu celui d'un baroudeur. Une épouse au bras, fine et froide, ingénieure maritime comme lui. Nous n'avons pas réussi à nous retrouver. Et j'ai compris que le chagrin et le ressentiment de son abandon étaient toujours présents.

Ils sont repartis, et j'ai parlé brièvement d'eux avec mon père, qui vivait comme moi ce jour-là un double deuil.

Avais-je eu tort de ne pas me rapprocher de lui ? De ne pas lui dire que j'étais si heureuse de le revoir malgré les circonstances et que je ne lui en voulais plus ? J'avais lu un jour qu'il ne fallait jamais se séparer fâché de ceux que l'on aime, sous peine, si on ne les revoit plus, d'en vivre le regret pour l'éternité.

Aujourd'hui, j'ai perdu une amie, hier, j'ai perdu mon frère. Dans le premier cas par manque d'attention et de vigilance, dans le second... par manque d'altruisme et de générosité.

Une lueur grise, laiteuse, filtre par la fenêtre. Sommes-nous condamnés à toujours nous en vouloir, et surtout, condamnés à nous répéter ?

Je vais m'allonger sur mon lit, morte de fatigue, et je sombre immédiatement dans un sommeil que je n'ai pas connu depuis plusieurs jours.

Quand je me réveille, la lueur laiteuse du début du jour a fait place à un grand soleil. Les bruits de la ville arrivent jusqu'à moi. Je me lève, vais me glisser sous une pluie d'eau chaude, me sèche et me prépare un café explosif que je prends avec des œufs sur le plat. Pendant ce temps, aucune pensée parasite ne ralentit un seul de mes gestes.

*

Plus tard, je suis allée chez Julia et j'ai sonné. Et nous sommes restées un moment à nous regarder avant de nous prendre dans nos bras et de demeurer sans bouger l'une contre l'autre. Et j'espérais que son cœur était aussi heureux que le mien, et qu'elle aimait mes lèvres autant que j'aimais les siennes, mais, bien que patient comme ses congénères chasseurs, Hachiko en a eu assez et s'est arrangé pour se glisser entre nous.

Nous sommes rentrées et, toujours enlacées, nous sommes allées dans sa chambre. Et c'est après un long moment que je me suis relevée et que j'ai appelé mon poste.

XLII

MANŒUVRES

Oka roula jusqu'à l'entrée du village indiquée par une imposante arche en bois peinte aux couleurs de la tribu, devant laquelle il s'arrêta.

Il sait, pour l'avoir entendu des anciens, que la tribu d'Istinak Shaw a quitté au dix-neuvième siècle son village d'origine suite à une famine qui aurait décimé la quasi-totalité de ses habitants. Seul un couple aurait survécu, qui, effrayé par la tragédie, aurait quitté les lieux pour venir s'installer dans les plaines intérieures du Manitoba.

Le village de Shaw s'appelle à présent Mohawks et est situé sur un bras de la rivière Rouge. Oka sait que c'est l'un des plus prospères du sud du Manitoba avec ses huit cents habitants, grâce entre autres à l'installation cinq ans plus tôt d'un casino qui attire aussi bien les autochtones que les Blancs.

C'est Shaw qui l'a voulu. Obstiné, il a dû âprement batailler avec le Conseil des Anciens qui refusait que le peuple iroquois, avec qui les Inuits avaient des contentieux, le finance en tant que banquiers des Premières Nations.

Il a néanmoins fini par les convaincre, et alors que les autres tribus du Manitoba, tels les Algonquins et les Dakotas, vivent plus ou moins dans la misère, sa tribu connaît une presque opulence.

Oka franchit l'entrée et s'arrêta devant le bureau de poste. Presque aussitôt, une voiture arriva et vint se placer à ses côtés. Un homme se pencha à la portière.

— Le chef Shaw vous attend.

Oka suivit la voiture jusqu'à une belle et grande demeure en pin blanc, longue d'une bonne trentaine de mètres, percée au rez-de-chaussée de quatre fenêtres étroites, avec sur le toit deux cheminées en pierre de lave et deux petites ouvertures rondes.

Son guide se rangea et la lui désigna.

— Là.

Oka le remercia d'un signe de tête, gara sa jeep, sortit et se dirigea vers elle.

Il se présenta à la porte et attendit, certain qu'on l'avait vu. Effectivement, la porte s'ouvrit bientôt devant un homme encore jeune, qui portait les cheveux longs retenus par un bandana rouge, vêtu d'un costume en peau de chamois comme on en trouve dans les magasins *fashion* des villes.

— Le chef Shaw vous attend.

Oka inclina la tête et le suivit à l'intérieur d'un couloir aveugle qui s'ouvrait sur une grande salle décorée d'éléments peints sur les murs et de quelques meubles en sapin rouge. Oka savait que la famille de Shaw au complet habitait là et que la maison comportait plusieurs modules.

Istinak Shaw, assis devant la cheminée où flambait un grand feu, tourna la tête quand Oka entra, se leva avec un peu de difficulté et le salua. La pièce était éclairée à l'électricité, signe de modernisme et de richesse.

— Brigadier Oka.

— Chef Shaw.

Puis Shaw désigna le second fauteuil à son invité.

Oka s'assit pendant que Shaw allumait le foyer d'une longue pipe étroite dont il aspira une large bouffée.

Quand il eut tiré plusieurs fois sur le foyer, il demanda ex abrupto :

— As-tu remarqué la colère de la Rivière ?

Oka acquiesça.

— J'ai vu en effet ses eaux se chevaucher comme des cavales et avaler ses rives.

Shaw approuva.

— La Terre est en colère, lâcha-t-il.

Le silence retomba. Par l'une des fenêtres, un rai de soleil entra, faisant danser la poussière comme si le nouveau printemps avait fini par terrasser l'hiver.

— Tu es venu me voir parce que tu fais partie de la brigade de la police Mahow-ke qui dépend de celle de Kanesatake, dirigée par le grand chef Otsi Simon, reprit le chef Shaw en vrillant les billes noires de ses yeux dans ceux, clairs, d'Oka. Et tu appartiens au peuple naskapi de Schefferville ?

— C'est juste, chef Istinak Shaw, acquiesça Oka.

Shaw ralluma le foyer de sa pipe, petit par rapport à la longueur du tuyau et qui s'éteignait souvent, et se cala dans son fauteuil avec un soupir satisfait.

De cette manière, son visiteur savait qu'il s'était renseigné sur lui.

— Le grand chef Otsi Simon m'a dit la grande considération qu'il a pour vous, reprit Oka, rompant le silence qui s'était réinstallé.

L'échange visait à familiariser, voire rapprocher, mais aussi démontrer aux interlocuteurs qu'ils n'ignoraient rien l'un de l'autre et que les paroles prononcées avaient toute chance d'être sincères.

— Connais-tu le chef Derek Nepinak, chef des Assiniboines ? grogna Shaw.

— Bien sûr. Il vous tient aussi en considération.

Le silence revint. Il n'y avait là rien d'anormal ou d'hostile ; les autochtones aimaient préparer leur discours. Dans certains cas, plus formels, ils demandaient la permission à celui qui présidait une assemblée d'interpeller pour lui l'un des membres présents qu'ils désiraient recadrer. C'était une manière dans le cas d'un désaccord de prendre le temps de réfléchir et de choisir ses mots pour ne pas blesser.

Oka s'appuya au dossier. On entendait, arrivant du dehors, des cris d'enfants et des aboiements joyeux. Puis le bruit lourd d'un moteur d'engin agricole.

— Je t'écoute, brigadier, dit Shaw en posant sa pipe. As-tu participé à la chasse aux fugitifs ? reprit-il, le regard dirigé vers une fresque guerrière qui occupait la moitié d'un mur.

Oka s'éclaircit la gorge. La raison de sa visite n'était pas facile à dévoiler. Il ne s'y était résolu qu'après plusieurs nuits d'insomnie et après en avoir discuté avec Témiscouata, si l'on peut appeler « discuter » les échanges, paroles contre bruits de gorge et hochements de tête avec son adjoint, lequel à cette occasion avait manifesté quelques réserves concernant la décision de son chef.

— Je sais, lui avait répondu Oka, d'un ton irrité. Je sais. Mais je ne sais pas comment faire !

Oka secoua la tête, mais soupira imperceptiblement de soulagement. Le chef lui tendait une perche involontaire.

— Non, c'est la Gendarmerie royale qui s'en est occupée. Ils les ont retrouvés et abattus. Et… ont récupéré les otages. Sauf un.

Shaw approuva de la tête et ralluma sa pipe. Dans une autre circonstance, il aurait pu l'offrir à son hôte, mais il ignorait la raison exacte de sa visite. Recevoir un policier peut être tout bon ou tout mauvais.

En tant que chef de clan, il avait affaire, en cas de problème, aux autres chefs ou parfois, pour les litiges territoriaux de pêche ou de chasse, cela se réglait dans les assemblées des Anciens qui déterminaient les limites imparties à chaque peuple.

Quand l'un ou l'autre membre d'un clan ne respectait pas les règles, ou se rendait coupable d'un délit, il était entendu et jugé par un tribunal appelé Cercle de sentence autochtone ou de guérison réparatrice, créé dans les années 1990. Pour les crimes de sang, dans le cas où un Blanc était impliqué, c'était la GRC qui s'en chargeait conjointement avec la police tribale.

Shaw regarda Oka.

— Tu peux parler, dit-il.

Oka serra les poings et battit des paupières.

— Vous savez, chef Shaw, qu'une de nos sœurs a été assassinée, commença-t-il d'une voix sourde.

— Sora, fille d'Ennio et de Yuma du peuple algonquin, renvoya son hôte.

Oka se leva et se plaça devant la cheminée en lui tournant le dos.

— La police de Woodfoll commandée par la shérif Grynspan a été chargée de l'affaire.

— Et c'est toi et ton adjoint qui avez été les premiers sur les lieux.

Oka acquiesça et laissa passer une poignée de secondes.

— Ce n'est pas un des nôtres le coupable.

— Je sais.

— Le coupable est un Blanc qui vit à Sainte-Agathe.

Shaw prit une pincée de tabac et en bourra le fourneau de sa pipe après l'avoir soigneusement nettoyé. Oka quitta la cheminée et regarda par la fenêtre en se balançant sur ses talons, les mains derrière le dos. Shaw ralluma sa pipe. Dehors, les cris des enfants et des chiens cessèrent. Oka en fut curieusement déstabilisé.

— Comment le sais-tu ?

— Les Canadiens n'ont pas de preuves contre lui et ils ne peuvent rien faire. Mais moi, je l'ai vu.

Shaw tira sur sa pipe.

— Et ça t'a suffi ?

— Je lui ai parlé.

Shaw tourna la tête vers lui.

— Et ça t'a suffi ? répéta-t-il.

— Un voisin l'a vu suivre la charrette où était Sora en compagnie des siens le jour où elle a été tuée. Dans un véhicule que les Blancs appellent « SUV », grosse voiture que j'ai vue dans son garage et dont j'ai remarqué les mêmes larges empreintes des pneus près du cadavre.

Shaw continua de fumer. Il connaissait l'histoire, mais voulait qu'Oka la lui dise de sa bouche. Il savait aussi qu'il s'était introduit dans la maison en l'absence de ses habitants. Ce qu'il ignorait, c'est ce qu'il y avait trouvé.

— Et que comptes-tu faire ?

Oka quitta la fenêtre et chercha le regard de son hôte.

— Je veux justice pour Sora et sa famille. Je veux justice pour notre peuple. Et si les Canadiens ne peuvent pas…

Shaw se leva et alla ouvrir la porte d'un meuble bas en frêne, décoré de motifs indiens colorés, et en sortit une bouteille sans étiquette et deux verres qu'il posa sur une table basse en bois massif disposée entre les fauteuils. Il remplit les verres et retourna s'asseoir.

— Assieds-toi, Oka, et bois, dit-il en soulevant son verre.

Étonné, Oka ne réagit pas immédiatement. Rien ne se passait comme il l'avait prévu. En réalité, il n'avait rien prévu. Il saisit son verre et le but jusqu'à la dernière goutte.

Shaw ne broncha pas et reposa son verre qu'il avait à peine touché. Oka sentit sa tête tourner et s'appuya au dos du fauteuil.

— On ne peut pas laisser cet assassin impuni, commença-t-il.

Comme Shaw ne réagissait pas, il poursuivit :

— C'est une question d'honneur pour notre peuple.

Il sentait sa bouche s'empâter et fuir les mots qu'il cherchait. Il buvait rarement, sensible à ce qu'on disait des Indiens qui ne supportaient pas l'alcool, et dont il avait pu voir trop souvent la réalité dans sa pratique.

Shaw but une gorgée.

— Qu'en pensez-vous, chef Istinak Shaw ? Que feriez-vous à ma place ? reprit Oka, la voix altérée.

Il avait chaud et aurait voulu ouvrir le col de sa chemise.

Shaw regarda vers la fenêtre et plissa les yeux. Comme il ne répondait pas, Oka reprit :

— Si les Canadiens ne peuvent pas agir, j'ai pensé… C'est à nous que revient… le devoir… de punir cet homme…

Shaw resta muet.

— Nous avons… Vous avez des Braves qui pourraient… balbutia Oka, intimidé par le silence de Shaw et se sentant de plus en plus vaseux. On pourrait…

Shaw écarquilla les yeux.

— Heu… qui pourraient s'en charger… acheva Oka piteusement.

Shaw battit des paupières et plissa les lèvres. Oka se dit qu'ainsi il ressemblait à un écureuil. L'alcool, qu'il avait trop vite bu et était trop fort, lui brouillait les images. Il ajusta son regard.

— J'ai pensé… après ce qui s'est passé à la prison… la prison bâtie sur notre cimetière…

L'expression de Shaw s'était transformée. De mouvante, elle s'était figée. Oka se dit qu'il était peut-être allé trop loin. Shaw reprit son verre et en examina le contenu qu'il fit aller et venir à l'intérieur.

— Les Blancs, reprit Oka, se foutent de nous ! lâcha-t-il dans un souffle.

Shaw eut un geste brusque qui fit tomber quelques gouttes d'alcool. Oka est fou, pensa-t-il. Il est fou et a trop bu. Il sait qu'il n'y a pas de cimetière sacré sous la prison des Blancs. Qu'il n'y a jamais eu de cimetière à cet endroit. Il reconnut à cet instant une douleur qui s'enfonça dans sa poitrine. Il désigna de la main le meuble où il avait pris l'alcool.

— Regarde dans le tiroir, dit-il à Oka. Il y a un flacon avec des cachets, apporte-le-moi. Vite.

Oka sentit son ivresse se dissiper vaguement. Il se précipita vers le meuble, trouva le flacon et revint vers Shaw.

— Ce flacon, chef Shaw ?

Shaw, sans répondre, fit tomber dans sa main un cachet qu'il avala, puis s'appuya au dossier du fauteuil. Le verre qu'il tenait lui échappa et l'alcool tomba sur le sol. Oka se précipita, cherchant des yeux quelque chose pour essuyer. Shaw eut un geste pour l'arrêter. Oka s'immobilisa. Il se sentit faible sur ses jambes. Shaw avait fermé les yeux et son souffle passait à peine entre ses lèvres serrées.

— Chef…

Shaw ouvrit les yeux.

— Tu es fou, Oka, murmura-t-il.

— Chef…

— Fou. D'ailleurs, qui s'en chargerait, dis-moi ? Mon peuple est pacifique et respecte la loi.

Oka se sentait trembler comme si le sol se dérobait sous ses pieds. Qu'allait-il lui arriver maintenant ?

— Va-t'en, brigadier.

Ils se regardèrent, mais Oka ne put rien lire sur le visage du vieil homme. On lui avait menti : Shaw était trop vieux, trop attaché à son confort. Les combats de sa jeunesse étaient trop loin. Il n'était plus bon qu'à raconter des histoires aux Blancs pour leur faire peur. La richesse l'avait amolli au point de lui faire oublier ses devoirs envers les siens. Maintenant, quand il luttait, c'était avec ses avocats.

Où était passé le guerrier qui quelques décennies plus tôt avait entraîné ses hommes pour combattre les injustices des Européens ? Où était le Brave qui avait fait de son clan l'un des meilleurs des Premières Nations ?

C'était un homme blanc qui avait déshonoré, mutilé et tué une de leurs filles. Et on allait en rester là ? Courber un peu plus l'échine, obéir davantage, continuer de subir pauvreté et humiliation ?

Il avait envie de pleurer, sentait dans son corps les picotements de la honte. S'il avait osé, il aurait arraché son uniforme de brigadier de police. Il ne servait à rien, ne représentait rien. Seul Shaw aurait pu agir. Il était intouchable, ses hommes le suivraient au bout du monde. Il le regarda, avachi dans son fauteuil, de la salive coulant au bord des lèvres. Le dernier guerrier.

Sans rien ajouter, il quitta la pièce, sortit de la belle maison, gagna sa jeep. Des gens le regardèrent. Il aurait voulu leur crier qu'ils se faisaient avoir, que leur chef ne les défendrait plus, qu'il ne fallait plus compter sur lui pour venger l'honneur de leurs filles. Il sentit des larmes lui brûler les paupières. Il les essuya d'un geste rageur du bras. Voilà qu'à présent il pleurait comme une squaw. Il démarra brutalement, chassant des pierres et du sable, dispersant les gens autour.

Il tourna la tête quand il passa devant le casino rutilant où se pressaient femmes et hommes cris, habillés comme les Blancs, accrochés comme eux à leur cupidité, et qui se précipitaient dans le piège qui les perdait.

XLIII

FUNÉRAILLES

Dans une allée du cimetière de Woodfoll, une pierre ronde, haute d'une soixantaine de centimètres, a été dressée. Il n'y a rien dessous. Ni caveau ni corps. Sur la face de granit clair est seulement gravé le nom de celle qu'elle représente : BETTY LUDLOW, SERGENT-CHEF À LA GRC DU MANITOBA. 1978-2020. TOMBÉE AVEC HONNEUR ET COURAGE DANS L'EXERCICE DE SON DEVOIR.

Des tombereaux de fleurs la cernent de tous côtés.

Il fait beau, froid mais beau. Les feuilles des arbres commencent à se déplier. Selon un proverbe français, il y a dans le ciel suffisamment de bleu pour tailler une culotte de zouave, ce qui est bon signe, d'après eux. La glace a commencé de fondre, laissant des plaques noires sur le sol.

On est plus de deux cents devant cette pierre. Des gens de Woodfoll qui l'ont connue, mais aussi des anonymes ; des collègues des autres postes de police, mais aussi les siens. Le maire James Lookwood à côté du secrétaire de cabinet de Janice Felton, gouverneure de la province. Sur leur droite, Dillan Manfred, numéro un du Parlement du Manitoba, côtoie Derek Nepinak, chef des Assiniboines et président de l'Assemblée des Premières Nations, lui-même voisin avec le chef Istinak Shaw. Le directeur de la 3AP, Harold Gardner, se tient raide comme une bûche aux côtés de Robert Burns, son surveillant-chef.

Moi, je suis devant avec la sœur et le beau-frère de Betty venus de la province d'Alberta, et qui fixent la pierre les yeux rougis. Trop fatiguée, sa mère n'a pas pu venir. Des voisines s'occupent d'elle.

Les yeux rougis ne manquent pas ce matin. Mon discours, le seul avec celui du prêtre, a été celui d'une amie qui lui disait combien on l'avait appréciée et que le vide qu'elle laissait ne se comblerait pas. Du blabla inévitable qui ne disait pas la vérité. La vérité, c'est que nous en crevions de penser qu'elle était morte et que nous n'avions rien pu faire. D'autant que celle de ses assassins ne nous a pas soulagés. Mais la mort des coupables a-t-elle jamais soulagé la culpabilité des survivants ?

Nous formons devant la pierre gravée un carré de vareuses rouges rehaussées de nos grades et de nos fourragères, assorties à nos jodhpurs gris. Nous avons ciré à glace nos bottes Wellington noires et coiffé nos Stetson à bosses, bien droits sur nos têtes. Elle aurait apprécié. Elle était fière de son uniforme. Elle avait une origine irlandaise et notre fanfare a soufflé pour elle dans ses cornemuses l'air de l'au revoir. Et nous avons frissonné, et pour beaucoup, nous avons pleuré. Parce que c'est ce que font toujours ces foutues cornemuses.

On a jeté en passant devant la pierre dressée des roses de toutes les couleurs. Elles l'ont recouverte en formant une pyramide de tendresse.

Puis on a quitté le cimetière et on s'est séparés pour remonter dans nos voitures. Le lourd silence qui a duré tout le long de la cérémonie a perduré longtemps après.

XLIV

INQUIÉTUDE

Ronald Paterson a comme un mauvais pressentiment. Tout est trop calme. Assis dans sa véranda, les jambes allongées sur un repose-pied en cuir assorti à son fauteuil, il sirote un verre de mauvais vin qu'il a acheté au pub-relais voisin. Le même où il a croisé l'Indienne le fameux matin.

Il regarde la télé qui retransmet la cérémonie des funérailles de la fliquette que n'ont pas ratée les quatre dingos et s'amuse de voir tous ces pantins endimanchés tirer la gueule.

Ben quoi, pense-t-il, quand on est flic, faut s'attendre à c'que ça arrive de crever comme les autres. Ça fait partie des risques du métier. Et tu parles d'un métier, surtout pour une guidoune. Elle n'avait rien de mieux à faire celle-là qu'à cavaler après les gens ? Y z'ont pas dit comment ils l'ont eue, les tarés, mais on se doute. Quatre dingues en manque de nanas, pas besoin de dessin.

Il cherche dans la foule les deux emplumés qui sont venus chez lui et ont réussi à lui coller les miquettes. Peut-être qu'avec ce coup ils vont le lâcher. Il se demande encore ce que cette abrutie de Margareth a bien pu leur raconter quand ils sont revenus en délégation, Rouges et Blancs mêlés.

Il se ressert un plein verre de piquette et grimace. Il va l'entendre, le tôlier. Il le prend pour un *hobo* (clochard), celui-là, pour lui vendre ça ? Il n'a qu'à le garder pour les emplumés, de toute façon, ils supportent pas l'alcool et tombent raides après deux verres. C'est comme ça que les premiers Blancs les ont possédés. En échangeant du mauvais l'alcool qui les rendait dingues, plus des armes pour s'entretuer après, contre des fourrures ou des métaux précieux. Sauf que maintenant ils ont compris. Ils ont leur propre police !

Cette pensée le ramène à son affaire. Il en a presque oublié Ahmed Benckri. Les premières années, il ne pensait qu'à ça. Il lui avait quand même ratatiné sa Cherifa et endormi son blé, y avait de quoi s'énerver. Surtout pour un Arabe qui n'est pas du genre à laisser passer.

Mais avec le temps et ne voyant rien arriver, il avait espéré que le Benckri s'était fait descendre sur un coup foireux comme il en avait fait sa spécialité, ou encore chopper par les *rozzers*. Ou bien que comme son con de copain, il avait joint Daesh. Quoique, ça, il y crût pas trop. Il était con, mais pas à ce point-là. Sa religion au bougnoule, c'était la baise et le pognon, pas de se coller les fesses en l'air pour prier Allah.

Bon, à présent, il s'appelait Ronald Paterson, habitait un coin paumé et s'était jamais fait remarquer. Et le faussaire qui lui avait fait les nouveaux fafs n'était pas du genre à s'allonger. Sinon, il perdrait vite sa clientèle. N'empêche…

N'empêche, il n'avait jamais été complètement tranquille. Il se demandait s'il n'était pas temps de ficher son camp, s'il ne s'était pas trop encroûté au même endroit. Il était déjà passé tout près des emmerdes avec la môme de l'école. Heureusement que c'était pas dans le même coin, qu'il s'était vite débiné et que les *rozzers* du patelin étaient de vrais manches.

Il savait pas pourquoi il avait remis ça avec la bridée. Le coup d'œil méprisant qu'elle lui avait balancé en passant l'avait énervé. Pour qui elle se prenait, cette mendiante ? Il se demandait encore comment il avait eu la force de la traîner sur plus de cent mètres, lourde comme un âne mort. Et pourquoi au lieu de se la faire, il lui avait collé la tête au milieu du piège à loups. Un truc de dingue, il devait le reconnaître. Surtout que, quand la tête s'était arrachée, toute sanguinolente, il avait gerbé. C'est bien après, quand il y avait repensé et qu'il était à l'abri, qu'il avait pris son pied et s'était marré à s'en fendre la rate.

Il regarda par la vitre de la véranda. Il allait partir de toute façon, car il ne supportait plus la nuit à cinq heures de l'après-midi et le froid qui déglingue tout. Tu regardes, devant, derrière, à droite, à gauche, c'est toujours noir comme le troisième œil. Et là-bas, à même pas soixante-quinze kilomètres de distance, c'était soleil. Pas étonnant que la baraque lui fût apparue bon marché. Qui voudrait habiter dans un pareil trou où les putains de nuages noirs restent coincés en permanence entre les montagnes, où tu te les gèles dix mois sur douze et où tu cuis le reste du temps ?

Il se resservit une large rasade et pesa sa situation. Partir, c'était tout laisser derrière lui, parce qu'il fallait pas compter vendre rapidement la tôle. Acheter, c'est facile, vendre, c'est autre chose. Et puis faudrait pas alerter la guidoune ; elle serait capable de le faire rechercher. C'est que le salaire serait plus le même après !

Il alluma un de ses cigarillos. À part le pognon que représentait la maison, rien ne le retenait ici. Au contraire, fallait pas trop traîner dans le coin. Un jour ou l'autre, un *rozzer* plus curieux pourrait s'intéresser à l'histoire de l'Algonquine. Surtout les deux Indiens. L'allaient peut-être pas le lâcher. Z'avaient une revanche à prendre sur les Canadiens qui avaient réussi à serrer les quatre cinglés. Et l'Algonquine, c'était une des leurs.

Au-dessus de sa tête, il entendit sa femme aller et venir. Il pensa qu'elle resterait pour lui un mystère. Elle savait parfaitement ce qui se passait, mais elle n'avait jamais moufté. Quand il revenait d'une de ses virées, elle l'examinait comme on le fait pour un gosse qui aurait pu faire une bêtise. Mais jamais un mot. Même quand elle avait trouvé ses vêtements encore bien dégueulassés du sang dans la machine. Elle les avait enlevés et il ne les avait pas retrouvés. Il avait manqué de toc sur ce coup. Il aurait dû les récupérer pour les enterrer. Il serra les lèvres. Elle avait un levier contre lui.

Mais qu'est-ce qu'elle foutait à marcher comme ça ? Elle s'entraînait au marathon de Montréal ou quoi ! Le plus simple, c'était d'aller au fond des choses. S'il s'était débarrassé de la mousmée du bougnoule qui était autrement plus bandante que Margareth, quoique très collante, il n'allait pas hésiter maintenant qu'il allait refaire sa vie. Un truc à jamais faire : laisser un témoin vivant derrière soi.

Un bruit dehors le fit sursauter. Le choc d'un métal contre un autre. Ou un autre truc. C'était ce qu'il détestait à la campagne. Ces bruits qui faisaient sursauter.

Pas trop vaillant (dans cette véranda, il se sentait comme un poisson dans un aquarium), il se leva et se rapprocha de la baie vitrée. Pour éviter les reflets de la lumière, il mit ses mains en cornet sur la vitre. Mais ne vit que du noir. Il pinça les lèvres. Probablement un de ces foutus blaireaux encore à saccager le jardin.

Il entendit une porte claquer au premier. Puis sa femme qui descendait l'escalier. Sûrement pour aller à la buanderie. Elle n'arrêtait pas. Ils n'étaient que deux et elle avait toujours un truc en train. C'est vrai qu'elle était ménagère. C'est plus ça qu'il regretterait. Mais des bonnes ménagères, c'est pas ça qui manquait, surtout si tu froisses du blé entre tes doigts.

Demain, il irait voir son coffre à la banque. Sa réserve de survie, comme il l'appelait. De quoi vivre peinard quelques bonnes années au soleil en faisant gaffe. Et si un jour il revenait, quand les choses se seraient tassées, la maison serait toujours à lui.

Il regarda encore par la vitre, mais la lumière de la véranda l'empêchait décidément de voir. Il plissa les yeux et arrondit ses mains autour comme de fausses jumelles, et sentit son ventre se crisper. La grille de l'entrée était ouverte. Il la refermait toujours.

XLV

PETITES CONVERSATIONS APRÈS UN ENTERREMENT

Les gars et les filles du poste ont préparé un pot après les funérailles pour les proches. Le moment où l'on relâche la vapeur, où l'on se parle en évitant soigneusement le motif qui nous rassemble. Où l'on parle de ceux qui restent.

Vincente et Morgan sortent juste de l'hôpital et ne sont pas vaillants. Les toubibs ont dit que ça prendra du temps et qu'ils devront se faire aider. Non seulement ils ont été torturés, mais leur amie et collègue y est restée. Et si ça nous pèse à nous, on imagine ce que ça représente pour eux.

Vincente fanfaronne, mais ne trompe personne. Morgan parle encore moins qu'avant, mais ses collègues sont attentifs. Les femmes de l'équipe surtout savent y faire. Les hommes sont toujours gênés par leurs sentiments et les cachent sous des plaisanteries pas toujours légères, mais l'amitié et l'empathie sont pareillement présentes.

Je suis avec Julia – ou plutôt elle est avec moi. Depuis mon retour, nous ne nous sommes pas quittées. On a besoin d'être ensemble. Évidemment, ce n'est pas discret, mais franchement, on s'en fout. Hachiko va de l'un à l'autre, mais curieusement reste plutôt près de Vincente que jusque-là il avait un peu évité. Les chiens sentent des choses qui souvent nous étonnent et que notre pudeur stupide nous empêche de montrer.

Vincente a dirigé cette patrouille maudite et se sent probablement responsable de ce qui est arrivé. Ce que personne ne penserait à lui reprocher. Mais Vincente est un macho du genre protecteur et doit se reprocher d'avoir failli. Ce que les filles sentent mieux que les hommes, car elles en rajoutent en l'entourant, lui apportant à manger et à boire. Morgan n'est pas là-dedans, et je pense qu'il s'en remettra plus vite.

Vers cinq heures, alors qu'il fait déjà nuit, je demande à Saint-Vincent de raccompagner la sœur et le beau-frère de Betty à l'aéroport de Woodfoll où les attend un Cirrus SR 22 mis à leur disposition par Danny Smyth, le chef de la police, qui les conduira à Winnipeg où ils prendront un avion de ligne pour rentrer chez eux.

Myrna, la sœur de Betty, est ravagée, et son mari ne sait pas trop quoi faire. Ils ont un petit garçon qui a adoré sa tante et la regrettera sûrement longtemps, car Betty était sa grande amie et allait souvent le voir.

Cette fausse désinvolture que tous s'efforcent d'afficher n'allège pas l'atmosphère, au contraire, et quand le téléphone sonne alors que la nuit est déjà tombée et que nous commençons à remettre de l'ordre dans le commissariat, je décroche sans déplaisir.

— Shérif Grynspan à l'appareil.

J'écoute, pâlis sûrement et regarde autour de moi. Je colle le combiné contre ma main et dis :

— Nous avons un assassinat et peut-être un kidnapping.

Toutes les têtes se tournent vers moi.

— À Sainte-Agathe, près de Portage-la-Plaine, vous connaissez, officier O'Kelly, vous y êtes allée avec les policiers Oka et Témiscouata.

Elle ouvre de grands yeux.

— Comment ça, où ?

— Chez des Blancs, un couple dont Oka soupçonnait le mari d'être peut-être pour quelque chose dans le meurtre de Sora.

— Nooonnn ! Et alors ?

— Ben, on y va, ma chère, avec Robert LeBlanc et l'officier Meredith Gallup. Désolée, on n'a pas vraiment le choix.

— Maintenant, en pleine nuit ? proteste Robert LeBlanc.

— Il fait nuit depuis deux heures, vous ne l'aviez pas remarqué, agent LeBlanc ? Et on n'a pas peur du noir à la Gendarmerie.

XLVI

QUAND LE DIABLE S'EN MÊLE

On n'a pas fait quarante-cinq kilomètres en remontant au nord de Woodfoll qu'on a l'impression de changer de pays. On a quitté un temps relativement clément pour entrer dans un brouillard poisseux, jaune sale, qui nous enferme, accompagné d'une humidité qui pleure des arbres dénudés bordant la route. Au thermomètre de bord, la température a chuté de six degrés sur un kilomètre.

Linda O'Kelly et Meredith Gallup se sont assises à côté de moi, laissant Robert LeBlanc seul sur la banquette arrière. Pas étonnant. Quand je suis arrivée, c'était le plus ancien de l'équipe… et le moins performant. Gentil, rien à dire, mais démotivé ou… simplement feignant. Vieux garçon, son hobby était la collection des étiquettes de fromages et de vins français. Personne ne les avait jamais vues, car il n'avait jamais invité personne. Au bureau, il était toujours à l'heure, s'asseyait devant sa table, croisait les doigts et attendait les consignes. Même sur une affaire en cours, il ne prenait pas d'initiative. À court d'effectifs, je m'en étais ouverte au divisionnaire de l'époque qui, en haussant les épaules, m'avait répondu :

— Bah, il faut bien que quelqu'un garde la boutique. Sinon, qu'est-ce qu'il ferait ?

J'avais failli lui rétorquer que j'ignorais que la GRC, réputée pour son excellence, voulait l'être aussi dans l'accompagnement des tocards.

Tout en roulant pleins phares, je m'interroge sur ce qui s'est passé chez ces gens. Linda O'Kelly me confirme que la visite qu'elle a faite avec les policiers autochtones l'avait déconcertée. La femme cachait quelque chose, c'était évident, mais comme ils n'avaient pas pu perquisitionner les lieux, faute de mandat, pas même vérifier la concordance des empreintes de leur voiture avec celles trouvées sur la scène de crime, et qu'ils craignaient qu'en l'acculant elle demande un avocat, ils avaient dû vider les lieux.

— Mais Oka était persuadé que son mari avait trempé d'une façon ou d'une autre dans le crime de Sora. Et même qu'il était l'assassin, souligne O'Kelly. Vous savez, chef, ces gens-là ont gardé des facultés que nous n'avons plus.

— Ah bon ? Du genre à faire ouvrir les portes des prisons ?

— Comment ?

— Laissez tomber.

— Ils vous ont dit qu'il s'est passé quoi, chez ces gens, ce coup-là ? interroge Meredith, appuyée contre la vitre.

— Les policiers locaux ont été appelés vers trois heures de l'après-midi par le livreur de fioul qui en arrivant au rendez-vous n'a trouvé personne. Comme il faisait un temps de chien et qu'il ne voulait pas rester à attendre, après avoir aperçu leur voiture au garage, il les a appelés au téléphone, sans résultat. Inquiet et pressentant un problème, il a ensuite téléphoné à la police. Quand ils ont débarqué, les flics sont entrés sans forcer la porte qui était ouverte, pour trouver un cadavre de femme au premier étage, mais pas trace du mari. Je n'ai pas demandé d'autres détails, on verra sur place.

— Criss ! On va en finir un jour ? Depuis cette tempête de fou et cette non moins folle prison, y s'passe pas un jour sans qu'on se fasse tanner ! s'exclame Linda O'Kelly.

— T'as raison, renchérit Meredith, on va tous péter une coche si ça continue à ce rythme. C'est qui, ces gens ? Des victimes ou des assassins, comme le pense l'Indien ?

— Je ne sais pas, je réponds en haussant les épaules, je ne les ai jamais rencontrés. J'ai juste été reconnaître le cadavre de la pauvre Sora avec Vincente, Betty et Benson. Après, la police de Shaskeeton nous a présenté un suspect qui n'en était pas un. Et j'ai laissé tomber l'affaire quand nos amis ont disparu.

Un silence pesant suit ma phrase.

C'est vrai qu'on est tous plus concernés par la mort de Betty que par celle de Sora. C'est malheureusement humain. Et cette succession ininterrompue de drames comme l'a fait remarquer l'officier O'Kelly commence à sérieusement nous achaler (peser). On met plus d'une heure et demie pour arriver à destination, où devant la maison des Paterson sont garés une voiture de police, une ambulance et un van technique.

On descend au moment où une rafale de vent glacé nous fait presque trébucher, et, après avoir montré nos cartes à un agent posté à l'entrée, nous remontons l'allée dallée qui mène à la maison, où, à ma surprise, Gus Sander, le flic (blanc) de la police de Shaskeeton, apparaît. Il vient vers moi et me tend la main.

— Eh ben, shérif, on n'a pas fini, tous les deux ! Montez voir là-haut ce qui se passe si vous ne craignez pas d'être dégoûtée. J'y comprends rien à c't'affaire. On n'a pas fini d'un côté que ça reprend d'l'autre !

Je fais signe à LeBlanc, resté en retrait, de m'accompagner.

— Restez ici, dis-je à Linda et Meredith. J'ignore s'ils ont fini de protéger la scène de crime. Car c'est un crime, n'est-ce pas ? je demande à Sander.

— Ben, je veux ! Un sacré crime, même !

On monte un étage, moi et LeBlanc à la remorque, et un flic posté sur la mezzanine nous désigne une porte entrouverte. Son teint est vert laitue et il se tient raide contre le mur.

— C'est là, shérif. Les *forensic* ont mis des dalles de plastique. Y veulent qu'on marche dessus.

— Bien sûr, acquiescé-je en entrant avec LeBlanc.

C'est bien pire que ce à quoi je m'attendais. Depuis que j'ai quitté la brigade criminelle de Montréal, je n'ai pas eu à m'occuper de beaucoup de meurtres. Des cadavres, oui, mais d'accidentés ou de promeneurs égarés dans la toundra glacée et que l'on retrouvait éternellement endormis. Quelques suites de bagarre aussi. Mais là…

Le parquet de la pièce est couvert de sang qui a aussi giclé haut sur les murs et entoure comme une frise le lit où est allongé ce qui reste d'une femme.

Son visage… c'est d'abord lui qui vous happe. Il a été ouvert d'une oreille à l'autre en passant par la bouche. C'est un entonnoir béant et ensanglanté qui s'étale jusqu'au menton. Mon cœur part en ding ding et me remonte aux lèvres. Je me mets à trembler et éprouve un urgent besoin de m'asseoir. Mais il n'y a pas un siège dans cette chambre si ce ne sont les bords du lit. Et ce lit si ensanglanté que l'on croirait ses draps trempés dans une bassine de sang, il n'y a que les deux hommes en combinaison blanche qui peuvent l'approcher, et encore, ils s'en tiennent éloignés à longueur de bras comme s'ils craignaient d'être contaminés.

Et en même temps mêlée à celle du sang m'arrive l'épouvantable odeur des déjections de la malheureuse.

Quand nous lisons ou écoutons le récit d'un crime, même s'il nous horrifie par sa violence, nous ne voyons pas l'état des cadavres ni ne sentons les odeurs qu'ils dégagent. Si le crime est frais, le corps s'est déjà vidé de ses fluides, et, s'il est plus ancien, c'est la décomposition qui le fait puer. Dans tous les cas, il faut oublier qu'un jour cet homme ou cette femme ont pu être aimés et désirés.

Les techniciens sont muets pour une fois de leurs grasses et habituelles plaisanteries qui sur ce coup ne leur servent pas, car pour eux comme pour moi, ce que l'on a sous les yeux nous rappelle irrésistiblement l'affaire jamais résolue du Dahlia noir. Cet horrible assassinat d'une jeune Américaine de vingt-trois ans, retrouvée en 1947 à Los Angeles, le visage découpé comme ici, le corps tranché à hauteur de la taille et dont le souvenir n'a cessé de hanter tous ceux qui de près ou de loin se sont intéressés à ce crime hors norme pour l'époque et qui n'a jamais été résolu. Depuis, d'autres crimes aussi épouvantables ont été perpétrés, mais celui-ci est resté dans la mémoire collective.

Apparemment, les assassins de la femme qui gît devant moi s'en sont inspirés. Et ce visage n'a plus rien d'humain avec le bourrelet cramoisi des lèvres plaqué sur la lividité de la face. Il est la caricature d'un film d'épouvante, d'un clown démoniaque.

J'ai le cerveau bloqué ; seuls mes yeux continuent d'analyser machinalement la scène. Le pantalon et la culotte arrachés, les ecchymoses sur les cuisses, et les pieds et les mains attachés au montant du lit indiquent qu'elle a aussi été violée.

J'entends un hoquet et vois filer LeBlanc dans le couloir où il vomit. Un coup de chance qu'il ait eu le temps de sortir avant de polluer la scène. Moi, je ne peux que me retourner contre le mur pour chasser l'image de ce cadavre qui, je sais, ne me quittera jamais. Je me cramponne à un meuble en m'efforçant de retenir les spasmes violents qui me secouent. Je serre les mâchoires pour bloquer le flot de bile qui monte. Je suis trempée de sueur de la tête aux pieds et la tête me tourne. Je me raidis pour rester debout.

Sander surgit à ce moment.

— Vous avez un *rozzer* à côté qui dégueule tout ce qu'il sait ! Et vous, comment ça va ?

Je le regarde. Il ressemble aussi à un cadavre, le fringant poulet de Shaskeeton.

— Qu'est-ce que vous en pensez ? reprend-il, presque balbutiant.

— Si on était dans le classique, on penserait au mari comme coupable, balbutié-je, la bouche encombrée de salive.

— Non, c'est pas possible, murmure-t-il. Personne ne ferait ça à sa femme.

— Non. Alors, c'est une exécution opérée par des sadiques ou des fous.

— Ou les deux.

— Bon, dis-je, je descends, j'en ai assez vu.

— Je vous accompagne.

Mais à ce moment, on entend du bruit en bas et je vois apparaître Oka et Témiscouata. Sander va pour les empêcher de monter, mais j'interviens :

— Ce sont les policiers qui ont été les premiers sur l'affaire. On a commencé avec eux.

— Quoi ? Quelle affaire ? riposte Sander.

— Le meurtre de Sora, la jeune Algonquine.

Il ouvre des yeux ronds.

— Quel rapport ?

— Le brigadier Oka de la police autochtone de Mohow-ke a interrogé avec l'officier O'Kelly la femme qui est sur le lit, car il soupçonnait son mari d'être pour quelque chose dans l'assassinat de Sora.

Le poulet reste sans voix.

— Pourquoi ?

— Demandez-le-lui, il est là.

Mais Oka est déjà entré dans la chambre, suivi de son adjoint, pour s'arrêter brusquement sur le seuil, car les techniciens qui sortent de la chambre à ce moment-là ne cachent plus la scène de crime.

Pétrifiés, les deux flics restent figés sans pouvoir détacher les yeux de la femme martyrisée qu'ils reconnaissent.

Je prends le bras d'Oka.

— Redescendez. Les techniciens n'ont pas fini.

Il ne réagit pas tout de suite, puis sort lentement à reculons et se tourne vers nous.

— C'est madame Paterson ? gargouille-t-il.

J'acquiesce.

On se regarde, Sander et moi, puis les têtes inquiètes de Linda et de Meredith apparaissent au-dessus des marches.

— Pas la peine de monter ! leur crié-je.

— Mais pourquoi ? Qu'est-ce qui se passe ? demande Linda.

— Qu'est-ce qui vous fait dire que ce crime a un rapport avec le meurtre de l'Indienne ? demande nerveusement Sander à Oka.

Ce qui permet à celui-ci d'exposer une nouvelle fois, d'une voix cassée par ce qu'il a devant les yeux, ses raisons de soupçonner Ronald Paterson.

Mais, en admettant qu'il soit l'assassin de la jeune Indienne, pensé-je en même temps, quel est le lien avec ce dernier drame ?… Une idée vient brusquement de surgir que je repousse. Une vengeance indienne ? Je regarde Oka qui vient d'admettre être entré sans autorisation dans la maison des Paterson en l'absence des occupants, avoir confronté les photos qu'il a prises des empreintes de pneus de leur voiture avec celles retrouvées près du cadavre de Sora et constaté que c'étaient les mêmes.

Je ne sais plus quoi penser. La mutilation de madame Paterson pourrait-elle être le fait d'une torture indienne ?

À ce moment, O'Kelly et Gallup déboulent dans la chambre, et le chef technicien se met à les engueuler, car il craint qu'elles polluent.

Tout ça fait du bruit et ralentit plutôt que faire avancer l'affaire. Je fais signe à mes officiers de redescendre.

— Vous avez le feu vert de votre hiérarchie pour continuer l'enquête ici ? je demande à Oka un peu sèchement.

Il hoche affirmativement la tête.

— On doit retrouver Paterson, répond-il. J'ignore s'il est coupable ici, mais je suis sûr qu'il l'est dans le meurtre de Sora.

S'ensuit une vive discussion entre lui et Sander qui affirme ne pas voir le lien.

— Si vous voulez lier les deux affaires, il faudra avoir d'autres preuves que des empreintes de pneus qui ont pu être laissées à un autre moment, ou par un autre véhicule, ce que ne manquera pas d'évoquer un bon avocat et demandera des semaines de recherches, voire plus, dans la région. Quant à ce dernier meurtre, nous n'avons ni arme du crime ni mobile incriminant le mari de madame Paterson. Là aussi, il faudra enquêter quand on l'aura retrouvé. Si on le retrouve. Ils attendaient le livreur de fioul et même un assassin totalement idiot n'égorgerait pas sa femme en sachant que quelqu'un doit débarquer.

— Je ne dis pas, reprend Oka sur un ton d'impatience très perceptible, qu'il a tué sa femme, je dis qu'il a tué Sora, martèle-t-il.

— Mais comment en êtes-vous si sûr ! gueule Sander. Puisqu'on vous dit qu'on n'a pas de preuves à part vos foutus pneus ! Et alors, qui a massacré sa femme de cette façon ! Peut-être que c'est un rôdeur qui a tué les deux !

— Celui qui a tué Sora, c'est Paterson ! hurle Oka aussi fort.

Sentant l'atmosphère tourner à l'aigre, et craignant qu'Oka parle de son « nez » comme d'une preuve irréfutable, je soutiens l'argumentation de Sander qui conforte en partie la mienne.

Mais c'est concomitamment à un vif geste de protestation du bras d'Oka que retentissent à cet instant à l'extérieur des coups de feu et des cris.

On se fige le temps de se rendre compte que ce n'est pas le moment, puis Sander se précipite vers la fenêtre, tentant de l'ouvrir sans succès, alors que je me jette dans l'escalier en bousculant au passage LeBlanc, pétrifié contre la rambarde. Je sors en trombe en gueulant à Linda et Meredith restées dehors de se planquer, n'obtiens qu'une rafale de coups de feu qui m'aplatissent au sol, entends Linda hurler à je ne sais qui de lâcher son arme, avec pour toute réponse une autre rafale qui m'inquiète pour sa sécurité. Je l'entends de nouveau crier à Meredith de la couvrir, pendant que continuent les cavalcades et les coups de feu, et que derrière moi Sander arrose sans viser les fourrés avant que je lui gueule de toutes mes forces :

— Ne tirez pas, il y a mes officiers devant !

Il m'a rejointe, je me tourne vers lui et lui gueule encore de cesser de tirer, mais autant parler à un zombi. Je me laisse alors tomber sur lui en tentant de l'étrangler.

On se bat dans la boue jusqu'à ce qu'il me reconnaisse.

— Oh ! c'est vous ?

— Oui, c'est moi, connard, et c'étaient sur mes flics que vous tiriez !

Je suis ivre de rage. La pensée de perdre d'autres officiers de cette façon me donne envie de le tuer. Mais ce n'est pas fini. Témiscouata déboule, se couche à côté de moi et me désigne du doigt un coin du jardin près de la route.

— Ils sont là, dit-il.

— Qui ?

Il hoche la tête.

— Ch'ais pas. Mais ils sont là.

Puis il lâche plusieurs coups de feu dans la direction indiquée.

Les flics locaux accompagnés des techniciens sont rentrés dans la maison et arrosent par les fenêtres.

Mais sur quoi ? On ne voit rien. La nuit est si épaisse que les assaillants pourraient se glisser près de nous sans qu'on s'en aperçoive. Je profite d'une courte accalmie du vacarme pour hurler :

— Ne tirez pas, on est devant vous !

Ce qui n'influence évidemment pas ceux qui nous attaquent, qui en profitent pour intensifier leur feu. Ils ont des armes de guerre et nos fusils sont restés dans la voiture. Nous ne sommes armés que de nos Glock avec seulement deux chargeurs chacun comme le veut le règlement. Si on ne bouge pas, on va tous se faire massacrer, car si j'ignore qui sont nos adversaires, je pressens qu'ils ne sont pas accessibles à la négociation.

— On est mal, chef, me gargouille O'Kelly qui vient de nous rejoindre.

— On est mal. Passez par la droite et tâchez de rejoindre la voiture pour demander des secours à la radio de bord et ramener nos fusils. Vous voulez bien ? Je n'ai même pas mon portable. Quand vous êtes prête, vous me le dites, je vous couvrirai. Sander, il vous reste quoi comme chargeur ?

— Un, répond-il en tendant l'index.

— On va couvrir O'Kelly qui va sortir sur le côté rejoindre notre voiture.

— D'accord.

À cet instant, Témiscouata déboule comme un fou de derrière la levée de terre où nous sommes planqués et arrose devant lui au hasard. Il n'a pas le temps d'atteindre la grille qu'une rafale le fauche. Et d'un coup, tout s'enchaîne. Oka, voyant son adjoint culbuter, pousse un hurlement à glacer le sang et se rue vers lui en tiraillant à deux mains. Je croise le regard de Sander, et on se lève tous les deux en se jetant à sa suite. O'Kelly et Gallup font de même avec LeBlanc qui nous a rejoints. On tire comme des dingues en hurlant de toutes nos forces, mais avant d'atteindre la grille on entend une puissante voiture s'arracher sur la route.

Je déboule dehors et vois s'éloigner un véhicule sur lequel je lâche mes dernières balles avant qu'il disparaisse dans la nuit. Je cours vers ma voiture, me jette au volant et démarre en trombe à sa poursuite. Mais je n'ai pas fait vingt mètres que le volant m'échappe et que j'entre dans le décor. Je ressors à la même vitesse pour voir que trois de mes quatre pneus ont été crevés par balle.

*

On ne connaît vraiment les gens que dans certaines circonstances. Jamais je n'aurais imaginé que le brigadier Oka fût si proche de son adjoint. Jusqu'à ce que l'ambulance du poste de secours de Portage-la-Plaine l'emmène au dispensaire, il ne l'a pas lâché d'un pouce. Témiscouata a été touché à l'épaule, et tout le haut de son corps était ensanglanté. Oka n'a cessé d'éponger la plaie avec les éléments des kits de secours des techniciens et des nôtres. Il lui parlait comme à un enfant, le rassurant, l'encourageant à lui répondre, évoquant sa femme qui l'attendait. Témiscouata, pour une fois, avait une bonne raison d'être mutique. Il souffrait visiblement beaucoup, et visiblement aussi aurait voulu qu'on lui fiche la paix sans lui demander toutes les demi-secondes comment il se sentait.

Il dut être rassuré quand les infirmiers ont refusé qu'Oka les accompagne, prétextant un manque de place.

— Je crois qu'aucun organe vital n'a été touché, brigadier, ai-je tenté de le rassurer. Il est jeune et fort, il va s'en sortir.

Il m'a regardée et ses yeux étaient cernés d'inquiétude.

— S'il lui arrive malheur, je jure de tuer ses assassins de mes propres mains, a-t-il répliqué d'une voix hachée.

XLVII

FUITE EN BALLES MAJEURES

Le chauffeur conduisait le pied au plancher, redressait au dernier moment, glissait, remettait le véhicule en ligne tout en jetant de fréquents coups d'œil dans le rétro. Rassuré, au bout d'une demi-douzaine de kilomètres, il relâcha le pied sur l'accélérateur au grand soulagement de ses passagers, mais tourna brusquement dans un chemin de terre glacée qui venait de surgir sur sa droite dans la forêt. Il roula encore en cahotant sur une centaine de mètres et stoppa. Essoufflé, il resta immobile à écouter le cliquetis du moteur qui refroidissait.

Sur la banquette arrière, les gémissements n'avaient pas cessé. Il descendit de voiture, ouvrit la portière latérale du van et examina la situation. Inchangée. Allongé à moitié sur la banquette, le mec blessé avait la tête posée sur la cuisse de son ami qui lui parlait en caressant ses cheveux poissés de sang et de sueur. Le chauffeur braqua sa torche sur eux. La lividité du visage du blessé le conforta dans ce qu'il savait. Il passerait pas l'heure.

— Il faut l'emmener à l'hôpital, gémit le jeune amant. Sinon, il va mourir, pleurnicha-t-il.

J'espère bien, pensa le chauffeur, de toute façon hosto ou pas il va mourir.

— Tu veux qu'on le présente aux urgences avec deux balles dans le corps ?

— Je m'en fous ! Ils le soigneront. Je ne veux pas qu'il meure !

Ouais, mais c'est pas mon avis, pensa le chauffeur en refermant la portière. Il s'éloigna pour pisser. Il faisait si froid qu'il se demanda si sa pisse n'allait pas geler avant de tomber. Ça le fit rire d'imaginer le jet figé. Il se reculotta et alluma une cigarette. À ce moment-là seulement, il pensa à soulever sa cagoule. Faut dire que ça avait bardé. Il avait espéré que, profitant de l'effet de surprise, ils pourraient tous les descendre. Mais les gars qu'il avait embauchés pour le boulot étaient de vrais glands. La preuve, il y en avait un en train de crever et l'autre en train de chialer.

Pourtant, ils s'étaient bien amusés là-haut, dans la chambre de ce fumier de Laurie. Cette ordure avait débarqué quand il pissait dans la bouche de sa gonzesse. N'avait pas eu le temps de réagir que les amoureux allumés s'étaient jetés sur lui et l'avaient assommé.

— Descendez-le dans la bagnole, j'arrive, leur avait-il ordonné.

Il avait encore un peu arrangé la bonne femme, puis était redescendu, mais au moment où ils allaient décarrer, le camion de fioul s'était amené. Il avait hésité à descendre le chauffeur, mais celui-ci était déjà entré dans le jardin et examinait, intrigué, la porte ouverte de la maison en appelant les propriétaires. C'est à ce moment-là qu'il aurait dû tirer. Mais ça l'avait amusé d'attendre qu'il entre dans la baraque et découvre la femme du tordu. C'est pas ce qui s'était passé. Le type avait téléphoné aux flics de son camion et s'était immédiatement barré avant même de raccrocher. Et trois secondes après, une voiture de police qui rôdait dans le coin s'était amenée. Les deux *rozzers* avaient fait le tour de la maison comme s'ils marchaient dans un champ de mines, et ils s'étaient bien marrés en les observant. Les poulets étaient entrés, la main sur leurs armes, progressant comme dans les séries télé et, quand ils étaient arrivés dans la chambre, ils s'étaient tordus de rire en les entendant glapir d'horreur.

Le chauffeur s'était retourné vers l'arrière du van et avait dit :

— T'as vu, salopard ? Elle a du succès ta guidoune ! Même la gueule ouverte, elle fait encore gueuler les mecs !

Le gars enroulé dans une toile comme un saucisson avait répliqué :

— Qu'est-ce tu comptes me faire ? J'ai gardé plein de pognon, il est pour toi.

Il n'avait pas répondu. Il y croyait pas qu'il restait beaucoup de pognon. La baraque avait dû coûter chaud et les années à bien vivre aussi. Et puis il pourrait toujours lui faire cracher l'oseille. Mais après, ce qu'il avait fait à sa gonzesse était des câlins à côté de ce qu'il lui réservait.

Et puis les autres avaient débarqué et il avait fallu dégager. Bon, maintenant, il ne lui restait plus qu'à se débarrasser des deux connards dont il n'avait plus besoin et trisser avec son prisonnier.

Il retourna à l'arrière.

— Descends, dit-il au jeunot. Tu vas passer devant et on va allonger ton copain complètement, il sera mieux. T'as vérifié que l'autre tordu est emmailloté comme un bébé ?

— Oui, l'a pas bougé une oreille. On l'emmène maintenant à l'hôpital ?

— Ben oui, c'est ce que tu voulais, non ?

— Oh ! t'es chouette, je te revaudrai ça, merci, Ahmed.

— J't'ai d'jà dit de pas m'appeler par mon nom, grogna le chauffeur.

Le gosse descendit après avoir allongé le blessé sur la banquette.

— Il dit plus rien, il est soulagé d'être soigné.

— Ben, c'est ce que tu voulais, répéta Ahmed Benckri.

Il attendit que le gars dise encore un mot à son copain, qui ne l'entendait plus, et fasse le tour de la voiture avant de lui lâcher dans le dos un bastos chemisé qui à son avis dut faire le vide à l'intérieur. Puis il repoussa le corps sous les arbres, gagna le siège conducteur, embraya, mais se pencha vers l'arrière avant de démarrer.

— Alors, mon petit pote, t'es content de venir te balader avec tonton Benckri ? Tu vas voir, ça va te rappeler le bon vieux temps.

*

Oka, assis près du lit de Témiscouata, sursauta quand le moniteur placé au-dessus de lui et auquel il était relié émit une série de bruits anormaux. Il regarda les chiffres qui sur l'écran défilaient comme pris de frénésie, tandis que résonnait dans la chambre une sonnerie stridente qui le fit se lever d'un bond alors que surgissait dans la chambre deux infirmières qui se précipitèrent chacune d'un côté du lit.

— Qu'est-ce qui se passe ? Qu'est-ce qui se passe ? cria Oka, dépassé par les évènements.

— Sortez, monsieur, on a besoin d'espace.

Elle le poussa dehors en même temps qu'elle sortait avec lui et appela une collègue qui passait.

— Demande au docteur Connors de venir, on a un problème !

Puis elle rentra dans la chambre, repoussant fermement Oka qui voulait la suivre.

— Restez dehors !

Oka vit une cavalcade de soignants arriver et fut repoussé sans ménagement alors qu'une femme entrait dans la chambre, refermait la porte et se penchait vers le blessé.

Figé derrière la vitre, Oka vit une infirmière ressortir tandis que la toubib tentait un massage cardiaque. Il gémit d'inquiétude. Que s'était-il passé ? Il était là depuis une heure, tout semblait normal, bien que son adjoint fût toujours dans le coma, et tout à coup, c'est comme si une attaque s'était produite quelque part. Il vit arriver un chariot poussé en courant par une infirmière qui entra dans la chambre.

Il connaissait. C'était le défibrillateur et les électrodes. Il serra les poings d'inquiétude. La toubib l'avait plus ou moins rassuré quand il était allé la trouver en arrivant.

— Il est toujours en état précaire, on craint une hémorragie qui serait passée inaperçue. (Comment, passer inaperçue ? Ils regardaient où les toubibs ?) On va faire le nécessaire, mais ce sera long.

Il observa le médecin poser les électrodes et faire reculer le personnel. Puis il vit se raidir et retomber son ami sur le lit. Il se crispa à se coller une déchirure musculaire. Il ressentait la décharge électrique comme si les électrodes étaient sur lui.

*

Oka regarda Ehawee, l'épouse de Témiscouata, dont son ami lui avait dit que le nom signifiait « elle rit » en sioux, ranger en les pliant soigneusement les affaires de son défunt époux. La branche de la tribu des Naskapis du territoire du Manitoba à laquelle appartenait son jeune adjoint avait organisé une cérémonie de funérailles sobre, mais digne comme il convient à un guerrier tombé dans l'exercice de son devoir. Des dignitaires indiens s'étaient déplacés pour lui rendre hommage en compagnie de nombreux chefs de la Gendarmerie royale canadienne, dont la shérif Louise Grynspan qui ne cachait pas sa peine.

Il sortit du wigwam familial et resta à observer les policiers, blancs et rouges mêlés, qui présentaient leurs condoléances à la famille. Il chercha des yeux le chef Istinak Shaw et le vit en compagnie d'un policier nommé Dekawawido et d'un autre en civil portant une tresse unique sur le côté.

Une flambée de colère enflamma sa poitrine. Non seulement Shaw n'avait manifesté aucun regret, aucun remords quand ils s'étaient croisés, mais il avait fait mine de ne pas le reconnaître. À quels abrutis d'Indiens dégénérés le vieux chef gâteux avait-il confié la mission de venger la mort de Sora en supprimant son assassin dont on avait la veille retrouvé les restes mutilés ?

Témiscouata le brave avait payé de sa jeune vie la maladresse misérable du Cri. Nul doute, estima Oka, que le vieux rapiat n'avait pas jugé bon d'engager de vrais guerriers pour régler cette dette d'honneur.

Il s'éloigna la mine sombre. Il avait aimé Témiscouata comme un fils à qui on apprend tout. Le taiseux Témiscouata incapable d'exprimer ses sentiments avait pourtant plus d'une fois donné à son chef des preuves de son amitié filiale.

*

La cérémonie se terminait sous un pâle soleil de mai, les invités se dispersaient. Le poste de Woodfoll, au complet, se pressait autour de sa cheffe. Plus loin, Derek Nepinak recevait les condoléances de ses pairs. Il vit l'antiquaire, qui aimait la shérif comme une femme aime un homme, s'éloigner avec elle et leur chien Hachiko.

Témiscouata gagnerait seul les Territoires des Esprits, mais pour y retrouver tous les Braves qui l'avaient précédé. Entre autres, son grand-oncle, Abooksigun, qui signifiait « le sauvage », un frère de son arrière-grand-mère s'étant illustré dans l'ultime bataille qui, en 1879, avait opposé les derniers Indiens libres aux colons. Nul doute qu'il y retrouverait aussi ceux de la tribu qui n'avaient jamais cédé sur leur dignité. Et plus tard, lui-même, Oka, pour continuer ensemble leurs randonnées dans la toundra.

Il jeta un dernier regard sur le vieux Istinak Shaw qui montait dans une jeep découverte, sûrement pour se faire admirer des autres. Mais Oka était bien décidé à ne pas lui laisser beaucoup de temps pour profiter de sa gloire.

ÉPILOGUE

Je referme la dernière page du manuscrit. Je n'ai pas le titre, mais l'éditrice m'a dit qu'elle en trouverait un excellent. C'était d'après elle sa spécialité.

— Ce livre va intéresser tous ceux que préoccupe la politique de vie de notre « cousin ». Le Canada et nous sommes comme deux branches d'une même famille qui parfois se chamaillent, comme dans toutes les familles, mais partagent la même histoire, a-t-elle souligné. Nous savons nous occuper d'un livre et le rendre attrayant. Et votre témoignage dans cette sombre histoire va, j'en suis sûre, faire grand bruit.

Elle était confiante, apparemment, mais une amie auteure m'avait mise en garde contre l'assurance souvent artificielle des éditeurs.

Aujourd'hui, je suis triste comme quand on a abandonné des gens que l'on a beaucoup aimés et que l'on sait que l'on ne retrouvera plus.

Nous avons quitté définitivement les territoires sauvages et glacés du Manitoba pour nous installer dans le merveilleux État du Maine, aux USA, dans le comté de Hancock, au nord-est, dans un petit village de moins de six mille habitants qui décuplent à la belle saison : Bar Harbor.

Il est situé sur l'île des Monts-Déserts, le long de Frenchman Bay, près du parc national d'Acadia, dont il est l'une des portes d'accès à ses montagnes et ses falaises. Il s'ouvre sur l'océan Atlantique et les îles Porcupine. C'est dans le *Journal de Montréal* que nous l'avons trouvé.

Lorsque nous sommes arrivées et que nous avons cherché une maison, on a eu l'impression d'être au paradis. Notre maison compte trois chambres et un grand salon salle à manger qui donne sur une vaste terrasse surplombant un jardin de rêve. Nous n'y sommes pour rien. Nous avons fait la connaissance de nos vendeurs en dégustant une tarte aux figues dans un des quatre salons de thé du village. Bar Harbor pourrait ne pas plaire à tout le monde, car c'est le genre de lieu que l'on trouve entre les pages des journaux à couverture glacée qui proposent un endroit de rêve aux touristes argentés amateurs de tranquillité.

J'ignore si nous y découvrirons la paix, Julia, Hachiko et moi, si nous y trouverons ce que chacun d'entre nous cherche sur cette pauvre terre tellement malmenée : l'amour de ceux que l'on aime, et des jours sereins faisant oublier les jours redoutables.

Allongée dans un transat, je regarde Hachiko courir dans le jardin après les oiseaux. Même lui a apprécié le déménagement. Il est plus gai, plus léger, ressemble moins à un Horse Guard. Julia a créé sur le port une boutique de curiosités qu'elle ouvre les fins de semaine.

Mon père, venu nous visiter, est tombé sous le charme du lieu et envisage de s'installer dans le coin.

Julia a vendu sa maison sur la rivière Rouge. Il ne reste là-bas que celle de mes parents, que mon père ne se décide pas à céder.

Quand j'ai démissionné de mon poste de shérif, tous ont promis de venir me voir. Personne ne l'a encore fait. Il y a trop de chagrins qui nous lient. Cette dernière année a été une année *horribilis* qu'aucun d'entre nous n'a envie d'évoquer. Un nouveau shérif a été nommé qui semble convenir. Burns m'a dit que c'était un ambitieux décidé à conquérir sa place.

La 3AP a retrouvé son calme, jusque quand ? Burns m'a appris que la technologie de la prison avait été encore améliorée à l'aide de nouveaux algorithmes plus performants et s'appuyant sur les récents progrès de l'intelligence artificielle.

— Bientôt, a-t-il dit, on n'aura plus besoin de personnel humain dans ce genre d'endroits. Tout sera réglé par la robotique.

Le monde futur que l'on nous propose ne plaira pas à tous. Einstein l'avait prévu : Dieu n'y jouera toujours pas aux dés.

Achevé d'imprimer en janvier 2021
sur les presses de la Nouvelle Imprimerie Laballery
58500 Clamecy
Numéro d'impression : 101084

Imprimé en France

La Nouvelle Imprimerie Laballery est titulaire de la marque Imprim'Vert®